월

W ▲ L L

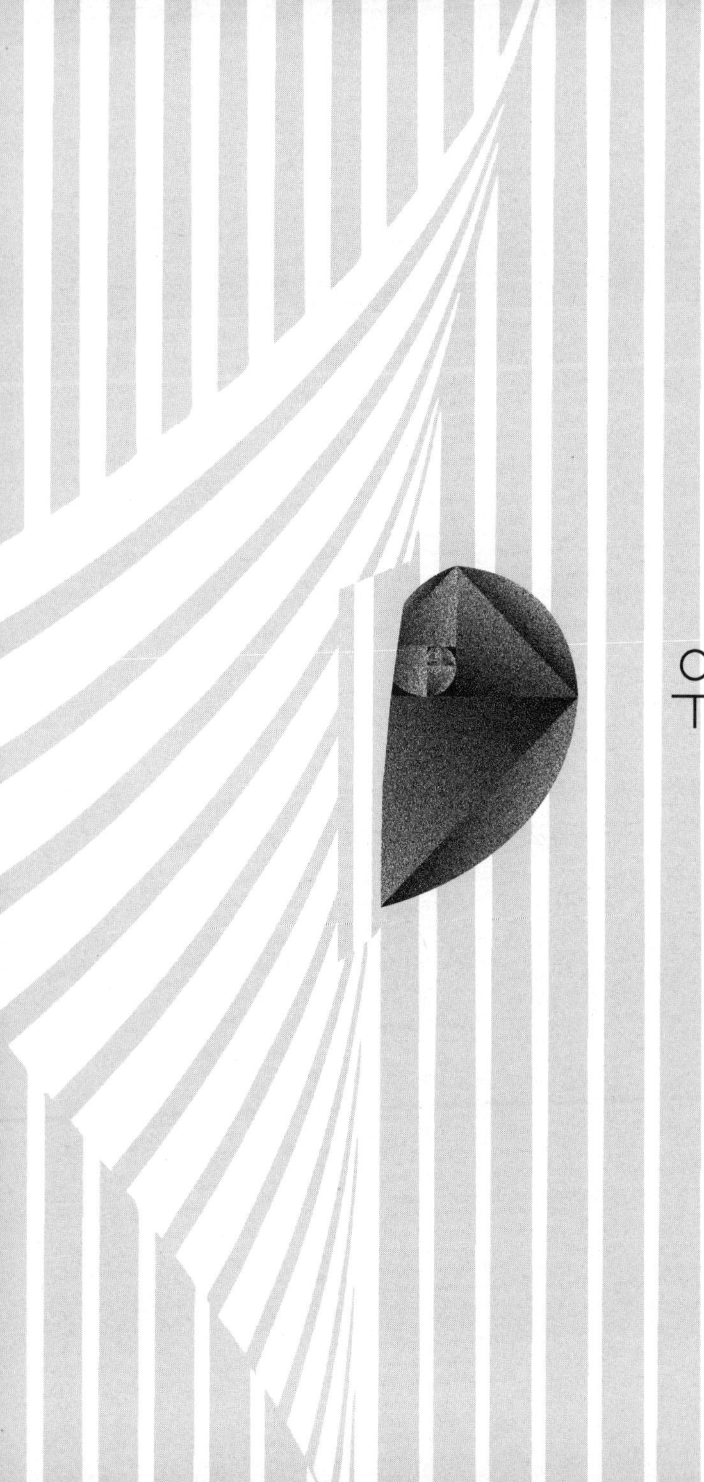

WALL

월

최정나 장편소설

문학동네

차례

프롤로그

빌딩 외벽에 설치된 미디어 파사드 안에서 사람들이 길을 걸었다. 그들은 스마트폰을 보거나 누군가와 통화를 하며 같은 방향을 향해 나아갔다. 귀에 이어폰을 낀 사람도 있었고 노트북 가방을 짊어진 사람, 쇼핑백을 든 사람도 있었다. 그들은 자신이 화면 안에 갇힌 줄도 모르고 발걸음을 내디뎠다. 그러면서도 전시되는 줄은 알고 있는 듯 타인의 시선을 의식하며 세련된 동작을 이어나갔다. 빌딩 앞을 지나던 행인 하나가 파사드를 올려다봤다. 사만 이천여 개의 발광다이오드 도트로 구현된 파사드의 불빛이 행인에게 쏟아졌다. 행인의 몸이 노란색으로 물들었다가 이내 초록색으로, 그다음에는 붉은색으로 바뀌었다. 동시에 형형색색의 불빛이 도시의 어둠 속으로 번져들었다. 네온사인과 경관 조명, 외벽 조명과 파사드 불빛이 서로 뒤섞여 도시는 휘황한 빛을 발했다.

빌딩 건너편 광장에서 검은 털모자를 쓴 노숙자가 털이 더러운 강아지를 데리고 앉아 그 모습을 바라봤다. 노숙자 앞에는 동냥을 위한 종이 상자가 놓여 있었다. 검은 그림자가 노숙자의 시선을 가리며 다가왔다. 빌딩 불빛을 후광으로 진 그림자 안에서 하얀 손이 불쑥 빠져나오더니 천원짜리 지폐 네 장을 떨어뜨렸다. 지폐는 은총처럼 허공에서 나팔나팔 떨어졌다. 돈을 보고 좋아하던 노숙자가 시선을 돌렸다. 털이 깨끗한 강아지를 데리고 걸어가는 여자의 뒷모습이 이십사 시간 편의점 불빛을 이고 있다가 곧 그 안으로 빨려들어갔다. 털이 더러운 강아지가 발딱 일어나서 편의점과 노숙자를 번갈아 보며 팔짝팔짝 뛰었다. 노숙자가 강아지를 보고 캬, 하며 술 마시는 시늉을 하자 강아지가 재촉하듯 더욱 요란하게 뛰어댔다. 노숙자가 자리를 털고 일어났다.

근처 벤치에 앉아 있던 또다른 노숙자가 그 모습을 지켜보고 있었다. 얼굴의 절반이 턱수염으로 뒤덮인 노숙자는 빈 막걸리 병을 들었다. 그는 병 바닥에 깔린 침전물을 탈탈 털어 입에 넣은 뒤 빠르게 자리에서 일어나 털모자를 쓴 노숙자 앞을 가로막고 섰다. 털모자가 저리 가라는 듯 어깨로 턱수염을 밀쳐냈다. 실랑이는 싸움으로 번졌다. 처음에는 고성과 욕설이, 나중에는 주먹이 오갔다. 턱수염이 품에서 주머니칼을 꺼내 위협했다. 털모자도 물러서지 않았다. 턱수염이 칼을 휘두르자 털모자가 배를 부여잡고 바닥에 고꾸라졌다. 그러면서도 손에 지폐를 꽉 쥔 채 놓지 않았다. 턱수염이 털모자의 손에서 피 묻은 지폐를 빼냈다. 그걸 본 털이 더러운 강아지가 왈왈 짖었다. 턱수염이 겁에 질려 강아지를 발로 찼다. 강아지가 비명을 지르며 바닥에 나동그라졌다. 강아지가 내지르는 소리에 수염 안에 처박힌 눈동자가 불안하게 흔들렸다. 턱수염이 두려움에 몸을 떨며 주위를 살폈다. 어둠 속에서 편의점 간판 불빛이 신기루처럼 이글거렸다. 간판 아래 부착된 CCTV가 그의 모습을 찍고 있었다. 턱수염이 몸을 움츠리고 돌아서서 다시 주위를 살폈다. 빌딩에서 뿜어져 나오는 조명은 너무 밝았고 CCTV도 너무 많았다. 턱수염은 쏟아지는 조명 빛을 받으며 광장 한가운데에 서 있다가 뭔가 결심한 듯 성큼성큼 걸음을 내디뎠다.

광장 위 고가에 조성한 공원에는 사람이 다니고 있지 않았다. 푸른빛을 띠는 경관 조명이 도시의 혈관처럼 공원을 따라 길게 이어졌다. 휘어졌다가 펼쳐지고, 펼쳐졌다가 구부러지는 푸른빛이 어둠 속으로 흘러들었다. 그 아래는 도로였다. 도로는 붉었다. 차량의 흐름을 좇아 붉은빛이 사방으로 뻗어나갔다. 그 때문에 도시 전체가 꿈틀꿈틀 살아 움직이는 것 같았다. 턱수염은 공원길 유리 펜스 앞에 멈춰 서서 하늘을 보려고 고개를 들었다. 하늘 대신 미디어 파사드 안에서 길을 걷는 사람들이 보였다. 그들은 제가 있는 세상이 전부라는 듯 확신에 찬 표정으로 앞으로 나아갔다. 그러나 걸어도 걸어도 결국은 제자리, 화면 안을 벗어나지 못했다.

턱수염은 시선을 돌려 광장을 내려다봤다. 털모자가 검은 얼룩처럼 쓰러져 있었다. 턱수염이 유리 펜스 위로 발을 디뎠다. 발은 자꾸 미끄러졌다. 몇 번의 시도 끝에 펜스에 허리를 걸친 턱수염이 반동을 이용해 몸을 날렸다. 일순 그의 몸이 미디어 파사드 불빛 속으로 사라진 듯 보였다. 천원짜리 지폐 네 장이 허공을 휘저으며 나부끼다가 도로 바닥에 사뿐히 내려앉았다. 다양한 각도에서 찍은 수십 개의 CCTV 화면이 이 모든 모습을 조각조각 이어붙여 보여줬다. 투신한 노숙자는 정말로 사라졌다. 실종 처리되었는데 경찰은 사망의 가능성도 배제하지 않고 수색에 나섰다고 했다. 흉기에 찔린 노숙자는 새벽까지 방치되어 있다가 구조되었다. 다행히 중상은 아니라고 했다. 그는 노숙인 재활 시설로 옮겨져 자활 프로그램에 참여하게 된다고 했다.

뉴스를 보던 남자가 슬그머니 일어나 방에서 나왔다. 그의 누나와 남동생, 그리고 여동생은 방에 남아 텔레비전 앞에 옹기종기 앉아 있었다. 남자는 소주 한 병을 들고 주방 겸용으로 쓰는 거실로 갔다. 그러고는 동선에 방해되지 않도록 한쪽 벽면에 웅크리고 앉아 술을 마셨다. 또다른 방은 문이 닫혀 있었다. 닫힌 문 너머에는 여동생과 동거하는 이혼남과 그가 데려온 아이가 자고 있었다. 여섯이 살기에는 턱없이 좁은 집이었다. 조그만 방 두 칸에 거실 겸 주방이 다였다. 남자는 이곳에 들어올 때 며칠만 머물겠다고 말했지만 몇 달째 나가지 않고 있었다. 그러는 동안 남동생과 함께 주방 겸 거실에서 생활했다. 모두가 불쑥불쑥 방문을 열고 나왔기 때문에 남자는 거리에 나앉은 기분이었다. 죄다 인상을 쓰고 방에서 나와 인상을 쓰고 화장실에 갔고, 다시 인상을 쓰고 나와 주방으로 갔다. 그러면서도 때때로 그를 챙겼고, 때때로 나가달라고 애원했다. 남자는 그것을 이해했지만 우울감이 깊어지는 것은 어쩔 수 없었다. 우울해서 늘 술을 마셨다.

이곳에 오기 전, 그는 소도시에 있는 게스트하우스에 기거하며 그곳을 관리하는 일을 했다. 남자는 게스트하우스로 돌아가고 싶었다. 하지만 관리 일은 다른 사람에게 맡겨졌다. 돌아갈 수 있는 곳이 없었다. 남자는 돈을 벌어 고시원으로 옮기는 게 목표였다. 그러나 일용직 일은 경쟁이 치열해 쉬는 날이 더 많았다. 일이 들어오기를 기다리고만 있을 게 아니라 밖에 나가 일거리를 찾아야 한다고 생각했다. 남자는 운전을 할 줄 알았고, 몸이 건강하고 다부졌다.

그는 소주 한 병을 다 마시고, 새로 또 한 병을 비웠다. 그러면서 거실에 놓인 물건을 하나하나 바라봤다. 벽면 옷걸이에 걸린 옷 대부분은 남동생의 것이었고 그중 몇 벌만 남자의 것이었다. 모두 얼마 전에 헤어진 여자가 사준 거였다. 남자는 옷걸이에서 목도리를 집어 목에 둘러봤다. 그건 여자의 것이었다. 여자가 남자의 목에 둘러준 거였다. 일방적으로 이별을 통보받았기 때문에 남자는 그것을 돌려주지 못했다. 그는 여자에게 전화를 걸어 스마트폰 저편에서 들려오는 목소리를 가만히 들었다. 그런 다음 아무 말도 하지 않고 전화를 끊었다. 열린 방문 틈으로 누나와 동생들의 옆모습이 보였다. 뉴스 화면이 바뀌고, 앵커는 세상의 불행과는 아무런 상관이 없다는 듯 밝은 표정으로 도심 곳곳에서 개최되는 전시회 소식을 전했다. 디지털 미디어 아트로 구현한 베허 학파의 사진전이 열린다고 했다. 그 외에도 히로시 스기모토, 줄리언 오피, 알베르토 자코메티와 구사마 야요이 등 수많은 거장의 작품을 디지털 미디어 아트로 만나볼 수 있다고 했다.

남자는 거실을 서성였다. 몇 발짝 떼면 다시 제자리로 돌아오면서도 다시 몇 발짝을 뗐다. 남자는 사라진 노숙자의 생사가 궁금했다. 무연고 사망자의 시신은 국가에서 처리해줄 거였다. 방치된 사망자는 도시 미관과 위생을 해치기 때문에 공익을 위해서라도 국가가 나서는 게 당연했다. 하지만 그는 사라졌다. 남자는 그 점이 부러우면서도 동시에 씁쓸한 기분이 들었다. 서른이 넘도록 자신의 장례비조차 마련하지 못한 처지가 가련했다. 그런 기분으로 현관문을 열었다. 공용 복도 벽면에 난 기다란 채광창으로 햇빛이 흘러들었다. 남자가 밖을 내다봤다. 창 옆으로 개천이 흘렀고, 그 너머 도로에는 주말 나들이 차량이 많았다. 남자는 움직이는 차들을 물끄러미 쳐다보다가 시선을 돌렸다. 현관과 이어진 기다란 복도 끝에 대문이 있었다. 남자는 밖이 보이기라도 한다는 듯 대문을 바라봤다.

낡고 허름한 주택이 다닥다닥 붙어 있는 오래된 주거 지역은 도시와 외곽의 경계에 있었다. 재개발구역에서 제외되어 싼값에 방을 얻을 수 있었다고 남동생이 말했었다. 그러면서 남자에게 가까운 데 방을 얻어 나가면 서로 왕래하기에도 좋을 거라고 했다. 그러나 얼마 전 이곳이 재개발구역에 포함될 거라는 뉴스가 나오면서 주변 집값은 치솟았다. 그마저도 머물 수 있는 시간이 길지 않았고, 남자와 가족은 어디로 가야 할지 알 수 없어 늘 불안했다.

남자는 좁고 기다란 복도를 계속 서성거렸다. 복도에는 남동생이 사다놓은 턱걸이용 문틀 철봉이 설치되어 있었다. 남동생은 거기에 매달리곤 했다. 남자는 한동안 그것을 바라보다가 목도리를 풀어 철봉에 건 후 매듭을 지었다. 그러고는 철봉에 매달려 매듭 안으로 머리를 밀어넣었다. 남자가 철봉을 쥐었던 손을 놓았다. 복도 창문으로 흘러든 빛이 남자의 몸에 비쳐들었다. 하늘에 비행기는 보이지 않았고, 구름을 가르며 비행운이 나타났다가 곧이어 사라졌다.

질펀히 흐를 용溶 자를 쓰는 용수를 태운 비행기가 막 활주로에 들어섰다. 몇 시간 전과는 다른 시각과 기온을 안내하는 기장의 멘트가 스피커를 통해 흘러나왔다. 승객들은 안전띠를 풀고 자리에서 일어나 객석 위 짐칸에서 자신의 짐을 찾아 내렸다. 면세품이 담긴 쇼핑 봉투와 여행 가방, 외투 따위를 손에 든 사람들이 출입구를 향해 늘어서자 통로에 긴 줄이 생겨났다.

용수는 나란히 붙은 세 개의 좌석 중 가운데에 앉아 있었다. 복도 쪽에 앉아 있던 남자가 몇 번의 시도 끝에 사람들 사이를 비집고 통로로 진입하는 데 성공했다. 평온해진 얼굴로 출입문이 열리기를 기다리는 남자를 빤히 보고 있던 창가 쪽 여자가 갑자기 조급해져서 자신의 행로를 막고 느긋하게 앉아 있는 용수를 힐끔거렸다. 서둘러야 할 이유가 없는데도 여자의 마음은 점점 지옥으로 변했다. 인생 복불복, 재수가 없으려니 느림보 옆에 앉게 되었고, 고통을 겪는 건 이 느림보가 아니라 자신이라는 생각이 들어 갑자기 부아가 치밀었다. 그래서 용수의 움직임을 곁눈으로 주시하며 그가 일어나기를 기다렸다. 기다리는 이삼 분 동안 능동적으로 살겠다던 수많은 밤의 다짐들이 떠올랐다. 그러나 여자는 어떻게 사는 게 능동적인 삶인지는 알 수 없어서 스스로의 권리를 지키는 것부터 시작하자고 다짐했다. 그러자 더는 수동적으로 앉아 그가 일어나기만 바라고 있을 수는 없다는 생각이 들었다. 수동적으로 사는 것은 심각한 피해 상황을 맞닥뜨리게 할 뿐이며, 그 피해를 보는 사람은 결국 자신이라는 것을 여자는 많은 경험을 통해 알았다. 여자는 그런 감정에 휩싸여 자리에서 벌떡 일어났지만 너무 급작스럽게, 그것도 너무 벌떡 일어났다는 생각이 들어 조금 수치스러웠다. 약점을 내보인 것 같았다. 하지만 다시 앉을 수도 없었다. 머리 위 짐칸 때문에 이미 우스꽝스럽게 구겨진 몸은 어쩔 수 없다 치더라도 체면이 구겨지는 것은 막아야 했다. 게다가 다시 앉는 것은 다른 사람 때문에 고통을 당하면서도 아무 내색도 하지 못하는 모욕을 감수해야 한다는 의미이며 고통을 주는 상대방에게 오히려 주도권을 내맡긴 채 멀뚱거리는 것과 다르지 않았다. 결론적으로 일어섰다가 다시 앉는 것은 가만히 앉아 기다리는 것보다 더 굴욕적인 일이었다. 여자는 이 모든 괴로움의 원인이 옆

자리에 앉은 느림보에게 있다는 생각이 들었고 참을 수 없는 분노가 일었다. 그래서 대놓고 용수를 노려봤다. 그러느라 통로 안으로 빠르게 진입하겠다는 애초의 생각을 잊어버렸다. 일어선 것도 앉은 것도 아닌 구부정한 자세로 용수를 빤히 내려다보는 여자의 눈에서 안광이 쏟아졌다.

용수는 자신에게 쏟아지는 시선 때문에 정수리 부근 왼쪽에 불이 붙은 것 같았다. 정수리에서 시작된 불길은 왼쪽 뺨을 지나 왼쪽 어깨까지 화르르 번졌고 급기야는 심장이 뜨거워지는 것 같았다. 귀가 새빨갛게 달아오른 용수는 그러나 통로로 나가기 위해 몸을 일으키지는 않았다. 틈 없이 꽉 찬 사람들 사이를 비집고 들어가는 것은 평소 그가 실천하는 방정한 행동 체계가 아니기 때문이기도 하거니와 급박한 상황에서 자신의 체계가 위협받게 된다는 것을 알고 있었다. 그는 시험 앞에 무릎 꿇는 사람이 아니고 싶었고, 게다가 당장 통로 안으로 들어가고 싶은 것도 아니었으며, 더욱이 복잡한 여건에서 원치 않는 상황의 내부로 들어가는 것은 그의 취향이 아니었기 때문에 자신에게 쏟아지는 시선을 모른 체하기로 했다. 그는 그런 생각에 휩싸여 취향에 대해 떠올려보려 했지만 점잖고, 고급스러우면서도, 수준 높은, 품위를 갖춘, 유행에 뒤처지지 않는 등의 수식어만 잔뜩 머릿속에 굴러다닐 뿐 구체적인 내용은 생각나는 게 별로 없었다. 연수의 쇼핑 목록과 연수가 즐겨 먹는 음식이 떠오를 뿐이었다. 혀끝에서 시고 짜고 맵고

단 차이를 만들어내는 조미료의 세계와 코끝에서 비강을 거쳐 혀의 돌기들과 직접 교류하는 향신료의 세계를 설명하며 개인의 취향마저 유행을 탄다고 말하던 연수의 입술을 떠올리자 저절로 미소가 지어졌다. 동시에 연수의 취향을 제 것으로 착각해 제 취향에 대해서는 한 번도 생각해본 적이 없다는 것을 깨달았다. 용수는 그 사실이 의아하다고 생각하면서도 여자의 시선을 의식하지 않을 수 없었다. 그래서 취향에 관한 생각은 잠시 접어두고 이번에는 시선에 대해 생각해보기로 했다. 타인의 시선에는 감시의 의미와 더불어 그들이 원하는 행동을 요구한다는 뜻이 포함되어 있었다. 용수는 더이상 여자의 시선을 모르는 체하기 어렵다고 판단했다. 때문에 여자보다 더 조급하다는 듯 통로 쪽을 뒤에서 앞까지 찬찬히, 다시 앞에서 뒤까지 죽 훑어보고는 모두가 줄을 선 상황에서 줄을 서지 못하는 사람에게 닥치는 도태의 공포를 충분히 이해하고 있으며, 그런 이유로 자신도 통로에 늘어선 대열에 합류하기를 간절히 바라고 있다는 것을, 어쩌면 그쪽보다 더 그것을 원하는 사람일 수도 있다는 강력한 의사를 내보이는 쪽을 택하기로 결정했다. 그러자 용수의 마음속 깊은 데서 통로에 늘어선 사람들 사이로 껴들어가고 싶다는 욕망이 생겨났다. 없던 결의가 생겨나자 몸이 알아서 긴장했다. 손바닥에서 땀이 배어나기 시작했다. 용수는 어떻게 하면 품위를 잃지 않고 최대한 눈에 띄지 않으면서도 통로를 가득 메운 사람들 사이로 들어설 수 있을지 고민했고, 고민하는 기색을 숨기려고 느긋하게 행동했다. 불안을 감추기 위해 느긋하게 뒤를 돌아봤고, 느긋하게 시선을 돌렸고, 느긋하게 앞을 봤다. 그리고 다시 느긋하게 통로에 들어찬 사람들을 훑어봤다. 그러면서 여자의 시선과 그 시선을 신경쓰던 자신을 잊은 채 통로 안으로 들어가야 한다는 새로운 강박에 사로잡혔다.

출입문이 열렸다. 사람들은 무언가에 도취된 듯 제 의지가 아닌 어떤 힘에 이끌려 기체 밖으로 몸을 던지는 것 같았다. 그들 대부분이 남들보다 빠르게 문밖으로 나가려는 의지 외에 다른 생각은 없어 보였고, 우물쭈물하거나 두리번거리는 사람들에게 노골적인 시선을 던져 거치적거리는 행동을 교정하려고 했다. 비행기가 상공에 있다면 어땠을까? 용수는 갑자기 궁금해졌지만 정말 궁금하다기보다는 움직일 수도, 움직이지 않을 수도 없는 상황을 회피하고자 떠올린 생각일 뿐이었다.

얼마 전 용수는 사층 높이의 건물에서 추락할 뻔한 적이 있었다. 거절하기 어려운 약속이어서 시간과 장소를 정해놓고도 어물쩍 넘어가려고 했는데 잘 되지 않았다. 사층에 있는 패밀리 레스토랑에 가기 위해 쇼핑몰 안으로 들어섰을 때 향수 냄새가 콧속으로 훅 끼쳐 들어오는 게 느껴졌다. 용수는 입구에 서서 실내를 둘러봤다. 스테인드글라스로 장식한 유리 천장 아래 넓은 홀이 펼쳐져 있었고, 색색의 유리를 투과해 쏟아지는 다채로운 햇빛 속에 수십 개의 테이블이 놓여 있었다. 사람들은 의자에 앉아 달콤한

디저트를 즐기며 쇼핑의 피로를 풀어냈다. 중정 형태의 넓은 홀을 중심으로 일층과 이층은 회랑이 죽 이어져 있었는데 아치와 아치를 연결한 아케이드에 상점이 들어차 있었다. 삼층과 사층은 레스토랑 구역이었다. 용수는 괜히 상점마다 죄 들어가 진열된 상품을 찬찬히 둘러보며 시간을 보냈다. 그런 다음에 약속 장소로 가기 위해 느릿느릿 걸음을 옮겼다. 무겁게 가라앉은 공기에 꽃향기가 짙게 밴 탓에 시간이 지날수록 머리가 아파오더니 나중에는 향수에 푹신 전 기분이 들어 숨을 쉬기 어려웠다. 몸에 무언가가 끈적하게 들러붙은 것 같아 기분이 점점 더 나빠졌다. 계단을 겨우 올라 사층 레스토랑에 다다르자 갑자기 속이 메슥거리는가 싶더니 이마에서 식은땀이 줄줄 흘러내렸다. 눈앞에 보이는 모든 것이 빙글빙글 돌아 정신을 차릴 수가 없었다. 그때 복도 끝 비상구 표시등이 시야에 들어왔다. 그것을 보는 순간 밖으로 나가기도 전에 밖으로 나간 듯한 안도감이 밀려들었고, 어지럼증도 가라앉는 것 같았다. 용수는 천천히 그 앞으로 걸어가 문을 열었다. 그러나 문 밖에는 아무것도 없었다. 계단도 복도도 없었다. 문은 거짓말처럼 허공으로 이어져 있었다. 이어져야 할 시간이 통째로 잘려나간 기분이 이런 것일까? 당연히 있을 거라고 믿었던 공간이 없었다. 순식간에 몸이 얼어붙었다. 식은땀도 그대로 얼어붙었는지 땀구멍마다 얼음 알갱이가 들어찬 것처럼 살갗이 따가웠다. 너무 놀란 나머지 두통도 사그라든 것 같았다. 용수는 자신이 혹시 잘못 본

게 아닌가 싶어 꼼짝 않고 허공을 응시했다. 그 밑으로 길을 걷는 사람들을 보고서야 환영이 아니라는 것을 알았다. 동시에 자신이 평소의 태도를 잃지 않고 점잖게 걸었기 때문에 추락이든 추락사든 막을 수 있었다고 생각했다. 그러자 자신의 생명을 구한 방정한 행동 체계에 대한 애정과 신념이 더욱더 깊어졌다. 그러면서도 신념이나 체계를 앞세워 두려움을 속이고 있는 자신의 태도에 화가 났다. 오라는 데로 오고, 가라는 데로 가는 자신이 싫었다. 하고 싶지 않은 행동을 요구받는 것도, 그것을 하기 위해 늘 뭔가에 쫓겨 지내는 것도 마찬가지였다. 자기를 좀 내버려두기를 바랐다.

뒤늦게 뛰어온 건물 관리인이 용수를 밀쳐내고는 쿵, 소리가 나게 비상문을 닫았다. 그러고 나서 이 문을 열어서는 안 된다고 소리쳤다. 설계법 때문에 비상문을 만들기는 했는데 비상계단은 없다고 했다. 나중에 건물 외벽에 사다리를 놓을 거라고도 했다. 그 문으로 나가려다 추락할 뻔한 사람이 한둘이 아니라고 했다. 설명을 들었지만 용수는 납득할 수 있는 게 하나도 없었다.

그렇다면 문을 잠그면 되는 거 아니에요?

용수는 당황해서 그렇게 물었지만 비상문을 잠가두라니, 말이 되지 않는 말을 해서 괜히 밀지는 기분이 들었다.

비상문을 잠가두는 것은 설계법에 어긋납니다. 그러니까 문을 열어서는 안 됩니다.

관리인은 더욱 말이 되지 않는 말을 지껄였다. 비상문 밖에 아무것도 설치하지 않은 것도 모자라 눈에 잘 띄도록 표시등을 켜두고, 그 문을 잠가두지도 않았으며, 사과는커녕 추락 사고를 운운하는 말과 사고 예방을 위해 문을 잠그는 것이 설계법에 어긋난다는 말 등 말이 되지 않는 말을 하면서도 지나치게 당당한 관리인의 태도에서 현실성이라고는 조금도 느껴지지 않았다. 게다가 용수는 비상문을 열었다는 이유만으로 주의를 받는 어처구니없는 상황에 어떻게 대응해야 할지 몰라 돌아서는 관리인의 뒷모습만 물끄러미 바라봤다.

쌍둥이 자매는 패밀리 레스토랑의 중앙 테이블에 앉아 용수를 기다리고 있었다. 그들은 허리에 검은 리본이 달린 검은 원피스를 똑같이 입고 있었다. 둘 다 진주 하나가 중앙에 박힌 검은 초커를 목에 차고 있었는데 그 때문에 굵은 목이 더 도드라져 보였다. 어딘가에 매여 있는 사람들처럼 보인다고 용수가 말하자 둘은 동시에 까르르 웃고는 우리는 다 어딘가에 매여 있다고 대꾸했다. 용수는 잠시 생각하다가 영화에 등장하는 쌍둥이 자매 이야기를 꺼냈다. 둘은 영화 제목이 뭐냐고 물었다. 용수는 폭설이 잦은 기간에 영업을 정지하는 오버룩 호텔을 배경으로 한 영화라고 설명하고는 쌍둥이 자매가 등장하는 장면을 묘사했다. 둘의 표정을 살핀 용수는 원작 소설보다 더 화제가 되어서 지금까지도 회자되는 훌륭한 작품이라는 점을 거듭 강조했다.

얘가 우리를 건드리네. 그 말인즉슨 우리가 유령이라는 뜻이잖아? 둘째가 어이없어했다.

그것도 점잖게 건드리는걸. 그 말인즉 우리가 복제 유령이라는 뜻과 무엇이 다르지? 첫째도 어이없어했다.

용수는 당황한 것을 숨기려고 미소 지었다.

하지만 좋은 점도 있어. 첫째가 말을 이었다. 복제 유령이라는 건 우리가 누구든 될 수 있다는 뜻이잖아.

맞아. 여기에 있으면서 어디든 갈 수 있는 거야. 둘째가 낄낄거리며 용수를 봤다.

누군지도 모르는 다른 사람이 되는 게 아니고요? 용수가 어이없다는 표정으로 대꾸했다.

얘가 우리를 계속 건드리네. 너는 네가 알고 있는 네가 진정 너라고 어떻게 확신할 수 있지? 첫째가 용수를 흘겨봤다.

그야 생각을 하니까요.

얘가 아주 오만하기까지 하네. 그러면 너는 네가 하는 생각이 진정 너만의 생각이라고 어떻게 확신할 수 있지? 둘째가 묻고는 대답은 듣지 않아도 된다는 듯 다시 말을 이었다. 연수와 네가 사라지고 나서 우리도 할일이 사라져서 사실 좀 심심했어.

용수는 화제를 돌리려고 허공으로 이어진 비상문 이야기를 들려주었다. 용수의 말을 다 듣고는 첫째가 말했다.

네 잘못인 거 같은데.

비상문을 열었잖니? 둘째가 별생각 없이 말하고는 자기가 생각해도 제 말이 의아하다는 듯 첫째를 바라봤다.

비상 탈출구 따위는 없는 거란다. 첫째는 자신을 빤히 보는 둘째의 시선은 아랑곳하지 않고 말을 이었다. 피를 나누지는 않았어도 너는 우리의 가족이야. 그래서 하는 말인데, 법칙을 어기는 행동은 일신에 도움이 되지 않으니 삼가는 게 좋을 거야. 아버지가 화가 많이 나셨어.

맞아. 신용카드를 뺏길 수도 있어. 둘째가 말했다.

둘은 걱정하는 체하며 용수의 반응을 기다렸는데 상대의 약점을 잡아 옭아맨 다음 옴짝달싹하지 못하는 모습을 보며 즐거워하려고 일부러 연기하는 사람들 같았다.

즐거워 보여요. 용수가 말했다.

즐거워 보이니? 둘째가 되물었다.

우리도 애쓰고 있는 거란다. 너처럼 말이다. 첫째가 시무룩한 표정으로 용수를 봤다.

용수는 의자 밑 선반에서 보스턴백을 꺼내 허벅지 위에 올려놓았다. 한껏 모은 양 무릎 위에 위태롭게 올려져 있는 가방이 가련해 보였다. 용수는 자신이 무언가 하고 있다는 걸 여자에게 보여주려고 가방 안을 뒤적이는 체했다. 그러나 여자의 자비 없는 시선이 계속 느껴져 다시 고개를 들어야 했다. 통로의 줄이 줄어들었다. 용수는 그제야 자리에서 완전히 일어났다. 여자는 원망스럽다는 듯 용수의 뒤통수를 노려보다가 소심하게 그의 어깨를 밀치고는 앞으로 튀어나갔다. 용수는 여자에게 신경쓰지 않고 승객이 모두 빠져나가기를 기다린 후에 통로로 나와 출입구를 향해 천천히 걸었다.

비행기에 오르기 전, 용수는 멀리 흐를 연演 자를 쓰는 연수와 함께 타국의 공항에 있었다. 연수는 런던으로 가서 비행기를 갈아타고 스코틀랜드의 한 도시로 갈 예정이었다. 몇 달 후 그곳에서 열리는 축제 공연 팀의 무대 설치를 위한 스태프로 가는 거였다. 갑자기 결정되는 바람에 어쩔 수 없이 가는 거라고 했지만 연수는 계약직이기 때문에 갈지 말지 스스로 선택할 수 있었다. 연수는 그곳에 정착할 수 있는 방법을 찾아 가족의 시야에서 완전히 사라질 거라고 했다. 그러면 모든 게 자유로워질 거라고도 했다. 그때가 되면 꼭 같이 있자는 말도 되풀이해서 용수에게 들려주었다. 헤어지지 않기 위해 잠시 이별하는 거라는 말에 동의할 수 없었던 용수는 할 수 있는 모든 방법을 동원해 만류했지만 끝내 연수의 결정을 되돌릴 수는 없었다. 그래서 그가 아는 방법 중 할 수 있는 게 없을 때 쓰는 마지막 방법, 즉 침묵을 지킴으로써 연수의 마음을 되돌리려고 했으나 그것조차 잘 되지 않았다. 공항에서 용수는 시간을 붙들고 싶다는 생각 외에 할 수 있는 게 아무것도 없었다. 연수와 함께 스코틀랜드로 갈 수 있는 것도 아니었고, 여행지에 홀로 남을 이유도 없었다. 용수는 연수가 탑승권을 발권하는 동안 둘이 함께 떠나왔던 곳으로 되돌아가는 항공권을 끊었다. 다행히 연수의 비행기와 비슷한 시각에 출발하는 항공편이 있었다. 용수는 가좌동의 남쪽에서 약속이 있었다. 지키고 싶지도 않았고 지켜야 할 필요도 없는 약속인데다 연수와 조금이라도 더 함께 있고 싶었기에 어깃장 놓듯 남아 있겠다고 한 거였다. 애초에 그렇게 한 이유도 연수의 결정을 되돌리기 위해서였지만 이제 더는 소용이 없었기 때문에 각자의 시간에 각자의 탑승 게이트로 들어가야 했다. 각각의 비행기가 둘을 서로 다른 나라에 데려다놓을 것이었다.

얼이 완전히 빠졌네.

출국 수속을 하는 용수를 보고 연수가 말했을 때 용수는 정말로 넋이 완전히 나가 있어서 대꾸하지 못했다. 연수가 괜히 용수의 팔뚝을 꼬집었다. 놀라 쳐다보는 용수에게 공항에서는 늘 정신을 똑바로 차리고 있어야 한다고 말해주었기 때문에 용수는 정신을 똑바로 차리려고 했는데, 정신을 똑바로 차려야 한다는 생각만 머릿속에 맴돌았을 뿐 실제로 정신을 똑바로 차리지는 못했다. 정신을 똑바로 차린다는 것은 공항이나 항공사, 나아가서는 국가가 요구하는 것을 제때 증명해야 한다는 뜻이었고, 그러기 위해서는 늘 긴 줄을 서야 했고, 당연히 오랜 시간 대기해야 했다. 혼자 있을 때는 실수를 해도 시간을 들여 만회하면 되지만 연수가 옆에 있기 때문에 용수는 실수해서는 안 된다고 생각했다. 그런 생각이 들자 몸이 더욱 뻣뻣해졌다. 근사한 모습을 보이고 싶은 마음과는 달리 계속해서 모자란 모습을 보인다면, 지금까지 보여준 모자란 모습에 새로운 모자란 모습이 더해져 연수는 자신을 영영 모자란 사람으로 기억할 수도 있었다. 당분간 모자란 인상을 만회할 기회는 없을 것이기 때문에 용수는 정신을 똑바로 차려야 한다는 생각에 집중하느라 정작 정신을 똑바로 차릴 수가 없었다. 당연히 해야 할 일도 제대로 하지 못했다. 여행중에도 그랬다. 실망하는 연수의 눈초리를 볼 때마다 용수는 점점 더 자신감을 잃어갔다. 문제에 부딪히면 머뭇거렸고, 그러는 중에 새로운 문제가 터졌다. 해결하는 것은 연수의 몫이었다. 연수는 헤어져 있는 시간 내내 자신의 어리숙한 모습을 기억할 거였다. 어리숙하다는 인상이 생존에 미칠 부정적인 영향을 생각하자 두려움이 밀려왔다. 그래서 용수는 아무런 행동도 하지 않았다. 공항에서 할 수 있는 일이 이것뿐이라는 듯 그저 앞을 보고 있었다. 따라서 용수는 가는 곳마다 재촉을 받았고, 재촉을 받았기 때문에 조급해졌고, 조급하다는 것을 숨기려고 다시 아무 행동도 하지 않았다. 아무것도 하지 않는데도 용수는 늘 다급했다. 늘 쫓기는 기분이 들었다. 그래서 또다시 아무것도 하지 않았다.

둘은 보안 검색대를 앞에 두고 긴 줄을 섰다. 다른 줄이 줄어드는 동안에도 용수가 있는 줄은 그대로였다. 용수는 그 사실을 알지 못했다. 연수가 고개를 빼 앞쪽을 기웃거렸다. 검색대 직원이 한 남자와 실랑이를 벌이는 중이었다. 직원은 남자가 걸고 있는 목걸이를 문제삼았다. 목걸이에는 캡슐 모양의 은색 펜던트가 달려 있었는데, 남자는 어디든 이 목걸이와 함께 다녀야 하므로 자신의 몸에서 목걸이를 분리해낼 수 없다고 항변했다. 직원은 남자의 설명에는 관심이 없다는 듯 목걸이를 빼라는 말만 되풀이했다. 남자가 잠시 고민하는가 싶더니 마음을 굳힌 듯 입을 열었다.

제 아내입니다.

주위가 조용해졌다.

사람이 들어 있다고요. 남자가 울먹였다.

직원은 당황해서 당장 그것을 목에서 빼라고 외쳤는데 화를 내는 투였다. 남자는 버텼다. 직원은 남자를 추궁해 펜던트 안에 화장한 사람의 뼛가루가 들어 있다는 것을 알아내고는 그것이 유골인지 아닌지 알 수 없으므로 화장 증명 서류를 제출하라고 말했다. 남자는 비행기가 곧 이륙할 텐데 어디서 증명서를 발급받아 오느냐고 따져 물으며, 사고의 경위도 증명하지 못하면서 도리어 유가족에게 피해자의 죽음을 증명하라고 한다면 CCTV의 역할은 무엇이고, 인권유린 외에 국가가 하는 일은 무엇이냐고 소리쳤다.

사고가 있던 날 새벽, 대로에는 안개가 잔뜩 껴 있었다. 때문에 CCTV는 남자의 아내를 치고 달아나는 화물차의 번호판을 카메라에 담지 못했다. 통행자도 통행 차량도 없었다. 아내는 한쪽 얼굴과 머리가 으깨진 채 허공으로 튀어올랐다가 바닥으로 곤두박질쳤다. 아내의 몸에서 떨어져나온 피와 살이 사방에 튀었다. 몇 시간 뒤 길을 지나던 노인이 횡단보도에 널브러진 아내를 발견하고는 허둥지둥 경찰에 신고했고 이내 앰뷸런스가 아내를 실어갔다. 중요한 프로젝트를 앞두고 있다며 평소보다 일찍 출근길에 나선 아내는 형상을 알아볼 수 없는 시신이 되어 병원 안치실에 누워 있었다. 벌어진 검은 입술과 그 안의 보랏빛 혀, 푸르죽죽한 몸은 온몸에 도축 검사 합격 도장을 찍어놓은 고기 같았다. 남자는 아내를 화장했다. 그리고 뼛가루 일부를 펜던트 안에 눌러 담아 목에 걸고는 지난 오 년간 한 번도 빼지 않았다.

CCTV 영상이 단서의 전부였다. 아내가 죽는 장면을 보는 것은 말할 수 없이 끔찍한 일이었지만 남자는 몇 번이고 영상을 돌려봤다. 하지만 목격자가 없었기 때문에 동영상에서 캡처한 흐릿한 사진을 바탕으로 차량에 대한 개인 제보나 경찰관의 소식을 기다리는 것 외에 그가 할 수 있는 일은 별로 없었다. 설거지를 할 때 아내와 함께 산 그릇이 깨지지 않도록 주의했고, 아내의 몸을 어루만지듯 아내의 찻잔을 어루만졌다. 손을 대는 사람이 아무도 없었으므로 아내의 물건에는 당연히 먼지가 앉았다. 그는 눈에 띌 때마다 먼지를 닦았다. 그러면서도 잘하는 짓인지 알 수 없었다. 아내의 손길이 닿았던 흔적까지 지우는 것 같아 두려웠다. 그렇다고 먼지를 그대로 놔두는 것은 아내의 부재를 전시하는 기분이 들어 슬펐고, 아무것도 하지 않는 것 같아 불안했다. 아내의 체취를 느껴보려 살며시 옷장을 열고 그 안에 코를 박아 넣으면서도 열린

틈으로 아내의 체취가 날아갈까봐 조바심이 났다. 아내는 없었지만 아내의 냄새가, 아내의 몸을 통과해 나온 숨결이 옷장 안에 남아 있다고 생각하면 조금이나마 위안이 되었다. 남자는 옷장 문을 열고 그 안에 있는 아내와 대화했다. 머리빗에 남은 아내의 머리카락 같은 것들에도 말을 걸었다. 아내의 물건들은 오 년이 넘도록 제자리에 놓여 있었다. 그러는 동안 변호사가 바뀌었고, 직장을 그만두었고, 직장 드나들듯 경찰서를 오갔다. 사진과 비슷한 화물차를 봤다는 제보를 받으면 드물게는 제보자를 만났다. 1000킬로미터가 넘는 거리를 이동해야 하는 경우 승용차로 국경을 넘은 적도 있었다. 그러나 수사에 진척은 없었다. 해결의 기미도 보이지 않았다. 제보를 따라 끊임없이 또다른 곳으로 이동해야 했고, 별 소득 없이 다시 제보가 오기를 기다려야 했다. 운전자의 얼굴도 차량번호도 몰랐지만 뺑소니 차량의 행적을 추적하며 그는 아내를 위해 뭔가를 하고 있다는 것을 위안 삼았다. 환영을 찾아 헤매는 느낌이 들 때면 펜던트에 대고 답답한 심정을 토로했다. 그러면 목걸이가 더 아내처럼 여겨졌다. 그런 시간의 반복이었다. 도시는 무엇이든 감시하고 통제했지만 개인에게 닥친 불운은 모르는 체했다. 이방인에 대해서라면 더욱 그랬다. 외국에서는 이방인이라 차별받았고, 고국에서는 국적이 다른 사람과 결혼했다는 이유로 손가락질받았다. 남자도 슬슬 지쳐가고 있었다. 아내의 뼈를 지니고 다닌다는 이유로 실랑이를 겪을 때마다 그랬다. 남자는 목걸이를 압수당할 것을 알면서도 계속 소리쳤다. 그러면서 오히려 홀가분한 기분마저 느꼈고, 그런 자신을 용서할 수 없어 괴로웠다. 스스로 몸에서 목걸이를 분리해낼 수 없기에 누군가 그 일을 대신해주기를 바랐다.

번역기를 돌리던 구경꾼들은 동정어린 시선으로 그를 바라봤다. 아내와 함께 있을 수 있도록 선처를…… 구경꾼 중 하나가 직원 앞에서 중얼거렸다. 다른 사람들도 혀를 차며 남자의 편을 들어주었다. 오, 신이여! 아이고, 쯧쯧, 구경꾼 사이에서 신음이 터져나왔다. 주위에 동요가 일자 직원은 공항 경찰을 불렀다. 남자가 울부짖으며 저항했다. 모여 있던 구경꾼들이 난동을 부리는 남자를 피해 조금씩 뒤로 물러났다. 경찰은 남자를 제압할 기회를 엿봤다. 고통스럽다고 하더라도 합리적으로 행동하기를…… 누군가 남자를 보고 말하자 오, 신이여! 아이고, 쯧쯧 따위의 신음이 주위에서 다시 쏟아져나왔다. 남자는 결국 경찰에게 목걸이를 압수당했다. 소란이 잦아들자 구경하던 사람들도 각자 제 길을 찾아 뿔뿔이 흩어졌다.

출국장 안으로 들어선 연수와 용수는 마음이 애틋해져서 누가 먼저라고 할 것도 없이 동시에 입을 맞췄다.

너는 겁이 많아서 많이 모자라지만 그런 널 탓하지는 않을 거야.

연수가 다정하게 말하고는 용수의 오른쪽 귀에 대고 사랑한다고 속삭였다. 유리창으로 정오의 햇살이 비쳐들어 연수의 몸을 휘감았다. 정수리에서 흘러내린 빛은 머리카락 사이로 빠져나와 연수의 가슴께에서 가느다란 빛줄기로 흩어졌다. 용수는 빛에 휘감긴 연수를 황홀하게 바라봤다. 광배에 휩싸인 듯 몸의 윤곽이 점점 더 흐릿해지더니 연수가 제작에 참여하는 홀로그램처럼 몽환적인 모습으로 변모했다. 머지않은 미래에 스코틀랜드 위스키를 함께 마시며 축배를 들자고 말하는 연수의 목소리도 환청처럼 들려왔다. 바로 옆에서 말하는데도 아주 먼 데 있는 것 같았다.

축복받은 보통의 연인들처럼 그렇게 말이야.

연수가 용수를 안았다. 용수는 습관처럼 주위를 살폈지만 이내 그럴 필요가 없다는 걸 깨닫고는 연수에게 함께 있고 싶다고 속삭였다. 용수는 집으로 돌아가자고 외치며 울고 싶었는데 어리광처럼 보일까봐 그렇게 하지 못했다.

용수는 가방에서 목걸이를 꺼내 연수에게 내밀었다. 절반으로 갈라진 하트 모양의 펜던트가 달린 목걸이였는데 절반의 하트 두 개가 하나로 합쳐지면 우리가 보는 세상이 바뀌는 거라고 말했다. 용수는 두 개의 목걸이 중 하나는 제 목에 걸고 다른 하나는 연수의 목에 걸어주었다.

이건 우리 사랑의 징표야.

징표라니, 너무 전통적인걸.

절망적인 상황에서도 희망을 품는 게 인간이지. 용수는 징표 따위는 허상에 불과하다는 연수의 평소 생각을 알고 있었기 때문에 그렇게 말했다.

마음만 있으면 우리는 언제든 만날 수 있어. 하지만 네가 편하다면 나도 좋아.

연수가 살며시 웃는 바람에 용수는 눈물을 뚝뚝 흘리며 흐느껴 울었다. 연수는 용수를 껴안고서 나지막하게 속삭였다.

다음에는 네가 와.

언제?

곧.

누나.

그때는 누나라고 하지 않아도 돼. 그리고 그때는 이 목걸이를 버리자.

연수가 눈물이 고인 눈으로 바라보자 용수는 아이처럼 엉엉 울었고, 울다보니 정말로 혼자 남겨진 것 같아 눈물을 그칠 수가 없었다. 용수는 울먹이며 게이트 안으로 사라지는 연수의 뒷모습을 지켜봤다.

용수는 제가 타고 온 비행기의 탑승교 유리창으로 계류장을 바라봤다. 도착 비행기가 계류장 구획선 안으로 속속 들어왔다. 항공기 정비사와 수신호를 교환한 탑승교 운전자가 비행기 좌측 출입문에 터널형 연결 통로를 부착했다. 푸른색 비행기는 푸른색끼리 붉은색 비행기는 붉은색끼리, 국가별로 항공사별로 기종별로 계류장에 서 있는 비행기의 출입문마다 공항과 바로 연결되는 탑승교가 부착되어 있었다. 그 때문에 계류장에 주기된 비행기는 거대한 인큐베이터 같았고, 그래서 공항은 살아 움직이는 모체 같았다. 그리고 그 주변에서 일하는 사람들은 모두 프로그래밍한 대로 움직이는 자동기계 같았다. 다음날도 그다음날도 같은 일이 반복될 것이었고, 그 일은 지구가 멸망하더라도 끝나지 않고 지속될 것 같았다. 공항이 살아 있는 유기체 같다고 생각하자 용수는 자기 자신도 정해진 대로 움직이는 기계처럼 느껴졌다. 네가 하는 생각이 전부 네 생각인 줄 아느냐던 쌍둥이의 질문이 떠올랐다. 동시에 누군가 자신을 보고 있다는 생각이 들었고, 그 시선에서 벗어날 수 없을 것 같았다. 용수는 이곳에서 빨리 벗어나야겠다고 생각했지만 정해진 행로를 따라가는 것 외에 달리 방도가 있는 것도 아니었다.

입국 심사대 앞에 사람들이 모여 있었다. 구불구불 이어놓은 가이드라인 차단 봉이 사람들을 통제하는 동시에 입국 심사대 앞까지 빠르게 이어지도록 유도했다. 가이드라인 안에 한 줄로 늘어선 사람들은 서로의 몸을 건드리고는 서로 짜증을 냈다. 용수도 맨 끝에 줄을 섰다. 천장에는 LED 형광등이 일정한 간격을 두고 끝없이 이어져 있었다. 창백한 불빛 아래 수십 개의 입국 심사 데스크가 놓여 있었고, 데스크마다 같은 유니폼을 입은 심사관들이 주르르 앉아 똑같이 움직였다. 심사관들은 유리판 사이로 승객들의 여권 사진과 실제 얼굴을 대조하고는 입국허가 도장을 찍었다. 도장을 받은 승객이 심사대에서 빠져나가면 다음 승객이 빠르게 다가가 심사관을 향해 얼굴을 들이밀었다. 심사관은 그다음 승객의 여권을 펼쳤다. 그러고는 공정 검사 합격 도장을 찍듯 입국허가 도장을 꾹꾹 눌러 찍었다. 그런 동작의 반복이었다.

용수는 심사대 앞으로 걸어갔다. 심사관이 눈을 치뜨고 용수를 살폈다. 용수는 괜히 긴장해서 미소를 띠려 노력했는데 그 때문에 오른쪽 입가에 가벼운 경련이 일었다. 심사관이 용수의 목걸이를 보고 고개를 갸웃거렸다. 그러고는 시선을 돌려 모니터에 뜬 승객 정보 사전 분석 시스템을 살폈다. 용수는 목걸이를 내려다봤다. 절반이 잘린 하트 모양 펜던트가 가슴께에 낙인처럼 매달려 있었다. 목걸이를 셔츠 안으로 집어넣고 싶었지만 불필요한 동작으로 괜한 이목을 끄는 게 두려워 공손한 태도를 유지한 채 심사관을 바라봤다. 입국허가를 기다리는 시간이 길어질수록 연수가 생각났다. 연수와 함께 있던 시간이 아주 먼 과거의 일처럼 까마득하게 느껴졌다.

심사관은 이것저것 살피는 체하며 시간을 끌다가 여권을 펼친 후 입국허가 도장을 꾹 눌러 찍었다. 용수는 심사대를 빠져나온 다음에 목걸이를 셔츠 안으로 밀어넣었다. 그러자 연수가 이 나라로 다시 돌아올 수 없을 것처럼 느껴졌다. 영영 쫓겨난 것만 같았다. 용수는 생각을 바꾸려고 애썼다. 자유로운 도시로 향하는 자유로운 연수, 자유롭게 하늘을 날고 있을 연수를 상상했다. 도시와 마찬가지로 하늘도 나라의 주권이 미치는 영공이었다. 하늘에는 눈에 보이지 않는 수많은 길이 있었고, 그 길을 따라 하루에도 수십만 대의 비행기가 움직였다. 항로를 벗어나 레이더망에서 사라지지 않는 한 비행기는 정해진 경로를 따라 운항할 테고, 그 정보는 실시간 추적 시스템에 의해 수집될 거였다. 어디에도 숨을 곳은 없었다. 사라질 곳도 없었다. 용수는 연수를 찾아갈 자신의 미래를 그려봤다. 연수에게 짐이 되지 않으려면 어떤 일이라도 해야 했다. 필요한 것을 갖춰야 했다. 그러나 구체적으로 무엇을 해야 하는지는 떠오르지 않았다. 자신의 미래가 신기루처럼 느껴질 뿐이었다. 용수는 그제야 현실로 돌아왔다는 것을 실감했다.

입국장은 밝고 깨끗했다. 수만 개의 구슬이 달린 크리스털 샹들리에가 공항 곳곳에서 환한 빛을 발산했다. 유리창으로도 은은한 빛이 흘러들었다. 블라인드를 투과해 들어온 빛이 모시 조각천의 색채에 따라 다른 색을 띠며 공간에 온기를 불어넣었다. 그 앞에 설치된 전통 창호 문살 모티프의 융복합 예술작품이 동양적인 분위기를 더해줬다. 창호 모양의 패널 안에서 문살의 모양이 계속 바뀌었다. 문살은 아亞 자 무늬가 되었다가 정正 자 무늬가 되었고, 빗살무늬가 되었다가 꽃살 무늬로, 연꽃이 모란으로 바뀌었다가 다시 국화로 변화했다. 무늬는 돌출되었다가 함몰되었고, 수축했다가 팽창하면서 패널에 물결무늬 파동을 만들었다. 변화하는 문살은 모시 조각천과 상호작용하며 전통가옥에 온 듯한 착각을 불러일으켰다. 한옥으로 보이던 곳은 순식간에 사찰로 변모했고, 곧이어 궁궐로 이미지를 바꾸면서 다른 차원의 시공간을 한곳으로 불러들였다.

천장까지 치솟은 초대형 미디어 타워도 마찬가지였다. 화면 안에서 시원하게 쏟아지는 폭포수는 어느 순간 드넓은 해양이 되었다가 얼마 지나지 않아 워터파크가 되었고, 어느새 아쿠아리움으로 변했다. 바다거북과 수영하던 스쿠버 다이버가 제 밑에 있는 사람들을 훑어보다가 부드러운 동작으로 손을 뻗었다. 손가락이 허공으로 튀어나와 공항 천장에 걸린 샹들리에를 가리켰다. 그 아래서 스크린을 쳐다보던 사람들은 이리저리 몸을 움직이며 눈앞에 펼쳐진 착시현상을 즐겼다. 입국장은 한순간에 테마파크가 되었다가 세계 곳곳의 관광지로 변모했으며 곧이어 국가 유적지로 모습을 바꿨다. 쇼핑몰이 되었다가 홍보관이 되었고, 그런 다음 다시 예술작품을 전시하는 갤러리가 되면서 앞서 펼쳐놓았던 홍보 이미지를 모두 지워냈다. 사람들은 과거와 현재, 미래를 모두 한곳에서 만날 수 있었고, 그곳에서 국내외는 물론 우주공간까지도 뻗어나갈 수 있었다. 그뿐 아니라 동시에 모든 것을 느낄 수도 있었다. 사람들은 미디어 타워의 압도적인 규모와 입체적인 화면에 놀라 그 앞에서 사진을 찍었고, 자신의 행로를 잊고 상업 공간으로 이동해 새로 출시된 게임을 즐기거나 가상현실을 체험했다.

출입구 근처에 조성된 전시실에서 새롭게 출시한 스포츠카를 구경하기도 했고, 홍보 제품을 사기 위해 플래그십 스토어로 들어가기도 했다. 종류별로 진열된 다양한 빛깔의 상품이 영롱한 자태를 뽐어내는 가운데 물건을 집어들고 값을 치렀다.

인터랙티브 미디어 월 앞에도 사람들이 모여 있었다. 역사, 문화, 도시, 축제, 쇼핑 등으로 분류된 콘텐츠를 터치하면 화면이 바뀌며 세부 목록이 펼쳐졌다. 원하는 목록을 다시 터치하면 더욱 자세한 정보를 알 수 있었고, 가상으로 경험해볼 수도 있었다. 미디어 월은 사람들의 움직임에도 실시간으로 반응했다. 누군가 팔을 휘젓자 움직임을 감지한 미디어 월이 화면을 바꿨다. 화면 가득 꽃송이가 날리다가 어느 순간 화면 밖으로 쏟아져나오는 듯한 착시를 일으켰다. 몇몇 사람이 꽃잎을 손으로 받아보려고 팔을 뻗었다. 꽃봉오리가 그들의 손안에서 활짝 피어났다. 꽃송이를 쥔 사람들이 또다른 꽃송이를 잡으려고 몸을 움직이자 그들이 움직이는 방향대로 바람이 일었다. 뒤이어 일렁이는 파도가 순식간에 눈앞으로 다가왔다. 실제로 파도가 몰아닥친 것 같아 용수는 뒤로 조금 물러나 주위를 살폈다. 한쪽 끝에 서 있던 허름한 차림의 남자가 글자를 건드리고 있었다. 글자가 조각조각 나뉘어 흩어지더니 아름다운 이미지가 그의 눈앞으로 다시 날아들었다. 지역을 대표하는 건축물 뒤로 사계가 펼쳐졌다. 남자가 화면에 얼굴을 바짝 붙이고는 이미지를 건드렸다. 화면이 지형지물을 지나 멀리 이동해서 위성사진으로 이미지를 바꿨다. 길게 이어진 산맥이 모습을 드러냈다. 화면이 아래로 쑥 내려와 산맥 가운데 숨어 있던 오두막을 비췄다. 남자는 뭔가에 흠칫 놀라 뒤로 물러섰다. 남자의 움직임에 따라 그 뒤에서 화면을 보던 사람들도 뒤로 물러났다. 화면에서 쏟아져나온 빛이 그들의 몸으로 번져들었다. 용수는 그들이 이미지 안에 새로운 이미지로 겹쳐져 화면 속에 들어가 있는 것 같다고 생각했다. 화면이 내뿜는 불빛이 용수가 있는 데까지 범위를 넓혀왔다. 그리고 그 빛은 뒤에 있는 사람들에게까지 흘러들었다. 용수는 현란한 빛의 터널에 꼼짝없이 갇힌 기분이 들었다. 시간도 그대로 멈춰버린 것 같았다. 같은 시간과 같은 공간이 무한히 확장되면서 끝없이 안으로 들어가는 나선형 미로에 갇혀버린 듯한 느낌에 용수는 시각적인 현기증을 느꼈다.

용수는 스마트폰을 켰다. 동시에 쏟아지는 문자메시지는 재난 수준이었다. 스마트폰 안에 갇혀 있던 문자가 팝콘처럼 밖으로 터져나왔다. 입국과 통신 상황에 대한 알림 문자와 이상 기온으로 인한 폭설 주의보를 안내하는 문자도 여러 건 와 있었다. 쌍둥이 자매가 보낸 문자는 여든여덟 개였다. 약속한 시각에서 이미 두 시간이나 지났고 스마트폰 전원이 꺼져 있는 탓에 연락도 두절되었으나, 둘은 가좌동의 남쪽 닥터정치과 앞 사거리에서 오들오들 떨며 지금까지 기다리고 있다고 했다. 그러면서 살인적인 한파에 폭설 주의보까지 발동한 날, 바이러스가 더욱 기승을 부리는 차가운 공기에 온몸을 내맡긴 채 서 있는데 왜 아직도 오지 않는 거냐고 묻고 있었다. 물론 엄살이었다. 용수는 한파와 바이러스를 피해 어딘가 들어가 있으라고 답했다. 그들은 어딘가가 어디인지 모르겠지만 용수가 도착하면 그 어딘가로 함께 들어가겠다고 우겼다. 용수는 바이러스가 기승을 부리는 한파인지 꽃샘추위인지 모를 추위에 몇 시간이나 거리에 서 있었으면서 앞으로도 그렇게 하겠다는 그들을 이해할 수 없었지만 이해와 상관없이 마음이 조급해지는 것을 느꼈다. 하지만 곧 그들이 김이 모락모락 피어나는 어묵집에 앉아 있으면서 추위에 떨고 있다고 거짓말하는 건 아닌지 의심스러워졌다. 복수든 장난이든 그들은 충분히 말도 안 되는 거짓말을 할 수 있는 사람들이었다. 게다가 그 거짓말을 사실이라고 믿으며 망상을 키워갈 거였다. 용수는 괜히 스마트폰에 쌓여 있는 메시지를 일일이 확인했다. 그러느라 시간은 계속 지체되었다. 약속 시간은 한참 전에 지났고, 지체된 시간은 다시 조금 전에 지났고, 더욱 지체된 시간이 또다시 지나는 식이었다. 연수에게서 비행기가 연착되는 바람에 아직 탑승하지 못했다는 메시지와 비행기가 활주로에서 이륙 대기중이라는 메시지가 동시에 들어왔다. 어서 돌아오길 바라. 용수는 메시지를 쓰고 전송 버튼을 눌렀다. 당장 돌아올 수 없다는 걸 알면서도 그렇게 썼다. 연수는 메시지를 읽지 않았다.

무빙워크는 공항과 역사를 빠르게 연결했다. 무빙워크에 올라서자마자 용수는 승강장에 도착했고, 어느새 철로를 따라 진입중인 전철을 보고 있었다. 전철 안에서 용수는 문자메시지를 하나하나 천천히 확인했다. 그런 다음 수백 통의 메시지에 모두 답신을 보냈다. 국가와 통신사, 소방방재청은 발신이 불가한 번호라는 안내를 보고 답신 문자 리스트에서 제외하기로 결정했다. 용수는 정신을 차려도 지나치게 똑바로 차리고 있는 자신을 연수가 보지 못하는 게 아쉬워서 피식 웃었다. 그와 동시에 눈물이 차올랐다. 지나치게 똑바로 정신을 차린다는 건 정신을 차리지 않은 것과 같은 거라고 말하는 연수의 목소리가 들리는 것 같았다. 그러자 아내를 잃은 남자가 생각났다. 국가가 하는 일이란 늘 일방적이다. 남자는 공항에서 그렇게 외쳤다. 절규에 가까웠던 남자의 목소리를 떠올리며 용수는 그가 한 말을 나지막이 따라 해봤다. 하지만 일방적인 건 개인도 마찬가지가 아닐까 하는 생각이 들어 용수는 고개를 떨궜다.

정차역이 아닌 곳에서 전철이 멈춰 섰다. 승객들은 그것을 알지 못했다. 앞차에서 응급환자 발생하여 이곳에서 이 분간 정차하겠습니다. 스피커를 통해 목소리가 흘러나왔다. 무슨 일이야? 응급환자라니? 승객들은 그제야 잠에서 깨어난 사람들처럼 웅성거리기 시작했다. 수습이 끝나는 대로 출발하겠습니다. 스피커에서 다시 소리가 나왔다. 그나저나 무엇을 수습한다는 걸까요? 누군가 주위를 살피며 물었다. 그러니까요. 무슨 일이죠? 누군가 되물었다. 누군가 또 쓰러졌겠지요. 맞은편에 있던 사람이 놀랄 일도 아니라는 듯 고개 숙인 채 대꾸했다. SNS를 보면 명확한 이유를 알 수 있겠지요. 또다른 누군가 말하자 몇몇이 스마트폰을 들여다봤다. 몇몇은 사진을 찍어 자신의 SNS 계정에 태그를 달아 올렸다. 기사를 검색하던 청년 하나가 옆에 앉은 청년에게 말했다.

자연인이었던 사람이 도시에서 죽었다는데.

자연인이었던 사람은 또 뭐야? 그런 게 뉴스에 나와? 다른 청년이 청년의 스마트폰을 흘깃거렸다.

태어나서부터 주민등록증이 없이 살다가 서른여섯에 주민등록증이 나왔다는데 주민등록증이 나오고 나서 바로 자살했대.

그럴 수도 있는 건가?

행정 착오였다는데, 아무도 책임지지 않았나봐. 청년이 기사를 보면서 말을 전했다. 아, 주민등록증이 없으면 병원도 은행도 못 가는구나. 당연한 건데 생각해본 적이 없었어.

하지만 죽으려는데 주민등록증이 왜 필요했던 걸까?

글쎄 말이야. 죽기 위해 받은 걸까?

하긴, 주민등록증이 있어야 살아 있던 게 증명이 되겠구나.

맞다! 주민등록증이 있어야 죽었다는 것도 증명이 되는 거네.

그런 거 말고 재미있는 건 없어?

그런데 이름이 헷갈리네. 영일이라는 건가? 일영이라는 건가? 기사도 믿을 수가 없어.

그런 거 말고 믿을 수 있는 거!

뭐 먹을지 한번 찾아볼까? 청년의 목소리가 높아졌다.

그래. 맛집 찾아보자! 다른 청년도 소리치며 스마트폰을 검색했다.

전철은 다음 역으로 나아가지 못하고 안내된 시간보다 더 오래 지하 터널 안에 정차했다. 이 분이라던 정차 시간은 십오 분이 되었다가 다시 십이 분이 더 늘어났다. 승객들은 호기심어린 표정으로 어둠이 전부인 유리창 밖을 내다보거나 앞차가 보이기라도 한다는 듯 괜히 객차와 객차를 연결하는 통로에 시선을 던진 채 웅성거렸다.

오 예! 용수 옆에 앉아 스마트폰을 보던 남자가 짧은 함성을 지르며 주먹을 꽉 쥐었다. 남자는 기쁨에 겨워 만면에 한가득 환한 웃음을 짓고는 양손으로 그러쥔 스마트폰을 제 가슴 앞에 가져다 댔다. 스마트폰이 신이라도 된다는 듯 가슴에 품고 감격에 겨워하다가 곧바로 통화 버튼을 눌렀다.

엄마! 저 당첨됐어요! 남자가 울먹였다. 엄마! 저 아파트 넣은 거 있잖아요! 그거요! 그게 됐다고요. 당첨됐다고요! 정말 대단하죠? 엄마가 기도해주셔서 당첨됐나봐요. 정말 잘됐죠, 엄마? 이제 아이도 다시 데려올 수 있어요. 엄마가 돌봐주신다면 말이에요. 돌봐주신다고 하셨으니까요. 돌봐주셔야만 아이를 데려올 수 있어요. 엄마, 우리 이제 고생 끝이라고요! 제 앞길에도 좋은 일만 일어날 거 같아요. 엄마 덕분에요. 우리 셋이 한곳에 모여 살 수 있게 되었다고요.

남자는 스마트폰 저편에서 들려오는 소리를 들으며 눈물을 흘렸다. 전화를 끊은 후에도 그는 안절부절못했다. 아이에게는 아직 털어놓을 때가 아니었다. 임대 아파트 입주 시기가 다가오면 그때 말한 후 데려올 생각이었다. 애엄마는 애를 순순히 내어줄 거였다. 재혼한 남자는 자식이 있었고, 아이는 그 집에 적응하지 못했다. 남자는 이 기쁨을 누군가와 나누고 싶었지만 그러지 못했다. 친구들이 과연 제 일처럼 기뻐해줄지 의문이었다. 남자는 스마트폰을 꽉 쥔 양손을 제 가슴에 대고는 시선을 돌려 용수를 바라봤다.

그렇기는 해도 지금 당장 데려올 수는 없거든요. 남자가 중얼거렸다.

언제까지 기다려야 할까요? 용수가 물었다.

남자가 용수를 봤다.

용수는 미소를 지은 채 가만히 있었다.

용수의 친부는 쫓겨났다. 화가 난 어머니가 다툼 끝에 나가라고 소리쳤는데 아버지는 정말로 집을 나가버렸다. 둘 다 홧김에 그랬다고 했다. 용수는 그 광경을 모두 목격했는데도 기억나는 게 별로 없었다. 기억마저도 희미해서 꿈인지 현실인지 오래 생각해야 했다. 쫓겨난 아버지는 근처에 사는 친구를 불러내 함께 술을 마시고 노래방에 갔다가 친구네 집에서 잤다고 했다. 며칠이 지난 후 다시 집으로 찾아왔지만 대문 앞에 여행 가방 하나가 나와 있을 뿐이었다. 짐이 든 가방을 가지고 간 후에도 아버지는 종종 집 앞에 왔다. 그러나 집안까지 들어오지는 못했다. 아버지는 포기가 빠른 사람이었다. 상대가 원하면 원하는 대로 자기 생각을 쉽게 포기하고 빠르게 돌아섰다. 반대의 경우도 마찬가지였다. 상대가 원하면 바로 집으로 들어올 수도 있었다. 어머니는 드라마 속 비련의 여주인공이 된 듯한 기분이었다며 당시를 회상했다. 그러면서 어딘가 살짝 고장난 사람과 너무 오래 살았다고 했다. 그럴 수 있었던 것도 모두 자신의 도량이 넓어서라고 했다. 용수는 아버지를 닮았다는 말을 들을 때마다 어머니에게 버려질까봐 두려웠다. 당장 갈 수 있는 곳이 있는 것도 아니었고, 초등학생 신분으로 밖에 나가 홀로 먹고살 수 있을지도 막막했다. 어린 노숙자가 되느니 어딘가 살짝 고장났다는 걸 인식할 때마다 그걸 숨기는 쪽을 선택했다. 그래서 용수는 눈에 띄는 행동을 삼갔다. 방정한 생활태도를 유지하려 애쓰며 집에서도 밖에서도 있는 듯 없는 듯 지냈다. 어머니와 살기 위해서는 늘 긴장 상태를 유지해야 했다. 용수의 마음을 알아챈 아버지는 함께 살 집을 마련해서 데리러 오겠다고 했다. 둘이 살기에 고시원은 너무 좁다고 했다. 그뒤로 아버지는 낮에는 친구의 약국에서 전산 처리 업무를 봤고, 밤에는 또다른 친구의 식당에서 숯불을 피우고 홀 서빙을 했다. 주말에는 대리 기사 일을 했고, 기회가 생길 때마다 탁송 기사 일도 종종 했다. 편의점 음식으로 끼니를 때우며 하루에도 몇 병씩 소주를 마셨고 나날이 말라갔다. 그리고 한동안 소식이 없었다. 얼마나 시간이 흘렀을까? 아버지는 자살했다. 장례식장에 조문객은 별로 없었다. 약국 사장과 식당 사장이 다였다. 용수는 그들의 얼굴을 제대로 보지 못했다. 그러나 그들이 한 이야기는 기억했다. 약국 사장과 식당 사장이 기억하는 아버지는 전혀 다른 사람이었다. 아버지는 낮에 성실히 일을 했고, 밤에는 성실히 술을 마셨다고 했다. 낮과 밤의 성격도 달랐다고 했다. 약국 사장과 식당 사장은 아버지에 대해 이야기를 나누다가 같은 사람이 맞느냐며 서로 놀랐다. 그들이 기억하는 아버지는 용수가 기억하는 아버지의 모습과도, 어머니에게 들은 아버지의 모습과도 달랐다. 하지만 아버지의 본모습이 무엇인지 생각할 겨를도 없었다. 장례를 치르는 동안 용수는 쏟아지는 잠에 취해 있었다. 그러느라 죽은 아버지의 모습도 제대로 보지 못했다. 용수는 그것을 후회했다. 외면했다는 기분이 들었다. 아버지가 자기를 데리러 왔다면 어땠을까. 용수는 늘 생각했다. 그러면 조금은 편안한 유년기를 보내게 되었을까, 늘 긴장 상태로 살지 않아도 되었을까. 그런 것이 궁금했다. 그러면 아버지는 더 오래 살았을까, 더 빨리 죽었을까, 그런 것도 궁금했다. 동시에 아버지의 죽음이 자기 탓이라는 생각을 지울 수 없었다. 아버지가 자신과 함께 살 곳을 구하려고 애쓰지 않았더라면, 그러면 아버지는 살아 있을 수도 있었다.

출입문 쪽에 서 있던 여자는 일행에게 말을 하느라 전철이 정차한 것을 알아차리지 못했다. 일행인 남자는 여자가 눈치채지 않도록 주의하면서 유리창에 비친 사람들을 힐끔거렸다.

제가 입사했을 때는 아무도 이런 팁을 알려주지 않았어요. 여자가 말했다. 나중에 생각해보니 저는 참 운이 없었다 싶었어요. 그래서 신입사원이 들어오면 직장생활의 팁을 좀 알려주면 좋겠다 싶었거든요. 선배로서 말이죠. 혹시 괜찮다면 제가 직장생활의 팁을 드리려 하는데, 요점은 공부를 좀 하시라는 거예요. 앞으로 가족처럼, 아니 가족보다 더 가까운 사이가 될 테니까 아낌없이 알려드리는 거예요. 눈치채셨는지 모르겠지만 우리는 야근이 잦아서 회사에서 보내는 시간이 집에서 보내는 시간보다 더 많거든요. 이제 우리도 한 가족이 되었으니까 도움이 되길 바라는 마음에서 드리는 말인데, 뭔가 배우고 싶은 생각은 있는데 무엇을 배워야 할지 모르겠다면 먼저 오피스 공부를 하시는 게 좋을 거예요. 좀 전에도 말씀드렸다시피 제가 경험이 있어서 얘기하는 거니까 오해는 하지 말고요. 요즘 엑셀은 기본이라 파워포인트 공부도 해야 해요. 우리 팀에 대해 제가 정말 아쉬운 점 하나는 팀원들이 욕심이 별로 없다는 거예요. 욕심이 너무 많아서 과부하가 걸려도 좋지 않지만 욕심이 너무 없는 것도 문제는 문제거든요. 팀이 잘 굴러가려면 적당한 수준을 꾸준히 유지하는 게 중요한데 그게 사실 좀 어렵잖아요. 수준이 낮아도 문제지만 수준이 높아도 문제라는 거예요. 요점은 공부를 하더라도 적당한 수준을 지키면서 하는 게 중요하다는 거예요. 튀지 말아야 한다는 이야기죠. 그러니까 자기만 아는 이기적인 사람은 회사에 도움이 안 된다는 거예요. 한번 생각해보고 공부를 해야겠다는 마음이 들면, 그리고 만약에 오피스 학원에 다니면서 좋은 성과를 낼 자신이 있다면, 제가 회사에 살짝 이야기해서 학원비를 지원해드리도록 할게요. 뭔가 배우고 싶다고 하셨으니까 드리는 말씀이에요. 이왕이면 업무에 활용할 수 있는 걸 배우면 좋으니까 도움되라고 드리는 말씀이고요. 배운 걸 다시 회사에, 나아가서는 사회에 환원하면 보람도 있겠지요. 여자가 0.3초 정도 쉬었다가 다시 말을 이었다. 우리 새언니가 그림을 그려요. 그림을 그리는 건 좋은데 그걸 쓰지를 않는 거예요. 자기 집에 걸어놓을 것만 그리고 사회에 환원을 안 해요. 우리한테도 안 줘요. 배워서 그린 그림을 말이죠. 그래서 우리 오빠가 그랬대요. 배웠으면 그걸 써먹어야 한다, 나가서 벽화라도 그려라, 사회에 도움이 되는 일을 해라, 하다못해 지인들에게 선물이라도 하면 좋지 않겠느냐고요. 돈을 벌라는 게 아니에요. 누군가에게 도움을 주는 일을, 뭔가 사회에 환원할 만한 일을 하라는 거잖아요? 그런데 배운 걸 써먹지도 못하고 자기 집 꾸미는 일에만 열중하는 건 정말 아닌 거죠. 그렇지 않나요? 여자가 미소 지었다.

심각한 일이네요. 남자가 말했다.

심각하죠. 여자가 활짝 웃었다.

앞으로도 십이 분을 더 기다려야 한대요.

그게 무슨 말이죠? 여자가 놀라 물었다.

전철이 정차역이 아닌 곳에 멈춰 서서 갈 생각을 안 하고 있어요.

전철이 멈췄다고요? 여자는 그제야 전철이 지하 터널 한가운데 멈춰 있는 것을 확인하고는 갑자기 숨을 몰아쉬며 말을 내뱉었다. 왜 멈춰야 할 데가 아닌 데서 멈춘 거죠?

십이 분은 너무 길었다. 여자는 시간이 무용하게 흘러가는 걸 견딜 수가 없었다. 시간을 낭비하는 것도, 계획에 차질이 생기는 것도 참을 수 없었다. 통제할 수 없는 시간이 지나는 것도 마찬가지였다. 여자는 바다 한가운데 빠진 기분이 들었다. 숨이 막혀왔다. 출입문을 주먹으로 쾅쾅 치고 싶었으나 몸을 움직일 수 없었다. 몸을 움직여 문을 두드린다고 해도 지하 터널 한가운데서 출입문이 열리는 일은 일어나지 않을 테고, 설사 문이 열린다고 해도 전철에서 뛰어내릴 수 있을지 장담할 수 없으며, 혹여 뛰어내린다고 쳐도 철로를 따라 걸어가는 게 더 좋다고 확신할 수 없었으므로 오히려 시간만 지연시키는 꼴이 될 게 뻔했다. 아무것도 할 수 없는 이 고통이 절대 끝나지 않을 거라는 망상이 여자를 더욱 깊은 공포로 몰아넣었다. 공공장소에 쓰러져 발작을 일으키는 제 모습이 보이는 것 같았다. 승객들에게 둘러싸여 사지를 떠는 추한 모습을 신입사원이 보게 될까봐 겁이 났다. 여자는 사람들의 시선이 닿지 않는 곳으로 도망치고 싶었다. 하지만 그런 곳이 있을 리 없었다. 전철이 빠르게 달려 다음 역에 도착할 때까지 멀쩡한 척하는 것 외에는 방법이 없었다. 그전에 십이 분을 버텨야 했다. 죽음의 공포가 밀려드는 가운데 십이 분은 너무 길었다. 조금만 기다리면 출입문이 열리고 밖으로 나갈 수 있다는 걸 머리로는 알았지만 몸은 이해하지 못하는 것 같았다. 다시는 출입문이 열리지 않을 것 같았다. 이 어둡고 좁은 지하 터널에 갇혀 끝없이 같은 시간을 맴돌게 될 것 같았다. 여자는 정신을 차리려고 노력했다. 공공장소에서 쓰러지지 않고 살아남으려면 스스로 해결책을 찾아야 했다. 숨이 막혀 곧 죽을 것 같아도 정말로 죽지는 않는다는 것을 머리뿐 아니라 몸으로도 인지해야 했다. 그전에 어둠 속에 놓여 있는 시선을 돌려야 했고, 그러려면 몸을 움직여야 했다. 여자는 천천히, 그러나 안간힘을 다해 겨우 몸을 움직였다. 그제야 유리창에 비친 얼굴들이 보였다. 유령 같은 얼굴들 속에 섞여 있는 제 얼굴도 유령 같았다. 비틀린 가면을 쓴 듯 좌우대칭이 맞지 않았다. 여자가 입을 벌리자 비틀린 얼굴 가운데서 검은 구멍이 모습을 드러냈다. 구멍 밖으로 무언가를 밀어내려는 듯 숨소리가 더욱 거칠어졌다. 검은 구멍이 점점 커져서 순식간에 얼굴 전체를 집어삼켜버릴 것 같았다. 일행인 남자는 공포에 질린 눈으로 유리창에 비친 여자의 얼굴을 쳐다보고 있었다. 여자가 갑자기 사지를 떨었다.

용수도 유리창에 비친 여자를 주시하고 있었다. 연수는 불면의 밤을 보낸 적이 있었다. 눈을 감으면 그대로 추락하는 기분이 든다던 연수는 눈을 감는 게 두려워 몇 달 동안 제대로 잠을 이루지 못했다. 말짱한 정신으로 이 세계를 살아간다는 게 도무지 이해되지 않는다고, 아침마다 퀭한 눈으로 말하며 괴로워했다. 매일매일 집단과 개인의 이격을 맞추느라 공포와 불안에 떨면서도 아무렇지 않은 척 사람을 만나고 인사를 하고 함께 식사하고 다시 집으로 돌아와서는 불면의 밤을 보내는 제 모습에 화가 난다고 했다. 그런데도 어째서 분노하지 못하는지 알 수 없다고 했다. 분노하는 법을 알기도 전에 분노를 조절하는 법을 먼저 배웠다고 했다. 용수는 자리에서 일어나 여자가 있는 출입문 쪽으로 걸어갔다. 여자의 얼굴에 연수의 얼굴이 겹쳐 보였다. 그 위에 쌍둥이 자매의 얼굴이 포개지더니 얼굴들 사이로 제 모습이 보였다.

한참 뒤, 전철이 다음 역에 정차했다. 여자가 휘청거리며 출입문 밖으로 빠져나갔다. 간신히 걸어나간 여자가 승강장 간이의자에 쓰러지듯 몸을 누였다. 일행인 남자는 그대로 얼어버린 듯 몸을 움직이지 않았다. 용수는 무언가에 이끌리듯 여자를 따라 내렸지만 어떻게 하는 게 좋을지 알 수 없어서 숨을 몰아쉬는 여자를 그대로 지나쳤다. 용수는 느린 발걸음으로 계단을 올랐다. 몸이 마음대로 움직이지 않았다. 다리를 앞으로 내디뎠는데도 상체가 자꾸 뒤로 밀려나는 것 같았다. 상체와 하체의 진행 방향이 다를 수도 있는 걸까. 한 걸음 내디뎠는데 두 걸음 뒤로 밀려난 기분이 들었다. 몸이 허리께에서 두 개로 분리된 것 같았다. 용수는 당황해 자기 몸을 내려다봤다. 멀쩡했다. 하지만 등뒤에 무거운 추가 매달려 있는 것 같았고, 그 추는 계단 아래로 향하며 용수의 하체와 힘겨루기를 하는 것 같았다. 마치 간이의자에 누워 있는 여자가 자석이라도 된다는 듯 몸이 그쪽으로 딸려가는 것 같았다. 용수는 그런 일은 일어나지 않을 것이므로 정신을 똑바로 차려야 한다고 생각했지만 계단을 제대로 오르기가 어려웠다. 누군가 뒷덜미를 잡아끄는 것 같아 계속 뒤를 돌아봤다. 하지만 승강장에는 누워 있는 여자 외에는 아무도 없었다. 용수는 뭔가가 계속 어긋난다고 생각했다. 어긋나는 뭔가를 바로잡으려면 좀더 안전한 것이 좋겠다고 판단했다. 용수는 택시를 타기로 마음먹었다.

몇 개의 노선이 만나는 지하철 역사는 미로 같았다. 계단이 끝없이 이어졌다. 이제 다 왔다고 생각하면 층계참을 돌아 다시 계단이 시작됐다. 힘겹게 계단을 다 오른 용수는 기다란 통로로 들어섰다. 통로는 곧바로 다른 통로와 연결되었고, 그때마다 이동 방향을 안내하는 표지판이 나왔다. 용수는 그것을 확인하고도 출구를 가리키는 화살표의 지시를 제대로 이해하지 못해 엘리베이터와 에스컬레이터를 오가며 위에서 아래로 이동했고, 다시 아래에서 위로 이동했다. 그런 다음 무빙워크를 통해 이쪽에서 저쪽으로 오갔고, 그러고는 다시 반대로 오가며 길을 헤맸다. 그러다가 외부로 이어진 출입구 하나를 발견했는데 어떤 경로로 그것을 찾았는지는 알 수 없었다.

역사 계단을 오르자 출입구 앞에서 파도가 밀려왔다가 밀려나갔다. 도시 한가운데 바다가 있을 리 없었기 때문에 용수는 제가 어디에 있는 건지 알 수 없어 다시 정신이 아득해졌다. 그것이 초대형 미디어 사이니지라는 걸 뒤늦게 알아차리고서 출입구 밖으로 완전히 빠져나왔다. 대로변을 따라 죽 늘어선 도시의 빌딩은 높고 화려하고 휘황했다. 빌딩마다 설치된 대형 전광판의 광고 불빛이 도시를 환하게 밝혔다. 초대형 사이니지 안에서 픽토그램으로 만든 사람들이 무리 지어 길을 걸었다. 픽토그램은 무심하고 도도한 표정을 짓는 도시인의 모습을 그대로 재현했다. 그 밑에서 실제로 가로변을 걷는 사람들도 마찬가지였다. 그들은 무심한 표정으로 움직이며 화면 속 픽토그램의 모습을 재현했다. 사이니지 안의 사람들과 가로변을 걷는 사람들은 모두 같은 시공간에 존재하는 듯 함께 어우러져 대로변을 현대적이면서도 동시대적인 공간으로 바꾸었다. 또다른 파사드 안에서는 등받이가 화려한 의자에 앉아 여유로운 표정을 짓고 있던 남자가 천천히 일어났다. 입고 있던 정장이 느닷없이 갑옷으로 바뀌더니 어느새 남자는 흑마 위에 올라타 칼을 높이 들고 전쟁터를 누볐다. 도시의 어둠은 빌딩이 뿜어내는 화려한 불빛에 따라 다양한 색채로 바뀌는 거대한 스크린 같았다. 용수는 또다시 제가 어디에 있는 건지 아연해져 주위를 둘러봤다. 빌딩 유리창 너머로 그 안을 오가는 사람들이 보였다. 프랜차이즈 커피 전문점과 패스트푸드점, 슬로푸드점에는 홀로 앉아 노트북을 보거나 스마트폰을 보는 사람이 많았다. 드러그스토어 안 통로에 일렬로 늘어선 사람들은 거울을 들여다보며 얼굴에 화장품을 발랐다. 패스트 패션 브랜드 매장에서는 비슷한 신발을 신고 비슷한 옷을 입은 사람들이 비슷한 스타일의 상품을 가지고 계산대 앞에 줄을 섰다. 불을 환하게 밝힌 플래그십 스토어에는 층마다 사람들이 들어차 있었다. 그들은 각층을 오가며 화려한 조명 아래 진열된 상품을 바구니에 골라 담았다. 계산대 앞에 일렬로 늘어선 직원들이 그들이 고른 물건을 쉴새없이 쇼핑 봉투에 담았다. 도시는 환한 빛이 쏟아지는 현란한 무대 같았다. 무대 위에서 사람들은 제 몸보다 과하게 부푼 외투를 입고 길을 걸었다.

길이 이어졌다. 눈은 그친 지 오래였고 하늘은 맑았다. 소복소복 쌓인 눈길 위에 누군가 지나간 발자국이 패어 있었다. 움푹 들어간 발자국마다 흙이 드러나서 길은 우유 거품에 계핏가루를 뿌려놓은 듯 보였다. 산 위에 낮게 뜬 보름달이 부드러운 빛을 사방으로 퍼뜨렸다. 달빛을 받은 눈밭은 제가 가진 빛보다 조금 덜 창백한 빛을 하늘 쪽으로 되비쳤다. 달빛과 눈밭이 조응하며 내는 빛은 꿈에서 보는 것처럼 환상적이었고, 조금은 인공적인 느낌을 줬고, 그래서 세트장 같았다. 조명을 어둡게 켠 듯 낮보다는 어둡고 밤보다는 밝은 빛이 허공을 물들였다. 길 아래는 계곡이었다. 그 위로 높다란 산등성이가 이어졌다. 겹겹의 산등성이는 원근에 따라 명도와 채도가 달라서 먼 데 있을수록 산인지 구름인지 어둠인지 분간하기 어려웠다. 바람이 불자 수령이 오래된 나무들이 가지에 쌓인 눈을 주위에 흩뿌렸다. 분분히 낙하하는 눈가루가 허공에서 은가루처럼 빛났다. 눈밭 여기저기에 작은 눈보라가 일었다.

길 영永 자를 쓰는 일영이 길을 걸었다. 일영의 발밑에서 뽀드득거리는 소리가 났다. 배낭에 내걸린 헤드 랜턴과 캠핑용 컵이 서로 부딪치며 달그락거렸다. 헤드 랜턴에 달린 붉은색 밴드는 실밥이 뜯어져나와 있었다. 바닥보다 입이 넓은 스테인리스 재질의 캠핑용 컵도 군데군데 우그러져서 빛이 탁했다. 컵 손잡이 부분에는 낙하산 줄을 꼬아 만든 매듭이 둘둘 말려 있었는데 화려한 색감과 달리 줄은 해지고 낡았다. 매듭을 풀면 3미터에 달하는 로프가 되는 낙하산 줄은 이론상 250킬로그램의 무게를 견딜 수 있었다. 일영은 위험에 처한 사람을 구하기 위한 비상용 로프라고 설명하곤 했지만, 컵 손잡이에 매듭을 묶은 이후로 한 번도 풀어본 적은 없었다. 낙하산 줄은 손잡이 부분의 열전도율을 떨어뜨려 뜨거운 음료를 마실 때 유용했다. 일영은 그 컵에 술이든 밥이든 고기든 상대방이 주는 대로 담아 먹었다. 하지만 빵과 과일을 먹는 날은 드물었다.

일영은 섶다리 위에 놓인 몇 개의 비료 포대를 바라봤다. 계곡 건너편에 작은 텃밭이 모여 있었다. 일영이 이곳에 처음 왔을 때는 없던 것이었다. 땅을 놀리기 싫은 주민 몇이 계곡 건너편 맹지에 고추와 마늘, 양파와 파, 감자 따위를 심으며 가꾸기 시작한 밭이었다. 밭이 생기자 자연스레 길이 생겨났다. 농막도 생겨났고 평상도 생겨났다. 섶다리가 계곡 이쪽과 저쪽을 연결했다. 참나무 기둥 위에 솔가지와 진흙을 이겨 올린 섶다리는 임시로 쓰였다. 장마철이 되면 제 역할을 다하고 불어난 물에 휩쓸려 떠내려갈 거였다. 한데 엮여 다리 구실을 하던 참나무와 솔가지, 섶나무와 진흙은 각기 해체되어 제 무게에 따라 물에 가라앉거나 하류까지 떠내려갈 거였고, 다른 곳에서 썩어갈 것이었다. 일영은 그 점이 부러웠다. 구속에서 벗어나는 게 부러우면서도 두려웠다. 일영은 그보다 더 빨리 떠내려갈 수도 있었지만, 자유로워지기는커녕 앞으로 머물 곳을 찾아야 했다.

곧 사장 부부가 돌아올 거였다. 그러면 일영은 게스트하우스를 떠나야 했다. 자동으로 연장되던 임대 기간도 만료될 거였다. 물론 연세를 내야 할 필요도 없었다. 일영은 지난 오 년간 게스트하우스에 머물며 청소를 하고 드물게 찾아오는 손님에게 방을 내주는 일을 했다. 게스트하우스는 오래전 등산객을 위한 숙소로 쓰였는데 산허리를 끊어내고 그 자리에 도로가 놓이면서 교통편이 좋아지자 등산객 대부분이 시내에 있는 숙소에 묵었다. 그후로는 찾는 사람도 별로 없어 방치되어 있었다. 무용한데다가 산불의 원인이 될 수 있다는 이유로 공원 관리 공단 직원이 나와 숙소를 폐쇄했다. 숙소를 관리하던 털보는 하루아침에 쫓겨나 거리로 내몰렸다. 숙소가 폐쇄된 후에는 능선 위에서 산세를 조망할 수 있다는 장점을 살려 찻집이 되었다. 무속인이 운영했는데 무속인이라는 사실이 알려지자 그도 얼마 지나지 않아 쫓겨났다. 인근 사찰에서 노인복지 센터를 운영하려 시도했으나 그마저도 실패했다. 높은 산등성이까지 올라올 노인은 많지 않았다. 도로가 생긴 뒤로는 무엇을 해도 망해서 나가는 자리였다. 사장 부부는 흉가나 다름없는 건물을 헐값에 사들여 게스트하우스라고 이름 붙였다. 그러나 시설이 좋은 것도 아닌 곳에 일부러 찾아오는 사람은 별로 없었다. 사장 부부는 게스트하우스를 관리하는 조건으로 싼값에 건물을 임대하기로 하고 임차인을 찾았다. 그리고 연세를 받기로 했다. 선임자나 일영이 오기 전까지는 거의 방치되다시피 버려져 있던 곳이었다. 사장 부부는 시내로 나가 거기에서 새로운 펜션 사업을 했다. 최근에는 사업이 잘되지 않는다는 소문이 돌았고, 곧 게스트하우스로 돌아올 거라고 했다. 일영은 돈을 벌어야 했다. 그러나 겨울철은 수도관이 자주 터져 물이 나오지 않는 날이 많았다. 사정이 나쁘기는 여름철도 마찬가지였다. 냉방이 잘 되지 않았다. 물도 에어컨도 나오지 않는 곳에 찾아올 정신 나간 숙박객은 기도터를 찾아 계곡으로 들어오는 무속인 외에는 거의 없었다. 간혹 과거의 추억을 되짚어 다시 찾아오는 등산객도 있었는데 그들은 등산객 숙소가 게스트하우스로 바뀐 것을 아쉬워했다. 털보를 회상하거나 선임자를 떠올리며 그들의 안부를 물었다. 그러고는 일영과 일영이 몇 해 전 알게 되어 게스트하우스로 함께 들어온 작은 털보를 번갈아 보며 이곳에 머물면 누구나 털보가 되는 거냐고 농담을 던졌다. 일영은 그들의 연락처를 받아두었다가 그들이 사는 지역을 일부러 찾아가서는 우연인 듯 연락했다. 그렇게 알게 된 지인들이 전국 곳곳에 있었다. 그들 대다수는 일영에게 선의를 베풀며 흡족해했고, 스스로 더 나은 사람이 되었다고 여기며 좋아하는 듯했다.

일영이 오기 전 게스트하우스를 관리하던 선임자는 여자를 따라 도시로 나갔다가 일 년도 되지 않아 목숨을 끊었다. 그는 일용직으로 일하면서 하루하루 말라갔다. 원래도 우울해했는데 여자와 헤어지자 더욱 우울해진 그는 일영의 거처에 쳐들어와서 자기 집을 내놓으라고 막무가내로 떼를 썼다. 육 개월의 연애 기간 때문에 모든 걸 다 잃은 게 분하고 억울하다며 울었다. 그러다가 표정을 바꿔 자기 삶에서 가장 빛나는 육 개월이었으며 무엇과도 바꿀 수 없는 시간이었다고 고백했다. 그러고는 활짝 웃었다. 다음 날 그는 도시로 돌아갔다. 그리고 며칠 뒤 자살했다. 그의 동생들이 게스트하우스 주변에 그의 뼛가루를 뿌렸다. 일영은 장마가 지날 때까지 이곳에서 버틸 수 있을지 잠깐 생각했다. 하지만 닥치지도 않은 문제로 걱정을 키울 필요는 없었고, 내일을 걱정할 여유도 없었다. 일영은 시간이 지나면 어떻게든 될 거라고 믿었다. 삼십육 년을 그렇게 살아왔다. 산에 들어와 생활한 십 년은 특히 그랬다.

일영의 뒤를 졸졸 따라 걷는 작은 털보는 걸음이 느려 자꾸 뒤처졌다. 너무 처졌다 싶으면 빠르게 걸어 일영과 속도를 맞춰 나란히 걸었지만 그러다가도 다시 뒤처졌다. 작은 털보는 걷다 말고 나무 뒤로 몸을 숨겼다. 소변 누는 소리와 함께 눈밭에 노랗고 둥근 구멍이 났다. 숲길 위로 펼쳐진 하늘에는 별이 총총하게 박혀 있었다. 작은 털보가 일영을 불렀다. 일영이 걸음을 멈추고 뒤돌아봤다. 작은 털보가 바지춤을 끌어올리고는 일영에게 뛰어갔다. 등뒤에 매달린 배낭이 좌우로 크게 출렁였다.

형! 나 방금 무슨 일이 있었는지 알아?

일영은 미소 지으며 작은 털보의 말이 이어지기를 기다렸다.

우주에 다녀왔어.

우주?

여기 서봐! 멈춰 서서 하늘을 보면 별과 나 사이를 가로막는 게 아무것도 없어. 신기하지 않아? 우리가 우주공간에 살고 있다는 얘기잖아. 더 신기한 건 우리가 지금 여기서 보고 있는 저 빛이 사실은 과거의 빛이라는 거야. 시간이 막 뒤섞여 있는 거지.

그걸 모르는 사람이 있나?

아는 것과 느끼는 것은 다르지. 뭐랄까, 퇴적층 같지 않아? 나이테 같기도 하고.

일영은 별이 빽빽하게 박힌 하늘을 봤다. 검푸른 융단에 스팽글이 촘촘하게 박혀 있는 것 같았다. 도시의 불빛을 닮았지만, 도시와는 달랐다. 일영은 도시의 불빛이 그리웠다.

어제는 어디서 잤어? 일영이 물었다.

계곡에서.

너 사라졌다고 휴게소 사장이 화가 잔뜩 났던데.

그래도 청소는 다 하고 나왔어. 그보다 어제 무슨 일이 있었는지 알아?

과거에라도 다녀왔나?

비슷해. 계곡 옆에 텐트를 치고 자는데 뭔가 이상한 기분이 들더라고. 그래서 밖에서 나는 소리에 귀를 기울이려는데 그 순간 아주 커다란 그림자가 텐트에 어른거리는 거야. 그림자가 너무 커서 움직이지를 못하겠더라고.

음식을 내놨어?

실수였어. 그런데 그림자가 바로 사라지는 거야. 이상해서 살금살금 움직여 문을 열고 밖을 내다봤지. 글쎄 붉은 광채 두 개가 나를 노려보고 있는 게 아니겠어? 오줌 쌀 뻔했잖아. 아, 정말 무서웠어. 어두워서 잘 보이지는 않았어도 형체가 분명히 곰이었어. 곰! 그때부터 머리털이 곤두서면서 몸이 움직이질 않는 거야. 어서 도망갈 태세를 갖추라고 속에서는 외쳐대는데 몸이 내 몸 같지 않은 게 움직일 수가 없더라니까. 근데 어떻게 살았는지 알아? 이판사판이다, 텐트 입구를 조금 더 연 다음 숨도 안 쉬고 곰을 노려보며 대치했지. 무서워서 폰을 찾을 생각도 못했으니까 시간이야

당연히 몰랐지만 해뜨기 바로 직전까지 그러고 있었어. 계속 같은 자세로 눈까지 부라리고 있으니까 눈알이 빠질 듯이 뻐근한데다 몸도 저리고 정말 죽겠더라고. 근데 딱 그때 그놈이 먼저 등을 보이는 거야. 걔도 힘들었던 거지. 진짜 엄청나게 큰 놈이었어. 작은 털보는 양팔을 둥그렇게 벌려 곰의 크기를 설명했다.

곰이? 일영이 어이없다는 듯 웃었다.

동면중에 깨어났나봐. 아침에 주변을 샅샅이 뒤졌는데 굴참나무 아래에 빈 구멍이 있었어. 분명히 거기서 나온 거야. 깨어나자마자 배가 고팠던 거지.

호랑이였을지도 모르지.

에이, 형도! 이 산에 호랑이가 어디 있어? 작은 털보가 자신 없는 투로 말하고는 좀더 작은 소리로 말을 이었다. 분명히 곰이었어…… 아니, 지금 생각해보니까 늑대 같다. 늑대! 늑대일 수도 있겠어. 아무튼 틀림없어! 맹수였어. 눈이 얼마나 번뜩였는데. 죽음의 문턱에서 겨우 살아 돌아온 거지.

축하할 일이군.

다시 살아났으니 들어가서 축배를 들어야지.

일영은 게스트하우스에 들어오기 몇 해 전, 공원 관리 공단에서 내준 스쿠터를 타고 다니며 공원을 청소했다. 화장실 청소를 마치고 나오던 어느 날 일영은 근처 풀숲에서 연두색 텐트 하나를 보았다. 오래전에는 일영의 텐트가 있던 자리였다. 그리고 그보다 더 전에는 선임자가 텐트를 쳤던 곳이었다. 몇 주가 지나도록 텐트는 걷히지 않았다. 텐트 밖에 내놓은 코펠이나 가스버너 등의 배치가 달라지는 것을 보고 누군가 있다고 생각했을 뿐이었다. 얼마 뒤 일영은 수염이 덥수룩하게 자란 털보가 텐트 밖에서 가부좌를 틀고 있는 것을 보았다. 일영이 인사를 건네자 털보는 기다렸다는 듯이 말을 쏟아냈다. 털보는 영험한 기를 받으러 왔다고 했다. 무속인의 기도터를 검색해 전국의 무속인이 몰려든다는 곳마다 찾아다녔다고 했다. 다닌 곳 중에 기로 따지면 이곳 기가 최고이긴 한데 기에 눌려 조금 무서웠던 참이라고 했다. 몇 달 동안 기가 좋다는 곳에 텐트를 치고 생쌀과 녹차만 먹고 있다는 털보는 감각이 예민해질수록 신과 인간을 중개할 수 있는 몸으로 변화한다고 설명했다. 수행을 통해 신도 인간도 아닌 어떤 존재에 가까워지는 중이라고 하면서 빻아놓은 쌀을 보여주고는 자기가 생각해도 뿌듯하다는 듯 미소 지었다. 그날부터 일영은 새벽 청소를 마친 후 생사 확인을 겸해 털보의 텐트에 들렀다. 텐트 밖에 앉아 함께 입김을 불어대며 녹차를 마시거나 미명 속에 드러나는 산그림자를 가만히 지켜봤다. 그다음부터 털보는 일영이 올 시간이 되면 아예 텐트 밖에 나와 있었다. 그리고 얼마 지나지 않아 털보는 일영을 형이라 불렀다. 일영은 캠핑객이 남기고 간 고추장과 김치, 고기와 빵 같은 것을 텐트 앞에 놓아두기 시작했다. 일영이 고깃덩이를 가져다주었을 때 털보는 생식을 그만두었다. 그러고는 일영을 따라다녔다.

달빛이 한줄기도 없는 캄캄한 밤이면 서너 명의 무속인이 승합차에 실려 산으로 들어왔다. 일영은 기도하러 온 무속인의 짐을 계곡 깊은 데까지 옮겨주고 지폐 몇 장을 받았다. 바위 밑에 기도터를 차리는 것을 멀찍이 서서 지켜보다 기도가 시작되면 계곡을 빠져나왔다. 일영은 털보와 술이나 차를 마시며 그들의 기도가 끝나기를 기다렸다. 무속인들이 승합차를 타고 되돌아가는 새벽녘이면 일영은 털보를 데리고 다시 계곡으로 들어갔다. 물안개가 피어오르는 계곡은 서늘하고 고요했다. 바위 위에는 보통 사과와 배가 올려져 있었는데 운이 좋은 날은 곶감이나 수박, 돌멩이로 눌러놓은 오만원짜리 지폐가 있기도 했다. 동자 귀신을 위한 사탕과 초콜릿도 여기저기 흩뿌려져 있었다. 털보는 죽지도 않았는데 제사상을 받은 것 같다며 좋아했다. 보기만 해도 배가 부르다며 해맑게 웃었다. 신이 먼저 맛을 본 것이니 절로 복이 들어올 거라고 믿었다. '소원성취'라는 글자가 적힌 굵은 양초는 털보가 가져갔다. 양초 모양이나 연꽃 모양의 LED 무선 등불이 있을 때도 있었는데 그것도 챙겼다. 소원이 무엇이냐고 일영이 묻자 털보는 그런 건 별로 생각해본 적이 없다고 대답하면서 빙긋이 웃었다.

어느 날 등산객이 털보의 안부를 물었다. 일영은 털보를 어떻게 아느냐고 되물었다. 등산객과 일영은 한참을 이야기한 끝에 서로 말하는 털보가 다른 사람이라는 것을 알게 됐다. 산에 진짜 털보가 있다고 했다. 진짜 털보는 다큐멘터리 프로에 나올 만큼 산에 오래 살았으며 등산객들 사이에서 유명했다고 했다. 일영은 진짜 털보가 있다는 사실을 털보에게 알렸다. 털보는 잠시 고민하는가 싶더니 그럼 나는 작은 털보 하면 되지, 하며 씨익 웃었다. 그래서 그날부터 털보는 작은 털보가 되었다. 그리고 작은 털보는 일을 시작했다. 농사일은 늘 일손이 달렸기 때문에 일할 수 있는 곳이 많았다. 일손이 필요하다는 곳은 어디든 가서 일을 한 뒤 돈을 벌었다. 일영은 공원 청소 일을 하며 돈이 좀 모이면 한두 달에 한 번씩 산을 떠났다가 돌아왔다. 그러면 모은 돈이 조금 늘어나 있었는데 작은 털보는 그 돈이 어디서 난 거냐고 묻지 않았다. 물어보지 않아도 지인들에게 얻어왔다는 것을 알았다. 일영이 없을 때 작은 털보는 평상에 누워 천천히 흘러가는 구름을 바라보았다. 마가목 열매를 따고 엄나무 가지를 베어 잘게 쪼개 약술을 담갔다. 모아놓은 약술은 게스트하우스에 들어올 때 옮겨왔다. 둘이 함께 모은 돈과 맞바꾼 공간이었지만 일영과 작은 털보는 새로운 시작을 했다는 것에 감격했다. 둘은 시내로 나가 페인트를 샀다. 일영은 도시의 빌딩처럼 보이면 좋겠다고 생각해 검은색을, 작은 털보는 스위스의 샬레처럼 보이면 좋겠다고 생각해 주황색을 고집했다. 그래서 게스트하우스는 갈색이 되었다. 작은 털보는 페인트칠을 했고 일영은 산에서 주워온 나뭇가지로 건물을 둘러 울타리를 쳤다. 그런 다음 산에 다니며 수령이 적거나 키 작은 나무를 골라 울타리 안으로 옮겨 심었다. 정원도 만들고 밭도 만들었다. 평상도 놓고 의자도 두었다. 그리고 그들이 처음으로 함께 꾸민 것을 보며 기뻐했다. 등산객들이 게스트하우스 앞 나무의자에 앉아 쉬었다가 가기도 했다. 일영은 사람들이 모여드는 게 좋아 마당을 아름답게 꾸몄다. 아름다운 것 주변에는 사람이 모였고 사람이 모이면 돈이 됐다. 그중 드물게는 숙박을 하고 싶다는 등산객도 있었는데 일영은 그것도 좋았다. 자신이 누군가에게 필요한 사람이 된 것 같았다. 숙박비로 이만원을 받았다. 라면과 커피는 정가보다 조금 비싸게 팔았다. 작은 털보는 파전을 만들어서 오천원을 받고 팔았고, 일영은 게스트하우스 입구에 '잔술 천원'이라고 쓴 널빤지를 내걸었다. 그런 다음 산에서 주워온 나뭇가지를 널빤지 가장자리에 둘러 액자처럼 보이도록 만들었다. 그러면서도 일영은 공원 청소를 계속했고, 작은 털보는 휴게소 청소를 시작했다. 그리고 얼마 전부터 둘은 휴게소에서 음악 CD와 USB, 잡화 따위를 팔았다.

숲길이 양 갈래로 나뉘었다. 산길로 이어지는 길을 따라 안으로 더 깊숙이 들어가면 너른 능선과 만날 거였고, 새로 낸 길은 도로와 연결되었다. 도로는 가파른 등산로를 에스 자로 길게 펼쳐놓았기 때문에 산길에 비해 거리는 멀어도 조금 더 평탄했다. 운이 좋으면 지나는 차를 얻어 탈 수도 있었다. 일영과 작은 털보는 도로 쪽으로 나왔다. 작은 털보는 산길을 더 좋아했지만 함께 있을 때는 늘 일영의 의견을 따랐다. SUV 자동차 한 대가 구불구불한 도로 위를 미끄러지듯 달려 그들을 지나쳤다. 작은 털보는 도로를 지날 때마다 길이 끝나지 않고 영원히 이어질 것 같다는 생각에 사로잡혔다. 안에서 밖으로, 밖에서 안으로 휘돌아가며 현재에서 과거로, 과거에서 미래로 끝없이 이어질 것 같았다. 그러나 그것이 착각이라는 것도 알고 있었다. 언젠가는 끝이 날 거였다.

급격하게 휘어지는 커브를 돌자 도로 옆으로 붉은 지붕의 휴게소가 보였다. 둘의 발걸음이 느려졌다. 보름달이 휴게소 지붕 위에 낮게 떠 있었다. 주차장은 텅 비었고, 휴게소는 불이 다 꺼져 있었다. 직원 숙소로 쓰는 컨테이너 안에서 노르스름한 불빛이 새어나왔다. 야간 경비를 서는 하씨가 머물던 방이었다. 하씨는 휴게소 사장의 아버지의 후배라고 했다. 오갈 데 없는 하씨를 휴게소 사장의 아버지가 관리자로 앉히고는 직원 숙소에 머물게 했다. 휴게소에 일손이 필요할 때면 하씨는 일영을 불러 일을 줬다. 작은 털보에게 청소 일을 준 것도 하씨였다. 하씨는 마이크와 함께 얼마 전에 쫓겨났다.

씻고 갈까? 작은 털보가 휴게소 입구에 달린 CCTV를 힐끗 보고는 물었다.

사장이 알면 싫어해.

싫어하라지.

씻고 가면 내일 한소리 들을 거야.

하씨가 있을 때는 좋았는데.

우리 때문에 하씨랑 마이크가 사장한테 거짓말을 많이 했지.

둘이 쓸쓸히 웃었다.

보고 싶지 않아? 일영이 물었다.

보고 싶으면 과거가 돌아오나?

올 수도 있지.

가끔 그 시절이 그립지. 지금은 어디서 무엇을 하고 있으려나?

그때하고 똑같이, 어디선가 그러고 있겠지.

그때처럼, 그렇겠지.

휴게소를 지나 완만하게 이어지는 경사로를 오르자 너른 능선이 펼쳐졌다. 능선 입구에는 눈 덮인 나뭇가지마다 검은 비닐이 매달려 있었다. 배추밭을 덮었던 농사용 비닐이 바람에 찢겨 날아간 것이었는데 멀리서 보면 새까만 까마귀떼가 나뭇가지에 앉아 있는 것도 같았고, 박쥐떼가 거꾸로 매달려 있는 것도 같았다. 바람이 불 때마다 나무 위에서 비닐 소리가 났다. 소리를 따라 능선에서 좁다랗게 이어지는 숲길로 들어서면 거기에 게스트하우스가 있었다.

숲속에서 부스럭거리는 소리가 났다. 나뭇가지에 쌓인 눈이 뭉텅이로 떨어져 퍽퍽 소리를 내며 눈밭에 박혔다. 일영과 작은 털보는 소리 나는 쪽을 쳐다봤다. 나뭇가지 사이로 흘러든 달빛 때문에 밝은 곳과 어두운 곳의 경계가 생겨났다. 숲속에 개 세 마리가 보였다. 검은 셰퍼드가 바닥에 납작 엎드려 사냥 자세를 취하고 있었다. 그러고는 숨죽인 채 나무 위를 주시했다. 금빛 털을 출렁이며 포복으로 기는 아프간하운드는 맞은편으로 가 퇴로를 막았다. 그 뒤에서 경계 태세를 갖추고 서 있는 털이 더러운 개가 두 사람을 향해 으르르 소리를 냈다. 새끼 고양이 한 마리가 나뭇가지 위에 앉아 그보다 더 높이 있는 나뭇가지를 올려다보고 있었다. 포위진을 친 개들이 고양이를 지켜봤다. 고양이가 기척을 내자 개들이 나뭇가지까지 뛰어오르려는 듯 펄쩍거렸다. 고양이가 놀라 중심을 잃고 위태롭게 휘청이다가 이내 중심을 잡은 후 더 높은 나뭇가지 위로 올라갔다. 사냥감을 놓치자 순식간에 돌변한 개들이 일영과 작은 털보를 위협하며 으르렁거렸다. 일영이 저리 가라고 외쳤다. 일영 옆에 바짝 붙어선 작은 털보는 눈을 뭉쳐 개가 있는 쪽으로 던졌다. 맞히려는 것은 아니었다. 겁을 줘서 쫓아버리려는 거였다. 얼마 전부터 유기견 몇 마리가 무리 지어 다니며 사람들을 위협했다. 게스트하우스는 물론 휴게소까지 내려와 먹을 것을 찾는 탓에 쓰레기통 주변은 늘 지저분했고, 짐승의 사체나 핏자국이 남아 있기도 했다. 그것을 치우는 일은 작은 털보의 몫이었다. 작은 털보는 들개가 되어 돌아다니는 유기견들을 보면 화가 치밀었는데 들개에게 화가 나는 건지 유기한 사람에게 화가 나는 건지 떠도는 모습이 자신의 처지를 떠올리게 해서 그런 건지는 생각해보지 않았다. 그러면서도 들개를 보면 무서워서 몸을 피했다. 셰퍼드가 돌아섰다. 다른 개들이 그 뒤를 쫓았다. 잠시 후 조금 먼 데서 고라니 소리가 들려왔다. 그런 다음 푸닥거리는 소리가 이어졌고 나뭇가지가 부러지는 소리, 개들이 움직이는 소리가 들려왔다. 살기 위해 서로를 위협하는 소리가 난무하는 가운데 일영과 작은 털보도 개들이 다가오지 못하도록 쉭쉭 소리를 내며 게스트하우스까지 빠르게 걸었다.

택시 승강장은 환승 센터 내에 있었다. 용수는 승강장으로 가 택시를 잡았다. 가좌동의 남쪽으로 가달라는 용수의 말에 기사가 내비게이션 검색 결과를 보여주며 어느 가좌동에 가자는 거냐고 물었다. 용수는 고개를 갸웃거리다가 가좌동의 남쪽 닥터정치과 앞으로 가달라고 했다. 기사도 고개를 갸웃거리더니 가속페달을 밟았다. 기사는 말이 많았다. 묻지도 않았는데 계속 수다를 늘어놓았다.

한 십 년 전인가, 손님이 서류 봉투를 두고 내린 거예요. 기사가 말했다.

십 년 전에도 운전을 하셨습니까? 용수가 물었다.

이래 봬도 모범 운전이에요. 이십 년이 넘었어요. 기사가 차량

등록증에 붙어 있는 모범 운전 스티커를 손가락으로 가리키며 껄껄 웃었다. 아무튼 나중에 뭔가 하고 서류 봉투를 열어봤더니 거기 돈이 오백만원이나 들어 있는 거예요. 그것도 현금으로요. 현찰을 본 게 얼마 만인지 오히려 돈 같지가 않았다니까요. 그런데 봉투 안에 명함도 있더라고요. 명함이 없으면 돌려줄지 말지 갈등할 필요도 없는데 말이에요. 하는 수 없이 명함에 적힌 전화번호를 눌렀는데 통화 버튼을 누르질 못하겠더라고요. 명함을 못 본 걸로 치자, 갑자기 그런 생각이 들데요. 명함이야 버리면 그만이니까. 그때부터 몸이 후들거려서 운전도 못하겠더라고요. 고민 고민 하다가 그걸 가지고 집으로 갔어요. 내가 어땠겠어요? 고민하느라 밤새 한숨도 못 잤어요. 다음날 씻으려고 욕실에 들어가 거울을 봤는데 세상에, 얼마나 고민을 했는지 하룻밤 만에 폭삭 늙어버린 거야. 머리가 하얗게 세버렸더라고. 하도 기가 차서 당장 돈을 돌려줘야겠다고 마음먹고 명함을 보는데 전화를 또 못하겠는 거예요. 운전도 하는 둥 마는 둥 그날 사고 날 뻔한 게 한두 번이 아니었어요. 그렇게 일주일을 지냈어요. 어느 날 다시 거울을 봤는데 거기 영 낯선 사람이 있는 거예요. 눈이 아주 섬뜩한 게 내가 알고 있는 내가 아니더라고. 야, 내가 거기서 무릎을 탁, 친 거예요. 야, 돈 오백만원에 이러면 안 되겠다. 바로 명함 주인한테 전화를 걸었지. 그 사람이 고맙다고 찾아와서는 의형제를 맺자고 하더라고요. 그때 차라리 사례금으로 얼마를 떼어주고 말았으면 좋았을 텐데 돈은 안 주고 술을 사주는 거야. 그다음부터는 틈만 나면 술 마시자고 전화를 걸어오는 거예요. 사실 좋기는 좋더라고. 고급 술집에 고급 음식점만 데리고 다녔으니 말이지. 거기서 끝났어도 좋았을 텐데 같이 코인도 하고 주식도 했지 뭐예요. 돈이 모이는 걸 보니 그게 그렇게 또 신이 나요. 그러니까 그 사람을 만나고 오면 운전하기가 싫어져요. 그뿐인가? 밖으로 나도니까 마누라가 이혼하자고 하데요. 안팎으로 풍비박산이 난 거야. 마누라는 매일 화를 내지, 의형제라는 사람은 자꾸 찾아오지, 가운데서 이러고 저러느라 꽤나 복잡했어요. 화도 말이지, 엄청 나더라고. 엎친 데 덮친 격으로 돈은 만져보지도 못하고 투자금을 죄 잃은 거예요. 그러다가 어느 날 거울을 봤는데 거기 또 내가 아닌 사람이 서 있는 거예요. 술병에 화병까지 겹쳐 얼굴이 아주 시꺼메졌더라고. 거울을 보고 있으려니 이제는 내가 나인지 아닌지 누구인지 막 헷갈리기 시작하는 거예요. 일도 그렇고 집이랑 마누라도 그렇고요. 정말이지 마누라도 예전 같지 않더라고요. 이야, 거참 신기하데. 내가 서 있는 곳이 내 집인데 내 집이 아닌 것 같은 게 정말 희한하더라고. 그러니 어땠겠어? 영 불편한 게 아주 낯설었어요. 그길로 집을 나왔어요. 그렇게 오 년을 떠돌아다녔어요. 처음에는 너무 좋았어. 새 삶을 얻은 것 같더라고. 기사는 무언가 회상하는 얼굴로 유리창 멀리 시선을 던진 채 다시 말을 이었다. 그런데 다 똑같아져요. 시간이 지나면 곧바로 생활인이 되어버리죠.

생활인이라고는 해도 과거의 나와는 조금 다른 생활인이 되는데, 문제는 일 년쯤 지나니까 그마저도 예전이랑 똑같아진다는 거예요. 집을 나온 게 뭔가 잘못한 것 같고 뭔가 예전만 못한 것 같고 미련이 남고 후회가 되더라고. 그렇다고 다시 돌아갈 수도 없잖아요. 마누라가 무섭기도 했지만, 무엇보다 자존심이 허락하지 않더라고요. 내 잘못으로 자그마치 오 년이라는 시간을 허비했다는 걸 어떻게 인정해요? 그걸 인정하는 순간 지난 오 년이 아무것도 아닌 게 되어버리는데, 안 그래요? 아무것도 아니기만 하면 그나마 다행인데 오 년을 부정하면 그전까지 살아온 시간을 부정하게 되고, 그것을 부정한다는 건 살아온 시간 전체를 부정하게 되는 거잖아요. 그럼 어떻게 되겠어요? 자기 존재 자체를 부정하게 되는 거예요. 인정할 수가 없었죠. 그러다가 어느 날 손님을 내려주고 보니까 예전에 내가 살던 집 대문이 보이지 않겠습니까? 마침 잘됐다 싶어 택시에서 내렸어요. 처음에는 멀리서 한번 보기만 하려다가 생각을 바꿔 대문 앞까지 걸어갔더니 아! 이게 또 무슨 운명의 장난이란 말인가, 대문이 열려 있네. 내가 집을 나왔을 때하고 똑같이 말이에요. 아! 정말 대문이 열려 있는 거야. 어떻게 해? 하는 수 없이 살짝 들어가봤지. 변한 게 하나도 없더라고. 주방에 있는 마누라랑 딱 마주쳤는데 아무 일도 없었다는 듯 잔소리를 늘어놓는 거예요. 그날 아침에 나간 남편의 늦은 귀가를 나무라는 말투로 말이에요. 내가 꿈을 꾸는 건가 아니면 마누라만 시간이 멈춰 있는 건가, 그것도 아니면 내 시간만 빠르게 흐른 건가, 어안이 벙벙했지만 마누라가 오 년 전이랑 똑같이 이야기하는 바람에 나도 그냥 평소처럼 행동했어요. 어차피 뭐가 뭔지도 모르겠고, 에라 모르겠다, 그냥 거기 눌러살아야겠다는 생각이 들더군요. 근데 마누라가 오 년간 뭐하다가 나타난 거냐고 묻지를 않는 거예요. 그게 또 그렇게 무섭더라니까요. 이번에는 마누라가 내 마누라가 아닌 것 같더라고요. 그래서 며칠 만에 집에서 다시 나와버렸어요. 그렇게 또 오 년이 흘렀지 뭡니까? 다시 한번 찾아갈 때도 되긴 했어요.

그게 말이 됩니까?

그러니까 말이지. 말이 안 되는데 말이 안 되는 것도 아니더라고.

그런가요?

그렇더라고.

화물차가 택시 앞으로 급작스레 끼어들었다. 기사가 놀라 브레이크 페달을 밟는 바람에 용수는 앞유리창에 정수리를 처박을 뻔했다. 유리창 앞까지 튕겨나간 몸이 다시 뒤로 쏠리면서 의자 등받이에 뒤통수를 부딪혔다. 용수는 작은 신음을 내뱉고는 아무 일도 없었다는 듯 멀뚱멀뚱 전방을 주시했다. 택시가 신호 대기에 정차해 있는 동안 화물차는 이미 사거리를 통과해서 앞으로 나아가고 있었다. 화물차의 진행 방향을 뚫어지게 바라보던 기사가 빙그레 웃으며 말했다.

저 차가 끼어들지 않았으면 여기 멈춰 서 있는 것은 이 차가 아니라 저 차였겠지요. 하지만 저 차가 끼어드는 바람에 우리는 지금 여기 서서 저 차의 뒤꽁무니를 바라보고 있는 거겠죠. 운전자의 잘못을 바로잡는 데는 여러 방법이 있는데 지금으로서는 잘못한 것을 잘못했다고 알려주는 방법과 불안감을 심어주면서 후회하도록 만드는 방법이 있어요. 물론 두 가지 방법 모두 추격이 필수입니다. 모범 기사의 의무이기도 하고요. 동의하시지요?

네? 용수는 무슨 말인지 알아듣지 못해서 기사를 바라봤다.

이 차는 저 차에 양보한 적이 없으며, 앞으로도 양보하지 않겠다는 말입니다. 기사는 제가 하고 싶은 말만 했다. 그러니 쫓아가서 알려줘야 하는 겁니다. 양보라는 게 그렇습니다. 좋은 마음으로 양보하더라도 감사의 인사가 돌아오지 않아요. 뺏을 만한 게 더 있나 살펴보고 오히려 뭔가를 내놓으라고 하죠. 그러니 누가 양보를 하겠습니까?

용수는 다시 작은 소리로 아, 네, 하고 말했지만 무슨 뜻인지 알아들어서 그런 건 아니었다.

사거리를 통과한 화물차가 우측으로 난 좁은 길로 빠르게 접어들었다. 신호등이 녹색으로 바뀌자 기사는 가속페달을 끝까지 밟았다. 그러고는 사거리를 지나 우측으로 핸들을 꺾었다. 멀리 화물차가 보였다. 기사가 속력을 높이고는 다문 입을 앞으로 쭉 내밀었는데 집중할 때 나오는 버릇인 것 같았다. 그 모습이 입술만

따로 반죽해 얼굴에 붙여놓은 것처럼 보였는데 입술이 얼굴에서 떨어져나오려는 것처럼 보이기도 했다. 용수는 기사의 태세를 바꾸기 위해 무엇을 해야 할지 잠시 생각했다. 생각하느라 시간이 흘렀고, 그러다가 말할 기회를 놓쳤다. 그래서 아무것도 하지 못했다. 그러면서도 뭔가에 쫓기는 기분이 들어 마음이 조급해졌다.

정말 큰 경험 하셨군요. 한참을 생각한 끝에 차분한 목소리로 말을 걸어봤지만 기사는 용수의 말이 귀에 들어오지 않는 듯했다. 용수는 입을 다물고 있다가 한참 후 다시 말했다. 아시다시피 저는 지금 가좌동의 남쪽으로 가야 합니다. 이번에도 기사는 용수의 말을 무시했다. 또다른 사람이 된 건가? 용수는 기사의 옆모습을 힐끔거리며 생각하다가, 기사가 다른 사람이 된 것이 아니라 애초에 같은 사람이라고 할 만한 게 없는 거라고 생각을 바꿨다. 용수는 다시 기사에게 말을 걸었다. 말씀드렸다시피 저는 지금 가좌동의 남쪽으로 가야 합니다. 기사는 용수의 말을 여전히 듣지 못한 체했다. 이내 불안감이 밀려들었다. 무언가를 또 해야 한다고 생각하자 마음이 다시 조급해졌다. 용수는 복잡한 일에 자꾸 얽히게 되는 삶에 대해 생각했다. 그러고는 포기하는 심정으로 시선을 돌렸다. 눈앞으로 박공지붕의 목조 주택 하나가 불쑥 다가와 있었다. 용수는 순간 당황해서 눈을 감았다가 떴다. 〈빛의 제국〉에서 툭 튀어나온 듯한 주택 하나가 특송 트럭에 실려 어딘가로 이동하고 있었다.

용수는 어느 날 갑자기 옮겨졌다. 밤사이 포근하게 쌓이던 함박눈이 하루아침에 녹아내린 걸 보는 기분이었다. 간밤의 아름다운 풍경은 온데간데없이 사라지고, 더럽고 질척이는 눈으로 도시 전체가 거대한 하수구로 변해버린 걸 보는 듯한 경험이었다. 집도 가족도 다니던 학교도 바뀌었다. 거기에 연수가 있었다. 쌍둥이 자매도 있었고, 그들의 아버지도 있었다. 그리고 개도 있었다. 용수는 새로운 집에 적응하느라 없는 듯 있는 방법을 터득해야 했다. 늘 숨어 지냈다. 책상 밑이든 침대 밑이든 어디든 숨었다. 아버지와 그 가족의 눈에는 보이지 않았으면 했지만, 어머니에게는 좀더 관심받고 싶었다. 그러나 결과는 반대였다. 집에 들어온 아버지는 용수를 찾으려고 일부러 큰 소리를 내며 집안을 돌아다녔다. 용수는 숨죽인 채 숨어 있는 것 외에 달리 할 수 있는 게 없었다. 아버지는 숨어 있는 용수를 기어코 찾아내서는 말이 되지 않는 각종 이유를 대며 괴롭혔다. 어머니는 간혹 한숨을 내쉬었지만 그게 다였다. 아버지가 용수를 괴롭히는 걸 모른 체했다. 그럴 때마다 용수는 정말로 사라지고 싶었다.

어느 날 어머니는 식탁에 앉아 술을 마시다가 용수에게 신용카드를 내밀었다. 카드를 받은 김에 용수는 용기 내 물었다.

아버지를 왜 내쫓으셨어요?

어머니는 어떤 아버지를 말하는 건지 잠시 생각하는 듯하다가 답했다.

인간은 고독한 존재란다.

어머니도 외로웠구나, 용수는 아주 잠깐 그렇게 생각할 뻔했지만, 곧바로 뭔가 잘못되었다는 걸 느꼈다. 어머니의 말에 또 속을 뻔했다. 어머니는 감정에 호소해 동정을 얻거나 본색을 숨겨 이익을 챙기는 법을 잘 알았다. 그래서 용수는 다시 물었다.

하지만 어머니는 고독하지 않았잖아요?

어머니는 기가 찬다는 듯 용수를 빤히 쳐다보다가 갑자기 눈물을 흘렸다. 그러면서 말했다.

다 너를 위한 일이었다. 난 네가 풍족하게 자라 멋진 사람이 되길 바랐다. 아직도 그 기대를 버리지 않았어. 하지만 나도 이제 지쳤다.

그만 포기하세요. 용수는 신용카드를 꼭 쥔 채 낮은 소리로 대꾸했다.

용수의 말에 화가 난 어머니는 두 주먹으로 식탁을 쾅쾅 내리쳤다. 진동 때문에 식탁 위에 올려놓은 술잔이 식탁 모서리에 위태롭게 걸쳐졌다.

카드를 반납해라. 어머니가 말했다.

거실 소파에 앉아 텔레비전을 보던 쌍둥이 자매가 뒤를 돌아봤다.

재미있는 일이 벌어지겠는걸. 첫째가 말했다.

카드를 빼앗기겠어. 둘째가 말했다.

용수는 어머니에게 빠르게 사과했다. 자존심의 문제가 아니라 생존의 문제였다. 집에서 유일한 혈육에게 밉보이는 건 앞날에 해로울 거였다. 그런 생각으로 비굴하게 미소 지었다.

소란이 잦아들자 실망한 쌍둥이 자매는 텔레비전 화면으로 시선을 돌렸다. 연수는 제 방에 틀어박혀 나오지 않았다. 개도 연수 방에 있었다.

택시는 도시의 경계를 지나 계속 달렸다. 앞서가던 화물차는 시야에서 벗어난 지 오래였다. 특송 트럭도 보이지 않았다. 빠르게 내달리는 택시 안에서 용수는 불안감을 없애려고 스마트폰을 꺼냈다. 가좌동의 남쪽 닥터정치과 앞에서 기다리겠다는 쌍둥이 자매에게서 계속 문자가 왔다. 어머니가 용수와 연수를 애타게 기다리고 있고 그 때문에 아버지는 절반쯤 미쳐가고 있으며 그 영향은 고스란히 자신들에게 미치고 있다고 했다. 그리고 개가 개죽음을 당할 것 같다고도 했다. 택시가 급커브하며 속력을 줄였다. 유리창으로 바다가 차올랐다. 바다는 유리창 아래서 위로 솟아오르며 사방에 붉은빛을 퍼뜨렸다. 용수의 목적지는 가좌동의 남쪽이었고, 그곳에서 쌍둥이 자매가 기다리고 있었고, 그들이 기다리고 있는 닥터정치과 앞 사거리에서 바다가 보일 리 없었기 때문에 용수는 이 상황이 이해되지 않았다. 스마트폰이 울렸다. 이번에는 전화가 왔지만 쌍둥이에게 뭐라고 설명해야 할지 생각하지 못한 데다가 설명해봤자 미친놈 취급을 당할 것 같아 용수는 전화를 받지 않았다. 대신 아직 공항에 있다고 문자를 보냈다.

택시가 정차했다. 기사가 미터기에 표시된 금액을 가리켰다. 용수가 어리둥절해하자 기사는 택시에 탔으면 이동한 거리만큼 마땅히 요금을 지불해야 하는데 요금을 지불할 생각이 없어 보이는 것은 도저히 납득하기 어려운 일이라고 말하고는 이곳에 볼일이 있는 것이 아니었기 때문에 여기까지 오려고 한 의도는 전혀 없었지만 이왕 이렇게 된 김에 오래전 살던 집에 한번 가봐야겠으니 기본요금만 받겠다고 했다. 그러고는 오늘은 운행 종료라고 선언했다.

그게 말이 됩니까? 용수가 기사를 바라봤다.

그러니까 말이지. 말이 안 되는데 말이 안 되는 것도 아니더라고. 기사가 껄껄 웃었다.

정말 화물차를 쫓기는 한 걸까, 용수는 늦게나마 기사를 의심했지만 군소리 없이 신용카드를 내밀었다. 정신을 똑바로 차리고 있는 모습을 보여야 할 대상도 없는데다 실랑이를 벌일 기운도 없었고 무엇보다 실랑이를 벌여 원하는 것을 얻은 경험도 별로 없었기 때문에 따져봤자 괜한 시간 낭비라는 것을 알았다. 복잡한 상황의 내부로 껴들어가기 싫다고 생각하느라 이미 복잡한 상황의 내부에 들어와 있는 줄도 모르는 건 아닐까 싶으면서도 한편으로는 차라리 잘되었다고 생각했다.

오래전 용수는 미국항공우주국NASA이 발사한 광역적외선탐사위성WISE이 혜성을 발견했다는 기사를 읽었다. 발견 당시 겉보기등급 10이었던 혜성은 천문학자의 예상을 깨고 시간이 지나면서 급격히 밝아졌는데, 혜성 표면의 내부 물질이 햇빛을 받아 예상보다 빠르게 기화했기 때문이라고 했다. 태양에 가까워지면서 타오른 혜성의 핵은 길고 거대한 꼬리를 만들었다. 지구에서 보이는 꼬리의 길이는 시직경으로 잰 보름달 크기의 사십 배이며 핵의 지름은 5킬로미터였다. 영국 천문 협회에서는 혜성이 태양에 가까워지면서 겉보기등급이 마이너스 2까지 밝아졌으며 이같이 밝은 빛을 내는 혜성을 지구 하늘에서 보는 건 이십삼 년 만이라고 발표했다. 세계 각국의 뉴스에서는 태양계 바깥에서 온 신비한 우주방랑자가 약 한 달간 지구의 밤하늘을 수놓게 될 거라고 보도했다. 제트기로 가도 일만 이천 년이나 걸리는 태양계 최외곽을 떠나온 혜성은 태양 주위를 돌아 다시 제가 온 곳으로 돌아갈 것이었다. 대다수의 관측소에서는 이 기회를 놓치지 않고 다양한 이벤트를 기획해서 내놓았다. 혜성의 밝기만큼이나 급격히 오른 가격에도 불구하고 천문 관측소 근처 숙박업소는 만실이었다. 사람들은 축제 분위기를 즐겼다. 용수도 인터넷으로 혜성의 모습을 찾아봤다. 국제 우주 정거장에서는 각국의 선사시대 유적을 배경으로 긴 꼬리 혜성의 모습을 촬영했다. 피라미드와 마추픽추, 스톤헨지와 고인돌, 티티카카 호수 위에서 혜성은 휘황한 자태를 뽐냈다. 기사를 보고 관광지로 모여든 사람들도 세계 각국의 여행지에서 찍은 혜성 사진과 영상을 SNS에 올렸다. 수평선 위에 뜬 혜성과 물에 비친 혜성을 한 화면에 담은 영상은 특히 조회수가 높았다.

용수의 집 근처에서는 새벽 네시경 북동쪽 지평선 부근에서 맨눈으로 혜성을 볼 수 있다고 했다. 맨눈으로 보기 어려운 경우, 별자리 관측 앱에 회원 가입을 하고 비용을 내면 좀더 쉽게 볼 수 있다고 했다. 하늘을 향해 스마트폰을 움직이기만 하면 화면에 혜성의 위치가 떠오른다고 했다.

금세기 가장 밝게 빛나는 긴 꼬리 혜성이 지구 하늘에 떠 있대. 지금 보지 못하면 앞으로 육천팔백 년 후에 다시 볼 수 있다는데 그때 우리는 지구에 없을 거야. 용수가 스마트폰으로 혜성 사진을 보여주며 말했다. 내일 오전에 지구와 가장 가까워져서 제일 밝게 빛난대. 그다음부터는 조금씩 어두워지나봐.

새벽 네시면 조금 뒤잖아? 스마트폰을 들여다보던 연수가 말했다.

몇 시간 후에 저쪽 하늘에서 보이겠지. 용수는 연수의 방 창가를 가리켰다. 북동쪽 하늘에서 아주 잘 보인다고 했어. 내 방에서는 보이지 않겠지만 누나 방에서는 해뜨기 전에 잘 보일 테니 꼭 찾아봐. 보고 알려줘.

같이 보자. 연수가 빠르게 말했다.

용수는 수줍어서 주저하는 체했다.

좀 있다 척척 석사들이 잠들면 그때 방으로 와. 연수는 벽을 가리켰다. 벽 너머는 쌍둥이 자매의 방이었다.

북동쪽 하늘을 빗금처럼 가르는 긴 꼬리 혜성을 연수와 함께 보는 걸 상상하자 용수는 가슴이 뛰었다. 집에서 연수와 둘이 있은 적은 여러 번 있었지만 연수의 방에서 단둘이 있는 건 처음이었기 때문에 뛰는 가슴은 좀처럼 진정되지 않았다. 제 방으로 돌아온 용수는 과제에 집중하지 못하고 연수와 어떻게 시간을 보내면 좋을지 생각했다. 그런 생각을 하느라 가슴이 콩닥콩닥 뛰는 게 기뻤다. 용수는 괜히 방을 청소했다. 과제를 위해 책상 위에 올려둔 몇 권의 도록과 미술사 서적도 다시 책장에 꽂아두었다. 책상을 치운 후 콘센트에 지저분하게 꽂힌 전선도 정리했다. 청소를 해도 방은 좀처럼 깨끗해지지 않았다. 용수는 그것도 마음에 들었다. 너무 깔끔하면 숨을 데가 없었다. 제대로 정리하지 않는 건 용수의 오랜 습관이었다. 용수는 얼마 전에 사서 옷장에 숨겨둔 술을 꺼냈다. 캐주얼하게 즐기는 천연 사과 발효주였는데 연수와 함께 마시려고 사둔 거였다. 쌍둥이 자매가 잠들 때까지 기다렸다가 발효주와 캔맥주, 디저트 케이크와 기둥 모양의 양초 세 개, 그리고 촛대를 들고 연수의 방으로 들어갈 계획이었다. 용수는 인기척을 내지 않으려 조심하며 방에서 나왔다. 부모님은 집에 없었고, 쌍둥이 자매의 방은 불이 꺼져 있었다.

욕실 선반에 놓인 몇 개의 디퓨저에서 제각각 다른 향이 났다. 용수는 디퓨저 향에 도무지 익숙해지지 않았다. 서로 다른 향료들이 섞여 과한 향을 뿜어내는 욕실에 들어서면 늘 정신이 아득해지는 기분을 느꼈다. 용수는 빠르게 씻고 나서 수납장을 열었다. 한쪽에는 반듯하게 접힌 백색 수건 수십 장이, 다른 쪽에는 세 겹 두루마리 화장지 수십 개가 차곡차곡 쌓여 있었다. 그중 수건 한 장을 꺼내 얼굴에 묻은 물기를 닦았다. 그러고는 거울 앞에서 시간을 보내다가 살그머니 나와 주방으로 갔다. 용수는 조심스럽게 싱크대 상부 장을 열어 다른 컵은 건드리지 않고 맥주컵 두 개만 사뿐히 챙겨들었다. 컵이 놓인 위치가 달라지거나 유리에 지문이 묻으면 잔소리를 들을 거였다. 아이스 버킷도 꺼내 얼음을 채웠다. 준비한 것들을 우드 트레이에 받쳐들고 살금살금 움직였다. 쌍둥이 자매는 잠든 것 같았다. 용수는 발소리를 내지 않기 위해 조심하며 조용히 쌍둥이의 방문 앞까지 다가갔다. 트레이 위 식기가 달그락거리지 않도록 신경쓰면서 문에 귀를 기울였다. 아무 소리도 들리지 않았다.

용수가 연수의 방 앞으로 다가가자 살며시 문이 열렸다. 연수 옆에 바짝 붙어 있던 개가 경계하는 눈으로 용수를 쳐다봤다. 연수가 그러지 말라는 듯 주의를 주자 개는 억울한 듯 벽 쪽으로 고개를 돌렸다. 벽면에 방석 두 개와 등 쿠션 두 개가 나란히 놓여 있었다. 벽에 등을 붙이고 앉으면 유리창을 바라볼 수 있었다. 용수가 양초를 켜자고 했지만 연수는 불을 끄고 어둠이 눈에 익으면 초를 켤 때보다 더 밝다며 반대했다. 둘은 벽에 등을 붙이고 나란히 앉았다. 어둠 속에서 몸을 움직일 때마다 연수의 팔뚝이 용수의 허리께에 닿았다가 떨어졌고, 다시 닿았다. 용수는 갈비뼈가 간지러웠지만 아무렇지 않은 체하며 가져온 컵에 얼음을 담고 맥주를 부었다. 거품이 이는 소리도 듣기 좋았다. 둘은 더듬더듬 움직여서 소리 나지 않게 잔을 부딪치고는 살며시 미소 지었다. 하지만 얼마 지나지 않아 음식이 눈에 잘 보이지 않는다며 연수가 초를 켜자고 했다. 용수는 들뜬 마음으로 양초에 불을 붙였다. 연수는 케이크를 잘라 제 입에 넣고는 용수에게도 먹어보라며 재촉했다. 연수의 방에 흐르는 연수의 체취 속에서 연수의 팔꿈치가 몸에 닿는 감촉을 느끼며 연수가 입에 넣어준 케이크를 먹고 있자니 모든 게 꾸덕꾸덕한 게 달콤했다. 용수는 시간이 너무 빨리 가버리는 게 안타까워서 애가 탔다.

천체망원경이 있으면 좋을 텐데. 연수가 말했다.

망원경은 저 방에 있어. 천체용은 아니고 군용이야. 용수가 쌍둥이 자매의 방이 있는 쪽을 가리켰다.

군용 망원경? 그런 게 왜 저기 있어?

그걸로 다른 집을 훔쳐보는 것 같아.

남의 집을? 연수가 놀라 되물었다. 그러잖아도 이상했던 정신이 공부하면서 더 이상해진 것 같아. 할일이 없어서 그런가, 갈수록 더 이상해져. 연수가 혼잣말처럼 말을 이었다.

쌍둥이는 심리학과 석사과정중에 있었다. 그들은 다양한 심리검사지를 가지고 와 풀어보라고 재촉해서 용수와 연수를 귀찮게 했다. 그런 다음 검사 결과를 토대로 용수와 연수의 심리상태를 제 맘대로 해석했다. 그러면서 아버지의 목소리를 흉내냈고, 어머니의 말투를 따라 했다. 왜 그렇게 되었을까? 그렇게 된 데에는 이유가 반드시 있으니 그걸 찾아보자. 위아래로 훑어보며 말하고는 짐짓 심각한 표정을 지었다. 쌍둥이는 둘 다 상담 센터에 취업하고 싶어했지만 그러지 못했다. 자격시험에 번번이 낙방한데다 내담자의 이야기를 차분하게 들어줄 만한 성격도 아니었다. 그 때문에 둘은 늘 시간이 남아돌았고, 남아도는 시간을 어떻게 써야 할지 몰라 늘 심심해했다. 공부를 하는 것도, 하지 않는 것도 아니어서 그들은 삶의 균형을 점점 더 잃어가는 듯했다. 그래서 만만한 상대에게는 놀잇감을 몰듯 장난쳤고, 두려운 상대 앞에서는 군소리 없이 그들의 요구를 들어줬다. 그리고 그렇게 얻은 보상을 쇼핑하는 데 썼다.

용수는 연수가 하는 말을 건성으로 들었다. 연수의 목소리를 옆에서 들을 수 있는 게 마냥 좋아서 소리에 집중하느라 말의 내용은 들리지 않았다. 연수의 목소리만 귓가로 흘러들어올 뿐이었다. 음악처럼 들려오는 소리에 감각이 즉각적으로 반응했다. 연수가 바로 옆에서 목소리를 내고 있다는 사실이 그를 흥분시켰다. 혜성은 보이지 않았다.

희미하게라도 보여야 하는 거 아냐? 둘은 그렇게 말했지만 말뿐이었다.

망원경이 있었다면 좋았을 텐데. 둘은 그렇게 말했지만 그것도 말뿐이었다.

손잡고 볼까? 연수가 용수의 손을 건드렸다.

용수는 연수의 손을 잡고서 다른 손으로 어깨를 안고 싶었지만 그러지 않았다. 마치 그걸 알아챈 듯 연수가 용수의 얼굴 가까이 자신의 얼굴을 들이밀었다. 용수는 조금 놀라 몸을 움찔거렸는데 연수의 부드러운 입술이 볼에 닿자 그냥 잠자코 있었다. 그러나 입맞춤은 짧았다.

개가 짖는 소리에 둘은 침대 밑에서 눈을 떴다. 쌍둥이 자매가 둘을 내려다보고 있었다. 쌍둥이를 보고서야 둘은 놀라 일어났다.

너네 뭐했니? 첫째가 물었다.

더러운 짓을 했어, 그렇지? 둘째가 말했다.

심리적으로 확실히 문제가 있는 거야. 첫째가 용수와 연수를 훑겨봤다.

격리해야 해.

아냐. 우리가 지켜보는 게 나아. 얘들은 금기를 깨는 인간의 욕망에 대한 중요한 자료가 될 거야.

맞아. 우리가 관리해야 해.

혜성을 보려고 온 거예요. 북동쪽에서 잘 보인다고 해서요. 그러다 깜빡 잠이 들었어요. 용수가 부드럽게 대답했다.

연수는 쌍둥이를 노려봤다. 개도 연수 옆에 바짝 붙어서는 쌍둥이를 향해 으르르 소리를 냈다.

좋아. 비밀을 지켜줄게.

재미난 일이 벌어지겠는걸.

둘이 밖으로 나갔다. 그제야 용수와 연수는 서로의 얼굴을 바라봤다. 별은커녕 창으로 여름 햇볕만 쏟아지는 바람에 얼굴이 익어서 서로를 알아보지 못할 뻔했다며 우스갯소리를 했다. 용수의 얼굴을 빤히 보던 연수가 킥킥거렸다. 용수도 연수의 얼굴을 마주보고 미소 지었다.

내일 다시 시도해보자. 연수가 말했다.

내일? 방으로 돌아가려던 용수가 놀라 연수를 봤다.

다음날 새벽 용수는 연수의 방 앞에서 인기척을 냈지만 연수는 잠이 들었는지 방문을 열어주지 않았다. 용수는 괜히 집안을 오갔다. 현관에서 거실로 이어지는 기다란 복도 벽면에 액자 여러 개가 걸려 있었다. 액자는 주문 제작한 것으로 나무 테두리를 둥글게 깎은 뒤 아라베스크 문양의 넝쿨 잎사귀와 꽃, 레이스와 리본 등 조각 장식이 새겨져 있었다. 하얀 벽면을 화려하게 수놓은 금빛 액자로 인해 복도는 바로크시대의 궁전이나 살롱으로 연결되는 통로 같았다. 과거의 공간을 현재로 불러들인 것도 같았는데 현재의 공간에서 과거를 보는 것 같기도 했다. 액자 안에는 아버지와 어머니, 쌍둥이 자매와 연수, 그리고 용수의 사진이 각각 들어 있었다. 한곳에 걸렸을 때 전체적으로 어우러질 수 있도록 보정 작업을 거쳤기 때문에 사진들은 초상이라기보다는 실내장식의 한 요소처럼 보였고, 그래서 사진 속 인물들은 화려한 액자 안에 그대로 박제된 것 같았다. 복도에는 용수와 연수, 쌍둥이 자매의 침실이 모여 있었다. 방마다 사진 속 인물이 잠들어 있을 거였다. 그런 생각을 하자 방이 각자의 무덤처럼 느껴졌다. 조명 빛이 콘솔에 가닿았다. 로즈우드 콘솔 위에 앙리 마티스, 반 고흐, 마크 로스코 등의 복제화가 주르르 진열되어 있었다. 그림은 모두 액자상에서 잘 팔리는 것 중 어머니가 직접 골라 집으로 옮겨온 거였다. 그림을 보면서 어머니는 영국 여행 당시를 자주 회상하고는 했다. 런던의 주택가를 걸을 때면 유리창을 통해 집안 내부가 조금 들여다보였는데 집마다 벽난로 주위에 그림이 걸려 있는 것을 보고 깊은 인상을 받았다고 했다. 그곳에 사는 사람들을 보지 않고도 그들의 교양과 지성을 가늠해볼 수 있었다고 했다. 어머니는 복제화 몇 점을 사들여 집안을 꾸민 다음 그 앞에서 손님을 맞이하고는 했다. 그 외에도 복도 선반에는 한스 홀바인과 디에고 벨라스케스의 복제화가 놓여 있었다. 그 옆으로 전시하듯 놓인 지구본과 망원경, 장식용 총과 칼, 동물의 가죽과 꼬리털, 깃털 달린 펜 등을 찬찬히 보고 있자니 그것을 만든 사람들이 집안에 들어와 있는 것처럼 느껴졌고, 유령들과 함께 있는 듯한 기분이 들었고, 자신도 유령이 된 것 같았다. 복도 끝은 거실로 이어졌다. 창이 서서히 밝아왔다. 그물 형태의 금속 커튼을 통과한 새벽빛이 거실에 사슬 무늬의 그림자를 드리웠다. 바닥에서 출렁이던 사슬 무늬 그림자가 소파와 의자, 테이블을 타고 올라 벽면으로 이어졌다. 실링팬이 천천히 돌아 공기의 흐름을 바꾸자 금속 커튼이 빛을 산란했다. 거실에 펼쳐진 사슬 무늬 그림자가 샹들리에처럼 흔들렸고, 그 때문에 집안 전체가 커다란 샹들리에가 된 듯 출렁거렸다. 그러나 다시 보면 쇠창살이 드리운 것 같기도 했다. 용수는 거실을 서성이며 빛과 그림자에 의해 변화하는 사물의 형태를 바라봤다. 대형 텔레비전과 그 위에서 텔레비전을 비추는 일곱 개의 간접조명을 봤다. 조명 기사는 대상은 그냥 아름다워지는 게 아니라 빛에 의해 아름다워지는 거라고 했다. 아무것도 아닌 것도 빛이 닿으면 특별해진다고 했다. 그 말을 들은 아버지는 조명이 텔레비전을 비추는 것을 숨기려고 장식장을 바꿨다. 그리고 그 위에 은행 VIP에게 제공하는 국내 신진작가의 그림 액자 몇 점을 세워두었다. 용수는 텔레비전 맞은편에 있는 소파를 바라봤다. 소파는 이탈리아에서 들여온 것으로 이음매를 줄이기 위해 소의 등가죽 수십 장을 통으로 사용해 수작업으로 만들었다고 했다. 천연 가죽은 시간이 지날수록 더 아름답게 변했다. 사용 흔적이 자연스럽게 자리잡히면서 주름을 따라 빛의 무늬가 생겨났다. 무늬 속에 개가 긁어놓은 자국이 어지럽게 흩어져 있었다. 개를 데려온 건 아버지였다. 화이트 스위스 셰퍼드라고 했다. 아버지는 희귀해서 가격이 비싸다는 그 개를 애지중지 키웠다. 제법 큰돈을 들여 코미디언 출신의 시의원에게 사온 거라고 했다. 시의원도 유튜버 출신의 국회의원에게 사온 거라고 했다. 그러나 그 개는 화이트 스위스 셰퍼드가 아니었다. 셰퍼드도 아니었다. 게다가 개는 어느 정도 자란 후에는 더 자라지 않았다. 모색에도 변화가 생겼다. 하얀색이었던 털이 노래지면서 연갈색으로 바뀌더니 나중에는 점점 더 진해졌다. 아버지는 웃기지도 않은 새끼라며 시의원을 욕했다. 불법적인 일을 일삼는데도 자리를 보전하고 있는 게 신기할 따름이라고 하면서 이제는 무엇을 믿어야 할지 모르겠다고 푸념했다. 그러고는 개를 돌보지 않았다. 처음에는 아버지의 뒤만 졸졸 따라다니며 다른 사람에게는 사납게 굴던 개도 시간이 지나면서는 자기 살 궁리를 했다. 먹이를 챙겨주는 어머니 곁으로 가 앉았고, 다른 사람에게는 으르렁거렸다. 하지만 소파를 망쳐놓은 뒤 어머니의 발에 차여 갈비뼈가 부러졌다. 그날 개는 쫓겨날 뻔했는데 연수가 고집을 부려 집에 머물 수 있었다. 개의 관심은 차츰 연수에게 향했다. 연수 옆에 찰싹 붙어서는 다른 사람에게는 곁을 내주지 않았다. 부모님도 더는 개를 건드리지 않았다. 구의원이었던 아버지는 시의원에게 산 개를 차마 버리지 못했고, 학원 강사였던 어머니는 시간이 지날수록 찾는 곳이 많아 바빴다. 둘 다 개에게 신경쓰지 않았다. 거실 끝에 침실 두 개가 마주하고 있었다. 한쪽은 아버지가, 다른 쪽은 어머니가 썼다. 방으로 들어가는 통로는 어둠에 휩싸여 있었다. 용수는 그 방에 들어가본 적이 없었다. 불 꺼진 방에서 그들이 각자 무엇을 하는지도 알 수 없었다. 부모가 집에 없는 시간이 늘어나면서 쌍둥이 자매는 그들의 역할을 대신 수행했다. 누가 시키지 않았는데도 그랬다. 쌍둥이는 감옥의 감시원이 되기를 자처했고, 부모에게 사랑받으려 애쓰느라 늘 허기져 있었다.

용수는 소파에 앉아보았다. 소가죽에서 아버지와 어머니의 몸에서 풍기는 늙은 사람의 냄새가 미세하게 느껴졌다. 그들의 냄새가 코끝에 닿자 그들의 몸이 자신의 몸에 닿은 듯한 기분이 들어 불쾌했다. 비릿한 냄새가 쌍둥이의 향수 냄새와 뒤섞여 냄새는 더

욱 고약했다. 그런데도 독립하지 않고, 소파에 앉아 있는 자신의
처지가 그 개처럼 느껴졌다.

실시간 비행기 추적 서비스를 제공하는 '플라이트레이더24'는 지난달 말, 총 이십이만 오천 회의 비행이 이루어졌으며 이는 공식 집계를 시작한 이후 가장 많은 비행 기록이라고 발표했다. 집계에서 제외된 군용기와 민간기까지 더하면 지구의 하늘은 훨씬 더 복잡했을 거라고 했다. 자동 위치 전송 장치와 항공용 다변측정감시기술MLAT을 통해 추적한 수완나품BKK발 히스로LHR행 에어버스 380 EK385편은 평균 고도 13136미터에서 경제 운항 속도인 시속 907킬로미터로 비행 후 두바이공항을 경유하기 위해 착륙 준비중이었다. 연수는 좌석 번호 55K에 앉아 있었다.

수완나품공항에서 정오에 출발 예정이었던 EK385편은 기상 악화로 인해 오후 두시에 이륙했다. 일곱 시간 십오 분의 비행시간을 거쳐 두바이 상공에 도착했을 때는 현지 시각으로 오후 여섯시 십오분이었다. 연수는 두바이공항에서 일곱 시간을 대기한 후 에어버스 380 EK029편을 타고 히스로공항으로 갈 것이었다. 런던에 도착해서 국내선으로 갈아타 에든버러로 가면 그곳이 최종 목적지였다. 연수는 삼 개국의 시차와 비행시간, 대기시간과 현지 시각을 계산해보다가 그만두었다.

비행기 유리창으로 두바이 야경이 내려다보였다. 세계의 자본이 모여드는 도시는 휘황했다. 하늘 높이 치솟은 세계 최고층의 건축물과 복잡하게 뒤얽힌 도로가 아름다운 조명 빛에 휩싸여 있었다. 사방으로 뻗은 도로는 도시와 도시를 연결하고, 항만과 공항으로 이어졌다. 항만 터미널에 수십만 개의 컨테이너가 쌓여 있었다. 계류장에도 수백 척의 크고 작은 선박이 정박해 있었고, 하역 대기중인 화물 컨테이너선 대여섯 척이 항만 앞바다에 떠 있었다. 공항 주차장에는 세계의 국적기가 질서정연하게 서 있었다. 팔십오 개 항공사의 각 비행기는 세계 백삼십 개 도시로 뻗어나갈 것이었다. 국제공항은 국가와 국가를 곧바로 잇는 플랫폼이자 교통의 요충지였다. 밖으로는 세계를 연결하고 안으로는 도시의 중심지와 즉각적으로 이어졌다.

비행기가 유도등을 따라 활주로로 들어서자 연수는 꿈을 꾸는 것 같은 기분을 느꼈다. 접힌 시간 속에 들어가 있다가 어느 순간 밖으로 튕겨 나온 것 같았고, 순식간에 다른 나라로 이동한 것 같았다. 연수는 용수를 만지는 기분으로 목걸이를 만지작거렸다. 절반으로 잘린 하트 펜던트는 어디가 앞이고 어디가 뒤인지 구분되지 않았다.

승객들이 기내에서 모두 빠져나갔다. 그중 절반은 공항 입국장으로 향했고 나머지 절반은 환승 게이트가 열리기를 기다리며 공항에 머물렀다. 몇몇은 사막의 열기 속으로 나갔다가 돌아올 테고, 나머지 환승객들은 각자 공항에서 시간을 보낼 터였다. 공항에는 이용할 수 있는 시설이 많았다. 카페와 레스토랑에서 요기를 할 수도 있었고, 호텔이나 스파 시설로 이동해서 짧은 시간이나마 휴식을 취할 수도, 극장으로 가 최신 영화를 관람할 수도 있었다. 통신사나 은행에 들러 간단한 업무를 보거나 당장 필요한 물건을 구매하기 위해 상점에 들를 수도, 기도실과 수유실, 샤워실과 흡연실을 이용할 수도 있었다. 환전소에는 세계의 화폐가 거의 다 있었기 때문에 필요하면 환전을 할 수도 있었다. 사람들은 그렇게 공항 곳곳에 퍼져 있다가 일곱 시간 후 환승 게이트 앞으로 다시 모여들 것이었다.

연수는 이곳저곳 오가며 하릴없이 시간을 보냈다. 이십사 시간 운영하는 면세점은 관광객으로 붐볐다. 연수는 통로에서 풍겨오는 화장품 냄새를 코끝으로 느끼며 걸음을 옮겼다. 아! 돈 냄새. 통로를 건던 청년이 화장품 냄새를 한껏 들이마시며 말했다. 돈 쓰러 가자! 옆에 있던 청년이 뛰면서 소리쳤다. 그들은 향수 매대 위에 부착된 광고판 앞에서 걸음을 멈췄다. 그런 다음 뭔가에 홀린 표정으로 모델을 올려다봤다. 아름답게 차려입은 여자와 남자 뒤로 교역 물품을 싣고 사막을 횡단하는 낙타와 상인의 행렬이 길게 이어졌다. 그들은 모든 걸 가졌다는 듯 무심하고 도도한 표정으로 아래를 내려다봤다. 그들의 시선이 닿는 곳에는 향수병이 놓여 있었다. 청년들이 곧장 향수 진열대로 다가섰다. 직원이 대여섯 개의 시향 종이에 종류가 다른 향수를 뿌린 후 차례대로 두 청년에게 내밀었다. 잇달아 냄새를 맡아본 둘은 후각이 마비된 것 같다고 불평하면서도 만면에 가득 미소를 지어 보였다. 그러고는 선망과 절망, 고통과 환희가 뒤섞인 얼굴로 향수병을 집어 하나하나 살핀 후 제자리에 내려놓았다. 직원이 또다른 향수를 꺼내 시향을 권했다. 둘은 향기에 매혹되어 황홀한 표정을 짓다가 어느 순간 향수와 하나가 된 듯 제 몸에서 나는 냄새를 맡았다. 향수 매대에는 그들 말고도 시향을 하는 사람들이 많았다. 그들은 죄 똑같은 표정으로 눈을 감고 향기를 맡아보다가 어느 순간 개안한 사람처럼 눈을 번쩍 뜨고는 마음에 드는 향수를 직원에게 내밀었다. 직원은 부드러운 표정을 유지한 채 꼿꼿하게 서서 그들이 고른 향수를 포장했다. 사람들은 미련이 남은 얼굴로 진열장 위의 시향용 향수를 코끝으로 가져갔다. 그러고는 무아無我 상태에 빠져 숨을 들이마시고 내쉬었다.

화장품이 진열된 구역을 지나면 다양한 빛깔의 초콜릿 상자와 쿠키 상자가 쌓인 진열장이 나왔다. 까흐와와 카락 샤이, 젤랍 등 아랍에미리트의 전통차와 커피에 이어 대추야자로 만든 각종 디저트가 형형색색의 포장지에 싸여 종류별로 놓여 있었다. 커민, 사프란, 카르다몸 등 각종 향신료도 영롱한 빛을 띠는 유리병에 담겨 진열되어 있었다. 또다른 진열장에는 크기와 디자인이 다른 수백 종의 램프가 전시되어 있었다. 『아라비안나이트』에 나오는 램프는 인테리어 소품에서부터 찻주전자, 냄비 컬렉션, 저금통, 보석함 등에 이르기까지 다양한 상품이 되어 금빛은 금빛끼리 금빛 진열장에, 은빛은 은빛끼리 은빛 진열장에 들어 있었다. 사람들이 무엇을 사야 할지 고민하는 사이 면세점 앞 통로에서는 아랍 전통 복장을 입은 사람들의 퍼포먼스가 펼쳐졌다. 구경객이 그들을 에워쌌다. 과거의 모습과 현재의 모습이 섞여들자 여기저기서 카메라 셔터 소리가 났다. 그들은 자신이 보고 있는 것을 사진과 영상으로 찍어 곧바로 SNS에 올렸다. 연수는 어디를 가나 나라 전체가 관광업에 종사하는 것 같다고 생각했다. 사람들도 마찬가지였다. 모두가 홍보업 종사자 같았다. 그런 생각을 하면서도 연수는 기념품이 모여 있는 진열장을 구경했다. 부르즈 할리파와 부르즈 알 아랍 등 세계 최고 높이의 건축물 모형이 시선을 끌었다. 금장식과 은장식으로 된 각각의 진열장에는 크기가 큰 건축물 모형이 들어 있었다. 사람들은 그 앞에서 탄성을 내지르다가 다음 진열장에서 좀더 작은 기념품을 발견하고는 좋아했다. 스노볼 안에 건축물 모형이나 낙타 인형 따위가 들어 있었다. 연수는 스노볼 안에서 사막을 횡단하는 낙타를 한참 동안 들여다봤다. 스노볼을 흔들면 모래바람이 휘몰아쳤다. 교역품을 짊어진 낙타가 가련해 보여 연수는 그것을 살까 말까 고민했다.

미리 환승 구역으로 건너온 사람들은 황금빛 야자수 조형물 아래 놓인 비치 베드에 누워 잠을 자고 있었다. 유리로 된 천장에서 부드러운 빛이 쏟아져 그들의 얼굴에 명암을 만들었다. 연수도 비어 있는 비치 베드로 가 자리를 잡고 누웠다. 레스토랑에서 식기가 덜그럭거리는 소리가 들렸다. 그릇이 부딪치는 소리와 사람들이 대화하는 소리, 노트북 키보드를 두드리는 소리도 들렸다. 여행 가방에 달린 바퀴가 바닥을 구르는 소리, 청소차가 지나는 소리, 사람들의 발소리, 칭얼대는 아이들의 소리, 중얼거리듯 이어지는 안내 방송 등 각각의 소음은 웅웅거리는 하나의 소음으로 합쳐져 연수의 귓가로 흘러들었다. 눈을 감은 채 소음을 듣고 있던 연수는 어느 순간 낮은 소리로 코를 골며 잠이 들었다.

용수는 해안도로를 따라 천천히 걸었다. 가로등마다 내걸린 푸른 깃발이 바람에 나부꼈다. '제로 제로 그린 페스티벌'을 알리는 깃발에 수익금 일부를 남극 펭귄 보호 사업에 기부한다고 쓰여 있었다. 축제 참여 인증 사진에 필수 해시태그를 달아 SNS에 업로드하면 남극 환경을 보호하는 데 동참할 수 있을 뿐 아니라 축제 참여 음식점에서 무료로 음료수도 한 병 받을 수 있다고 했다. 설명 아래 '남극 펭귄 수영 대회' '모닥불 피워놓고' '먹거리 장터' '불꽃놀이' 등 세부 일정이 적혀 있었다. 용수는 도로 난간에 바짝 붙어 해변에 모인 축제 인파를 내려다봤다.

검은 다이빙 슈트를 입은 사람들이 해안선 앞에서 발을 동동 굴렀다. 제자리에서 몸을 흔들거나 춤을 추는 참가자도 있었다. 몇

몇 참가자는 몸에 물을 적시다가 파도에 휩쓸려 넘어졌다. 그들은 넘어졌다 일어서면서도 공연히 허공에 물을 튀기며 큰 소리로 웃었다. 안내 선 뒤에 있던 관람객들은 신이 나서 파이팅을 외쳤다. 축제 현수막을 배경으로 사진을 찍는 사람들도 있었다. 해변에 설치된 간이 무대에서는 사회자가 관중의 호응을 유도하며 수영 대회 시작을 알렸다. 참가자들이 출발선 앞에 정렬했다. 심판이 화약총을 쏘자 큰 소리와 함께 희뿌연 연기가 허공에 머물러 있다가 흩어졌다. 참가자들이 함성을 내지르며 바다로 돌진했다. 첨벙거리는 사람들 주위로 햇빛이 부서졌다. 바닷물에 젖은 다이빙 슈트도 햇빛을 받아 물고기 비늘처럼 반짝반짝 빛났다. 참가자들은 물거품을 일으키며 부표까지 헤엄쳐갔다가 다시 물거품과 함께 해안으로 돌아왔다. 심판이 순위를 매기는 동안 다음 참가자들이 출발선 뒤에서 몸을 풀었다. 그들 모두가 각각의 역할이 있다는 듯 관람객은 관람객의 역할을, 참가자는 참가자의 역할을, 심판은 심판대로, 사회자는 사회자대로 각자 맡은 역할을 수행했다. 용수는 그게 당연한 일이라고 생각하면서도 당연하다는 것에 의구심이 들었다. 사람은 사라져도 역할은 지속될 것 같았다. 저들이 사라진 자리를 다른 사람이 채울 거였다.

지역 방송국에서 나온 촬영 팀이 무대 쪽으로 다가오자 사회자가 시합을 마친 참가자들을 불러냈다. 담요를 뒤집어쓴 참가자들이 몸을 달달 떨면서 무대 위로 올라갔다. 어떻게 오셨냐는 사회자의 질문에 참가자 중 하나는 수영 대회에 참가하기 위해 다이빙 슈트를 구매했으며 주유비를 비롯한 교통비와 식료품비, 외식비와 숙소비 등 이곳에 오기까지 들인 비용에 대해 길게 설명한 다음 가족과 추억을 만들기에는 더없이 탁월한 선택이어서 지출한 비용이 전혀 아깝지 않다고 했다. 환경보호에 동참할 수 있다니 선한 영향력을 행사하는 것 같아 그것도 의미 있는 일이라고 덧붙이고는 내년, 후년에도 계속 오고 싶다고 했다. 또다른 참가자는 이상 기온으로 인한 한파라고 해서 걱정이 많았는데 기우였다며 좋아했다. 외국인 참가자들은 보라색으로 변한 입술로 바들바들 떨며 원더풀! 뷰티풀! 하고 외쳤다. 일흔넷이라고 나이를 밝힌 노인은 가족의 만류에도 불구하고 자신이 아직 살아 있다는 걸 증명하고자 참가했는데 대회를 마치고 나니 역시 살아 있는 기분이 든다고 했다. 젊은 시절을 되찾은 것 같다고 덧붙이면서 앞으로 젊은 사람들과 어울릴 기회가 더 많아졌으면 좋겠다고 했다. 그들을 촬영한 영상이 무대 양옆에 설치된 LED 전광판을 통해 생중계됐다. 관람객들은 무대 위의 사람들이 아닌 전광판을 보며 함성을 내질렀다. 사람들이 무대에서 내려가자 화면이 바뀌고 이번에는 하늘 높이 떠오른 드론 카메라가 바다를 비췄다.

용수는 연수와 함께 갔던 바닷가를 떠올렸다. 연수가 동영상 공유 플랫폼에서 알게 된 곳으로, 해안 절벽 위 암자의 풍광이 아름다워 관광객이 많은 데였다. 다녀온 사람들은 하나같이 심신이 안

정되고 마음이 정화되었다고 제 경험담을 늘어놓았다. 동영상을 본 연수도 그곳에 가고 싶어했다. 둘은 암자에서 해안까지 이어지는 산책로를 따라 걸었다. 바다로 가려면 가파른 계단을 통해 더 아래로 내려가야 했다. 사찰에서 운영하는 계단 옆 브런치 카페는 만석이었다. 카페를 지나 더 아래로 내려가면 곧바로 바다였지만 관광객 대다수는 바다가 아닌 해안 절벽 쪽으로 방향을 틀었다. 용수와 연수는 사람들이 무엇 때문에 절벽으로 향하는지 알지 못하면서도 무리에 휩쓸려 그들을 따라 걸었다. 기암괴석에 콘크리트 구조물을 세워 만든 아치형 통로 건너편으로 수평선이 보였으므로 그쪽에 더 아름다운 해안이 있을 거라고 짐작할 뿐이었다. 통로 한쪽에는 커다란 어항이 놓여 있었다. 어항이 시커메서 처음에는 검은색 페인트를 칠해놓은 줄 알았는데 가까이 가서 보니 그 안에 까만 물고기떼가 바글거렸다. 어항 위 벽면에 '이달의 방생 물고기는 우럭'이라고 쓰인 알림판이 걸려 있었다. 어항 아래는 불전함이 놓여 있었다. 통로를 지나는 사람들이 천원짜리 지폐 한두 장을 꺼내 그 안에 집어넣었다. 통로 밖에서는 탄성이 들려왔다. 카메라 셔터 소리도 연달아 이어졌다. 연수는 무엇 때문에 그러는지 궁금해서 통로 밖을 보려고 애썼는데 등을 보이고 선 사람들 때문에 시선이 가로막혔다. 둘은 차례를 기다려 밖으로 나갔다. 통로 밖 계단은 바다와 이어지는 너럭바위로 연결됐다. 계단 중간까지 내려갔을 때 검은빛으로 빛나는 해안이 보였다.

오, 아름다워!

연수와 용수는 검은 바다를 보고 소리쳤는데 검은빛을 띠는 게 무엇인지 알아서 그런 건 아니었다. 바다와 절벽이 만나는 곳에는 기암괴석이 많았다. 얕은 물에 갯바위를 옮겨놓아 해안 끝은 바다보다는 어항처럼 보였다. 갯바위와 갯바위 사이에 난 크고 작은 웅덩이마다 우럭 치어떼가 바글거렸다.

저게 뭐지? 연수가 놀라 물었다.

용수는 얕은 물에서 옆으로 기듯이 헤엄치면서도 웅덩이를 넘어 난간 쪽으로 몰려드는 우럭 치어떼를 바라봤다. 물고기가 파닥파닥 움직일 때마다 그 주위로 튀어오르는 물방울이 햇빛을 받아 흑진주처럼 반짝거렸다. 물거품과 햇빛, 검은빛이 한데 어우러져 해안 일대는 장관을 이뤘다.

용수와 연수는 재빨리 계단을 내려갔다. 관광객들이 너럭바위에 둘러진 안전 난간에 죄 달라붙어 고기밥을 뿌렸다. 뒤에 있던 관광객들이 치어떼를 더 잘 보려고 안전 난간에 서 있는 사람들 등에 바짝 붙어섰다. 그 뒤에도 사람들이 잔뜩 서 있었다. 치어떼는 더 좋은 자리를 차지하려고 서로 경쟁했다. 물고기 위에 물고기가, 그 위에 물고기가 겹겹이 쌓이면서 아래로 밀려난 물고기가 다시 위로 몰려들었다. 그 뒤에 오리 몇 마리가 떠 있었다. 오리들은 기회를 보고 있다가 빈자리가 생기면 치어떼 사이를 밀고 들어와 고기밥을 받아먹었다. 몇몇 관광객들은 오리떼를 피해 고기밥을 던졌다. 갯돌에 앉아 그 모습을 주시하던 갈매기들이 허공에서 먹이를 낚아채갔다.

엄마! 고기밥 사줘! 어린아이가 말하자 아이 엄마가 아이에게 난간에 꼭 붙어 있으라고 여러 번 당부하고는 허겁지겁 뛰어 고기밥을 파는 무인 판매대 앞으로 갔다. 판매대 옆에 '전주에 방생한 우럭 치어'라고 쓰인 빛바랜 현수막이 걸려 있었다. 아이 엄마가 천원짜리 지폐 한 장을 던지듯 불전함에 넣고는 판매대 위에 놓인 고기밥을 허둥지둥 집어들었다. 아이가 엄마에게 건네받은 고기밥을 뿌렸다. 아이 앞으로 치어떼가 무섭게 몰려들었다. 용수는 난간에 붙어 먹이를 던지는 사람들의 뒷모습을 바라보다가 연수에게로 시선을 돌렸다. 연수는 처음과 달리 불쾌한 표정이었다.

왜 화가 났어? 용수가 물었다.

무서워.

뭐가? 무엇이든 돈으로 만드는 게?

아니.

그럼 적당히 속여가며 서로 즐거워하는 게?

아니. 바다로 되돌아가지 않고 작은 웅덩이에서 서로 경쟁하잖아. 그렇게 만들잖아.

나는 버려지는 게 더 무서워.

무인 판매대에 붙은 현수막과 절벽 위 암자를 번갈아 보던 연수가 시선을 돌려 용수를 바라봤다. 용수는 해안으로 내려오는 한

무리의 관광객을 보고 있었다.

필요 없는 건 버려지지. 연수가 말했다. 하지만 버려지는 게 꼭 나쁜 걸까?

수영 대회를 촬영하는 드론 카메라가 하늘을 날았다. 먼바다에는 조업중인 어선이 떠 있었고, 그보다 작은 낚싯배가 섬과 섬 사이에서 낚시 포인트를 잡았다. 선착장으로 들어온 여객선이 입도하는 관광객을 내려주고 대기하던 관광객을 실어 나갔다. 몇몇 관광객이 카메라를 보고 손을 흔들었다. 그들을 지나 섬 봉우리에 자생하는 매화밭을 한 바퀴 휘돌아 나온 드론이 방향을 틀었다. 갈매기 몇 마리가 안전요원이 탑승한 모터보트를 좇아 낮게 비행했다. 안전요원은 수영 대회 참가자들을 주시했다. 참가자들 주위로 튀어오른 물방울이 무지갯빛을 내며 허공에서 잘게 부서졌다. 드론이 해안으로 향했다.

연인이 개와 함께 해안을 달렸다. 겅중겅중 뛰는 개는 아프간하운드였다. 남자가 던진 부메랑을 공중에서 빠르게 낚아챈 개가 여자에게 되돌아왔다. 이번에는 여자가 부메랑을 던졌다. 부메랑은 허공을 빙글빙글 돌아 얕은 바다에 떨어졌다. 개는 약간 주저하는 듯하더니 이내 바다로 뛰어들었다. 부메랑을 입에 물고 나온 개가 숨을 헐떡이며 몸을 털었다. 여자는 제 몸에 두른 담요를 풀어 개를 감싸고는 털에 남은 물기를 닦았다. 주위에 있던 사람들이 귀엽다는 듯 개를 바라봤다. 멀찍이서 그들을 쏘아보던 한 남자가 개가 빠진 물에 들어가야 하는 대회 참가자들을 걱정하며 개털이 사람에게 미칠 영향에 관해 설명을 늘어놓았다. 주위에 있는 사람들은 개가 빠졌던 물이라고 하더라도 바다가 넓어서 개털이 사람에게 미칠 영향은 미미한데다 그쪽이 물에 들어갈 것도 아니지 않느냐고 따져 물었다. 그들 사이에 실랑이가 벌어졌다. 연인은 개를 데리고 슬금슬금 뒷걸음질쳐 주차장으로 향했다.

주차장에 내걸린 만국기가 바람에 휘날리자 깃발마다 달린 은박 수술이 햇빛을 반사했다. 빛이 섬광처럼 터지는 가운데 먹거리 장터가 죽 늘어서 있었다. 통오징어 구이와 튀김, 해산물을 파는 노점 앞에는 사람들이 많았다. 그중에서도 바비큐 노점이 인기가 좋았다. 기다란 쇠꼬챙이에 통째로 꽂힌 새끼 돼지가 화로 위에서 빙글빙글 돌았다. 사람들은 인상을 찌푸리면서도 입맛을 다시며 고기를 바라봤다. 노점상이 날렵한 칼로 돼지 엉덩이를 쿡 찌르자 여기저기서 탄성이 새어나왔다. 노점상이 재빠른 칼 솜씨로 허벅살을 저며 일회용 접시에 올렸다. 구경거리가 사라진 것을 아쉬워하던 사람들은 이내 고기가 올려진 접시를 들고 히죽 웃었다. 음식을 산 사람들은 주차장 중앙에 있는 간이 천막 안 테이블로 향했다. 몇몇은 노점상과 간이 천막 사이에 있는 드럼통 주위로 가서 장작불을 에워쌌다. 도로 난간에 붙어 LED 화면을 보던 용수는 브뤼헐의 그림이 눈앞에 펼쳐진 듯한 기분을 느끼며 주차장 쪽으로 걸음을 옮겼다. 그런 다음 먹거리 장터에서 커피 한 잔을 사들고 간이 천막 안으로 들어가 자리를 잡고 앉았다.

각설이패가 천막 안으로 걸어들어왔다. 고희가 훌쩍 넘어 보이는 노인이 몸에 장구를 매달고 테이블들 사이를 가로질러 간이 무대에 섰다. 가면을 쓴 듯 짙은 화장을 한 여장 남자가 어색하게 걸어들어와 노인 뒤에 섰다. 왜소증 장애가 있는 남자가 생강엿이 든 플라스틱 상자를 테이블 위에 올려두고는 한 묶음에 만원이라고 외쳤다. 코밑에 커다란 점을 그린 남자가 무대에 설치된 마이크를 잡았다. 그러고는 천막 밖에 서 있는 사람들을 향해 말했다.

밖에서 덜덜 떨지 마시고, 다들 안으로 들어오시라고들. 여기 자리 많으니까. 저기! 거기! 조기! 고기! 마이크를 잡은 남자가 사람들을 손가락으로 가리켰다. 안 잡아먹으니까 다들 들어와서 앉아. 여기는 덜 추워! 아니 안 추워!

밖에서 호기심에 찬 눈빛으로 안을 기웃거리던 사람들 몇이 쭈뼛거리며 들어와 플라스틱 의자에 앉았다.

자, 여러분! 제가 이제부터 말을 놓을게. 괜찮지? 마이크를 잡은 남자가 말하고는 사람들의 반응을 살폈다. 싫어? 그래도 할 수 없어. 남자는 테이블 쪽으로 다가가 한 사람 한 사람에게 물었다. 말을 놔도 되지? 그러고 맨 앞에 앉은 여자에게 다가가 다정한 목소리로 말했다. 말 좀 놓을게. 괜찮지? 다 재미있으라고 하는 거야. 여자가 웃었다. 미쳤군! 말을 놓겠다는데도 좋다고 웃네. 남자가 혀를 찼다.

사람들이 여자를 보고 웃었다. 여자의 얼굴이 벌게졌다. 몇몇 청년은 눈살을 찌푸렸다. 남자가 다시 무대로 돌아가 말을 이었다.

〈인간시대〉에서 우리 봤어? 우리가 거기 나왔잖아. 어, 그래. 거기서 난쟁이 봤지? 얘가 걔야. 남자가 왜소증 장애인을 가리켰다. 장구 노인도 봤지? 다 알지? 저 노인으로 말할 것 같으면 서울, 부산, 광주 찍고 대전 돌아 강원도와 경기도를 가로질러 이쪽저쪽 오가신 몸으로 춘천 유선방송에도 사천 지방 방송에도 나왔으며 한때 인간문화재 후보에까지 오르셨던 분이야. 어, 그래. 알지? 봤지? 이따 저 장구 소리 들어보라고. 사내는 아랫도리가 흔들려. 그럼 계집은? 있지, 오금이 저려. 얘? 얘는 〈인간시대〉 못 나왔어. 신입이야. 남자가 여장 남자를 가리켰다. 얘는 원래 꿈이 여자였는데 지금은 더 잘 풀려서 각설이가 됐어. 어! 맞아! 이제 거지야. 나로 말할 것 같으면 설악산, 금강산 돌아 태백산, 지리산, 달마산, 소백산, 계룡산, 산이란 산은 죄다 다니며 목소리를 틔웠어. 이따 내 노랫소리 들어보라고! 이 산 저 산 다니며 폭포수와 싸워 이긴 목소리야! 어! 맞아! 마이크라 불려. 대신 재미나면 엿 좀 사! CD도 사! 세트야! USB도 있어! 많이 사! 그래야 우리도 흥이 나지. 자, 그럼 시작해볼까? 준비가 안 됐다고? 그래도 할 수 없어. 우린 니들 사정은 안 봐줘.

스피커에서 반주가 흘러나오자 장구 노인이 장구를 치기 시작했다. 양손에 든 채로 장구를 치다가 간혹 어깨춤을 췄다. 여장 남자도 엿가위로 장단을 맞추며 어깨춤을 췄다. 왜소증 장애인이 엿을 팔아 돈을 챙겼고, 마이크가 몸을 흔들며 각설이타령을 불렀다. 노인은 자신의 장구 연주에 서서히 도취되어갔다. 무대 근처에 앉은 사람들이 낄낄거리며 손뼉을 치고는 저들끼리 떠들었다. 테이블에 앉은 사람들은 음식을 먹느라고 그들에게 관심을 두지 않았다. 어떤 남자는 술에 취해 몸의 절반을 바닥에 늘어뜨린 채 잠이 들었다. 듣는 사람이 없는데도 노인은 혼신을 다해 장구를 쳤다. 그 옆에서 노인을 보는 여장 남자의 눈 밑은 화장이 번져 번들거렸다.

여장 남자는 얼마 전에 자살 방지 센터에 전화를 걸었다. 남자라서 죽고 싶다고 말했을 때 상담원은 누구에게나 취업은 어려운 거라고 대꾸했다. 자신도 상담원이 되기 전까지는 취업이 되지 않아 죽고 싶었다고 했다. 하지만 포기하지 않고 계속 준비했더니 취업이 되었다고 했다. 그래서 지금은 사람들에게 오히려 용기를 줄 수 있게 되었다고 했다. 여장 남자는 상담원의 말을 듣고는 통화 내용이 가족에게 전달되느냐고 물었다. 상담원이 뜸을 들였다. 여장 남자가 다시 묻자 상담원은 특별한 경우가 아니면 그렇지 않다고 했다. 특별한 경우가 어떤 경우냐고 물었더니 자해나 자살의 가능성이 있는 경우 경찰이나 가족에게 연락을 취할 때도 있지만, 대다수의 경우는 그렇지 않다고 했다. 여장 남자는 대꾸하지 않고 전화를 끊었다.

여장 남자는 공연이 빨리 끝나길 바랐다. 마이크는 행사비를 받으면 그걸로 삼겹살을 먹자고 했다. 여장 남자는 그 시간이 좋았다. 마이크도 좋았다. 포구에서 건어물 장사를 하고 싶다는 마이크는 휴게소에서 CD를 팔다가 운전 아르바이트로 각설이패 일을 시작했다고 했다. 그러다가 노래를 불렀고 노래를 하다보니 입담도 좋아졌다고 했다. 하는 수 없이 사회까지 맡게 되었는데 코밑에 커다란 점을 그린 뒤로는 희한하게 사회 보는 것도 좋아졌다고 했다. 하지만 얼마 전부터 관객들의 항의가 늘어나서 괴로워했다. 예전에는 남을 비하하거나 자신을 비하하면 다들 좋아했는데 요즘은 어떻게 된 건지 불쾌함을 드러내는 사람이 많다고 했다. 유머도 농담도 사라진 세상이야. 아주 삭막해. 마이크가 말하면 장구 노인은 위악이 그립다고 했다. 어떻게 된 게 요즘은 위악을 부리는 사람도 없다고 했다. 위선만 남았어. 장구 노인은 그렇게 말하고는 슬퍼했다. 이 일도 이제 못할 것 같아. 끝이 보여. 그들은 얼마 전부터 그렇게 말했다. 그럼 뭘로 벌어먹을 거냐고 물으면 그러니까 그게 문제야, 하면서 씨익 웃었다.

용수는 어쩐지 우울해져서 천막에서 나와 해변으로 갔다. 해변에도 사람들이 많았다. 모래사장에서 공을 던지는 사람과 그 공을 되받아치는 사람, 소주를 마시는 사람도 있었다. 아이들은 기껏 쌓은 모래성을 발로 밟으며 웃었다. 해안선을 따라 파도가 밀려오고 다시 밀려나갔다. 용수는 해안선에 생겨난 하얀 거품 띠를 바라보며 인적이 뜸한 곳까지 한참을 걸었다. 거품 띠는 밀려오는 파도에 따라 세 줄이 되었다가 네 줄이 되고, 다시 두 줄이 되어 사라졌다가 다시 밀려들었다. 해안선 위로 하얀 레이스 커튼이 나부끼는 것 같았다. 용수는 해변에 쭈그리고 앉아 레이스 커튼을 들추듯 바닷물에 손을 넣어보았다. 거품이 인 바닷물은 부드러웠다. 손바닥이 점점 젖은 모래를 파고들었다. 용수는 눈을 감고 파도가 밀려왔다가 밀려나갈 때의 촉감을 느꼈다. 손바닥으로 지구의 심장 소리를 듣는 것 같다고 생각하자 하트 펜던트 밑에서 심장이 뛰는 게 느껴졌다. 용수는 연수를 생각하며 서쪽 하늘 쪽으로 시선을 돌렸다.

멀리 소형차 한 대가 덜컹거리며 다가오고 있었다. 소리에 놀란 용수는 해변을 향해 달려오는 차를 바라봤다. 네 개의 차창이 모두 열려 있었는데 그 안에서 시끄러운 목소리들이 흘러나왔다.

우리는 바다에 더 가까이 닿을 거야! 조수석 청년이 외쳤다.

우리는 저 끝까지 갈 거야! 달까지 갈 거야! 운전석 청년도 소리쳤다.

운전석과 조수석 유리창으로 기다란 팔이 빠져나왔다. 양 유리창으로 나온 손바닥이 비행하듯 바람을 타는 모습이 자동차의 덩치에 비해 부실한 양날개를 펼친 것 같았다. 뒷좌석 유리창으로 검은 머리통이 나오더니 뒤이어 상체의 절반이 쑥 딸려나왔다. 청년의 짧은 머리칼이 바람에 헝클어졌다.

우리는 바다 끝까지 갈 거야! 달까지 닿을 거야! 뒷좌석 청년이 바다를 향해 외친 후 차창 안으로 머리를 집어넣었다.

차가 바다 앞에서 급커브를 하고는 해안선을 따라 달리려는지 속도를 높였다. 하지만 차는 얼마 안 가 요란한 소리와 함께 모래 사장에 처박혔다. 뒷바퀴가 헛돌면서 사방으로 모래가 튀었다.

어라, 이상한데? 운전석 청년이 말했다.

차문이 열렸다. 뒷좌석 청년이 먼저 내리고 운전석 청년이 뒤이어 내렸다.

어떻게 된 거지? 운전석 청년이 물었다.

빠졌어. 뒷좌석 청년이 뒷바퀴를 보고 대답했다.

빠졌다고?

그래. 빠졌어.

운전석 청년이 뒷바퀴가 모래에 빠진 것을 확인했다.

그럼 우리가 차를 밀자. 조수석 청년이 차에서 내리며 말했다.

좋아. 그럼 내가 다시 운전을 할게. 운전석 청년이 차 안으로 들어갔다.

파이팅 하자! 남은 둘이 손바닥을 마주치고는 차 뒤에 달라붙었다.

하나, 둘, 셋, 하면 셋에 밟아! 뒷좌석 청년이 소리쳤다.

알았어! 운전석 청년이 대답했다.

하나, 둘, 셋! 트렁크 뒤에 붙은 두 청년이 동시에 외쳤다.

으아아아! 운전석 청년이 가속페달을 힘껏 밟고는 소리쳤다.

으다다다다다아! 두 청년도 소리질렀다.

모래가 얼굴까지 튀어오르자 둘은 눈을 질끈 감고 차를 밀었다. 바퀴는 계속 헛돌면서 모래를 파고들었다.

안 되겠어! 조수석 청년이 얼굴에 튄 모래를 털어내며 말했다.

낭패인걸. 뒷좌석 청년이 입안으로 들어간 모래를 뱉어내려고 퉤퉤거렸다.

어떻게 하지? 조수석 청년이 잠시 고민하더니 바퀴 옆에 주저앉았다.

어떻게 하려고? 뒷좌석 청년이 물었다.

파내야지. 조수석 청년이 운동화를 벗어 바퀴 옆에 쌓인 모래를 파냈다.

그 모습을 본 뒷좌석 청년이 손갈퀴를 만들어 모래를 팠다.

핫둘, 핫둘. 두 청년이 동시에 구령했다.

운전석 청년도 차에서 내려 앞바퀴에 달라붙었다. 셋은 각자의 방식으로 열심히 모래를 파냈지만 헛일이었다. 차는 꿈쩍도 하지 않았고 오히려 모래 속으로 더 깊이 들어갔다.

아, 힘들다! 뒷좌석 청년이 모래사장에 털썩 주저앉았다.

더는 못하겠다! 조수석 청년도 뒷좌석 청년 옆으로 가서 털썩 주저앉았다.

아, 큰일인데. 운전석 청년도 그들 옆에 주저앉았다.

셋은 해변에 나란히 앉아 수평선을 바라봤다. 수평선 위에 걸린 하얀 달이 하늘에 난 구멍 같았다.

보험회사를 불러야겠지? 운전석 청년이 물었다.

그래야겠지. 뒷좌석 청년이 대답했다.

이 길의 끝이 보험회사라니.

그러지 말고 이대로 좀만 있어볼까? 조수석 청년이 껴들었다.

경찰이 나타나면 어떻게 하려고? 뒷좌석 청년이 걱정했다.

그럼 차를 쉽게 뺄 수 있겠지. 조수석 청년이 대답했다.

조수석 청년의 이름은 조수 석汐 자를 쓰는 인석이었다. 그의 집은 햇빛이 늦게 드는 서향이었다. 햇빛은 오전 열한시가 돼서야 들어오기 시작해 오후 다섯시까지 머물러 있다가 오후 여섯시가 지나면 일제히 유리창 밖으로 빠져나갔다. 사물의 그림자를 바꿔가며 오후 내 집안에 머무르는 빛은 고장나고 망가진 물건들을 하나하나 돌아가며 꼼꼼하게 비췄다. 그의 집에서 망가지지 않은 건 거의 없었다. 냄비는 바닥 부분부터 손잡이까지 검게 그을었고, 여기저기 찌그러졌다. 프라이팬에 달린 플라스틱 손잡이도 절반이 떨어져나갔다. 싱크대는 도장이 벗어져 지저분했다. 신발장도 마찬가지였다. 전에 살던 세입자가 붙인 캐릭터 스티커가 덕지덕지 붙어 있었다. 세탁기는 균형이 맞지 않아 기울었고, 담배 냄새에 전 벽지는 누렇게 색이 바랬다. 책장에는 문학책을 비롯해 다양한 부류의 서적이 꽂혀 있었는데 표지가 구겨졌거나 뜯어져나간 것이 많았다. 제본이 떨어져 실밥이 드러난 것도 있었다.

인석은 대학에서 법학을 전공하고 대학원에서는 문학을 공부했다. 그러다가 번역가가 되고 싶어서 석사과정을 중도에 포기하고 어학원에 들어갔다. 영어를 공부하니 프랑스어가 배우고 싶었고, 프랑스어를 배우다보니 독일어가 궁금했다. 그래서 프랑스어와 독일어를 동시에 공부했다. 그러나 둘 모두 특별히 잘하는 것은 아니었고, 언어 감각이 뛰어난 것도 아니었다. 그러던 어느 날 갑자기 배우가 되겠다고 결심했다. 하지만 희곡집이나 개론 서적을 읽는 것 외에 무엇을 해야 하는지는 알지 못했다.

침실 창문으로 공사장 소음이 들려왔다. 일 년 내내 들려오는 공사장 소음은 도시가 살아 있다는 증거 같았다. 오늘도 어김없이 도시의 심장 소리가 들려오는군. 인석은 잠결에 생각했다. 그는 헤드가 떨어져나간 침대에 누워 있었다. 유리창에 쳐놓은 블라인드는 군데군데 틈새가 벌어졌는데 그 틈으로 새어든 가느다란 빛이 침대에 누워 있는 그의 몸을 가로로 쪼갰다. 빛의 움직임에 따라 몸에 드리운 여러 겹의 희미한 가로줄이 아래에서 위로 천천히 기어올라갔다. 그러는 동안 그의 장기에서 올라온 역한 냄새가 입과 코를 통해 배어나왔다. 새벽까지 마신 소주와 맥주, 쉬지 않고 피운 담배 냄새가 공기중에 섞여 그의 방에서는 썩은 내가 났다. 바닥에는 빈 맥주 캔과 먹다 남긴 과자 봉지, 담배꽁초가 담긴 종이컵이 아무렇게나 놓여 있었다. 시간을 설정해놓은 저가형 로봇 청소기가 플랫폼에서 떨어져나와 어질러놓은 자리를 돌아다니는 통에 방은 더 엉망이 되었다.

술을 마시고 들어온 날은 잠이 오지 않았다. 전날도 그랬다. 그래서 집에서 홀로 술을 더 마시고는 곯아떨어지다시피 잠들었다. 인석은 자신을 늦잠 자는 혁명가라고 생각했다. 모두 일어나 일하러 가는 시간에 잠들어 있다는 것은 시간을 역행하는 일이며 사회질서에 대항하는 일이라고 믿었고, 그것으로 투쟁하는 혁명가의 자질이 충분하다고 생각했다. 그는 오후 세시에 일어나 블라인드를 걷었다. 로봇 청소기의 작동을 중지한 다음 손에 잡히는 책을 집어 책장을 뒤적거리다가 마음에 드는 문장 하나를 외웠다. 그는 문장을 곱씹는 시간을 즐겼다. 그러나 이내 알 수 없는 이유로 불안감이 밀려들었다. 눈을 감고 전날의 기억을 더듬어봤지만 기억나는 게 별로 없었다. 그래서 전날 함께 술을 마신 지인들 모두에게 빠르게 사과 문자를 보냈다. 문자의 내용은 늘 비슷했다. 술에 취해 정확한 사건이 기억나지 않았으므로 구체적인 내용이랄 게 없었다. 그저 전날의 실수에 대해 깊이 반성하고 있으며 앞으로 그런 일이 벌어지지 않도록 조심하겠다는 내용의 문자였다. 무엇을 잘못했는지 기억나는 게 없었지만, 경험상 이런 기분이 들때면 빠르게 사과하는 편이 나았다. 그건 오랜 습관이었다. 답장은 대부분 오지 않았고 드물게는 조금만 자제를 부탁한다는 메시지가 왔다. 인석은 답장을 받으면 곧바로 기분이 좋아져서 장문의

답장을 써 보냈다. 앞으로는 절대 그런 일이 일어나지 않을 것이니 자신에 대한 과한 걱정은 자제 부탁한다고 쓰고는 간혹 술주정 때문에 남에게 피해를 주기도 하지만 책임감이 강한 놈이라 수습하는 것도 늘 잘할 수 있으며, 문제가 생기고, 그것을 해결하는 것은 모두 살아 있다는 걸 충분히 느끼게 해주는 일이라 사실 무척 행복하다고 썼다. 그러고는 반성의 시간은 이미 보냈으니 앞으로는 행복한 시간을 살겠노라고 했고, 책을 통해 사유했으니 책에서 배운 내용을 일상에 적용할 것이며 그럴 기회가 생겨서 또 한번 행복하다고 썼다.

문자를 보낸 인석은 마음이 가벼워져서 주방으로 갔다. 그런 다음 새로 태어난 날을 기념하기 위해 찌그러진 냄비에 미역국을 끓여 밥을 말아 먹었다. 후루룩 쩝쩝거리며 커피 한 잔까지 다 마신 후에 설거지를 했다. 이를 악물고 접시를 박박 닦았기 때문에 접시는 늘 잘 깨졌다. 깨진 그릇은 새로운 용도를 찾을 때까지 싱크대 선반 위에 보관했다. 그러고는 집을 청소한 후에 저물녘이 되어 대충 씻고 대충 입고 밖으로 나왔다.

햇빛이 언덕길을 비추면 골목에는 부드러운 그림자가 졌다. 햇빛이 비치는 담벼락 위에 고양이 몇 마리가 느긋하게 앉아 앞발을 핥고 있었다. 스카프를 목에 맨 하얀 강아지는 파란 대문 집을 들락날락하며 온 동네를 돌아다녔다. 그러다가 산책하는 다른 강아지한테 다가가 알은체하고는 엉덩이에 코를 들이박고 냄새를 맡왔다. 산책하던 강아지가 보호자 손에 이끌려 사라지면 이번에는 고양이에게 다가가 놀자고 보챘다. 고양이는 담 위로 뛰어올라 햇볕을 쬐거나 졸면서 하얀 강아지가 사라질 때까지 내려오지 않았다. 고양이를 올려다보며 낑낑거리던 강아지는 골목을 지나는 사람을 보고 곧바로 달려가 넉살 좋게 애교를 부렸다. 그러나 인석은 예외였다. 아무리 멀리 있어도 한눈에 알아보고 파란 대문 안으로 쏙 들어가버렸다. 대문 틈에 코를 들이민 채 으르렁거리다가 그가 멀리 간 것을 확인하고서야 다시 밖으로 나와 뒷모습을 향해 컹컹 짖었다. 그는 하얀 강아지가 왜 유독 자기한테만 경계심을 드러내는지 알 수 없었지만 짐작 가는 바가 아예 없는 것도 아니었다.

인석은 밤이 되면 늘 화가 났고, 화가 났으므로 집으로 돌아오는 골목에 이르러서는 괜히 고함을 쳤다. 고함은 인석이 언덕을 올라 제집에 들어갈 때까지 계속되었다. 며칠 전 새벽에는 술에 취해 집으로 가는 중에 갑자기 배가 살살 아팠다. 집까지 가려면 오 분 정도 더 걸어야 했는데 장기의 활발한 활동 탓에 오 분이 영겁처럼 느껴졌다. 주위를 둘러봤지만 가까운 데에 화장실이 있을 리 없었다. 그는 다시 주위를 빠르게 훑었다. 인적 없는 어두운 골목이 눈에 띄었다. 막다른 골목 끝에 단독주택이 한 채 있었다. 그는 골목 담벼락에 숨어 변을 봤다. 그림자 안에 쪼그리고 앉아 황급히 봤다. 불안한 마음에 연신 주위를 훑었다. 전봇대 위에 CCTV

가 있었다. 그는 자리를 뜨지 못한 채 자신의 변을 물끄러미 내려다봤다. 그리고 CCTV를, 그런 다음에는 떠오르는 태양을 쳐다봤다. 갑자기 경찰이 들이닥칠 것만 같았다. 집에 도착하기도 전에 체포당할 것만 같아 두려웠다. 그는 어쩔 줄 몰라하다가 좋은 생각이 났다는 듯 손뼉을 마주치고는 곧바로 경찰서에 전화를 했다. 제가 똥을 쌌거든요. 그는 벽에 적힌 지번을 읊어대며 그 집 앞에 대변을 본 자기 자신을 신고했다. 경찰은 중언부언하는 그의 말을 가만히 듣고 있다가 귀가하라는 말만 반복했다. 그는 정말로 그냥 귀가하면 되는 거냐고 몇 번이나 묻고는 전화를 끊었다. 그러고는 막다른 골목에서 넓은 골목으로 나와 기쁨에 취해 다시 고함을 쳤다. 스카프를 맨 강아지가 고함에 놀라 파란 대문 안에서 컹컹 짖었다. 인석도 개 짖는 소리에 놀라 집까지 뛰었다. 그뒤로 개는 인석을 볼 때마다 제집으로 쏙 들어가서는 뒤통수에 대고 사납게 짖어댔는데 대변 탓인지 고성 탓인지 다른 이유가 있는 것인지는 알 수 없었다.

버스 안은 사람들이 많았다. 그는 운전기사 바로 뒤에 섰는데 탑승하는 승객에게 떠밀려 점점 안으로 들어갔다. 그는 더 밀려들어가지 않겠다는 듯 노약자석 옆에 있는 기둥을 꽉 붙들고 서서 다리에 힘을 줬다. 자리에 앉아 있던 노인이 끙 소리를 내고는 그를 물끄러미 바라봤다.

학생, 가방이 참 예뻐. 이런 건 어디서 팔아? 노인이 인석의 백

팩을 보고 물었다.

가방 가게에서요. 인석은 창밖에 시선을 둔 채 짧게 대꾸했다.

이런 가방은 비싸지? 할머니는 돈이 없어서 이런 건 못 사.

인석은 대답하지 않았다.

이것 좀 찍어줘. 노인이 자신의 신용카드를 내밀고는 교통카드 단말기에 찍어달라고 부탁했다.

인석은 듣지 못한 체했다.

늙으면 힘이 없어서 일어나기 어려워. 노인이 큰 소리로 다시 말했다.

직접 찍으세요!

바로 뒤에 있는데 그것도 못해주는 거야? 당황한 노인이 화를 냈다.

내리면서 직접 찍으면 되잖아요?

늙은이가 좀 해달라는데 그걸 못하겠다는 거야?

저도 힘들어요. 인석이 짜증냈다.

왜? 남의 집 담벼락에 용변을 보느라 힘이 든 거야? 노인이 말했다.

그걸 어떻게? 인석의 얼굴이 순식간에 벌게졌다.

봤지. 봤으니까 알지.

그걸 어디서? 인석이 말끝을 흐렸다.

왜? 세상에 너만 아는 비밀이 있는 줄 알았어?

승객들이 인상을 찌푸리며 손으로 코를 막았다. 남의 집 담벼락에 용변을 봤다고? 아우 냄새! 주위에 있던 사람들이 속삭이는 체하며 큰 소리로 말했다. 인석은 하는 수 없이 노인에게 카드를 받아 단말기에 찍은 후 다시 돌려줬다. 노인이 고맙다고 말하고는 더욱 힘든 체하며 끙끙 앓는 소리를 냈다. 버스가 정류장에 정차하자 노인은 느릿느릿 자리에서 일어나 천천히 버스에서 내렸다. 승객들은 노골적으로 인석을 쳐다봤다. 출입구 앞에 선 사람도 내리라는 듯 자리를 비켜섰다. 인석은 더 버티지 못하고 노인을 따라 내렸다. 인석이 뒤이어 내린 것을 안 노인은 알아들을 수 없는 소리로 계속 투덜거렸다. 원래 내려야 할 곳보다 한 정거장 전에 내린 인석은 약속 장소에 가기 위해 노인과 반대편 방향으로 걸었다.

인석이 '내가 할 일은 내가 하자'라는 이름의 레지스탕스 모임에 나가기 시작한 건 이 년 전이었다. 이름은 거창했지만 실상은 호구 탈피 모임이었다. 신자유주의 경제체제의 속임수에 속지 말자고 정한 이름이었다. 자급자족을 통해 호구가 될 일을 미리 차단하자는 거였다. 열 명 남짓한 회원들이 두 달에 한 번 정기적으로 만나 치킨과 맥주를 시켜두고 그간의 일상을 공유했다. 내가 살 집 내가 짓기, 내가 먹을 농작물과 수산물 내가 기르기, 내가 마실 술 내가 빚기, 내가 쓸 가구 내가 만들기 등 각자의 관심에 따라 자유롭게 일하고 일상을 기록했다. 그중에는 블루베리나 망고 따위의 과실수를 키우는 회원도 있었고, 어린 철갑상어를 양식하는 회원도 있었다. 베란다에 텃밭을 만들어 가꾸거나 원예를 즐기는 회원도 있었고, 두세 가지를 동시에 하는 회원도, 아무것도 하지 않는 회원도 있었다. 어쨌든 모두가 서로의 경험과 기록을 공유하며 별것 아닌 일에도 함께 기뻐했다.

이것이 나를 증명해줍니다. 회원 중 하나가 스마트폰을 꺼내 만보기 기록을 보여줬다.

반년이 넘도록 교통수단을 이용하지 않았다는 그는 하루도 거르지 않고 일일 만 보 걷기를 실천했다고 했다. 그걸 본 다른 회원이 허름한 배낭을 뒤적거리더니 그 안에서 허름한 검은색 노트 하나를 꺼냈다.

그렇다면 지난 십 년간의 나는 여기에 있습니다.

노트에는 숫자가 빼곡하게 적혀 있었다. 그는 지난 십 년간 한 번도 거르지 않고 매주 세 번씩 국궁장에 가서 활을 쏘았고, 그 과정을 노트에 기록했다고 했다. 시간이 지날수록 활의 무게가 늘어난 걸 주목해달라고 말하자 주위에서 와아! 하고 추임새를 넣었다. 그러자 옆에 있던 다른 회원이 마음에 없는 추임새를 해서 서로를 속이지는 말자고 했다. 또다른 회원은 달라진 활의 무게보다 십 년 동안 가지고 다녔다는 검은 노트를 눈여겨보았다. 주위의 관심에 기분이 좋아진 그는 말없이 소매를 걷어 이두박근을 자랑했다.

나는 요즘 다이어트 노트를 적고 있어.

지난 두 달간 쌀과 김치를 입에 대지 않았다는 회원은 좋아하던 음식을 절제하는 식으로 자기 수행을 실천하고 있다고 했다. 김포에 있는 주말농장을 빌렸다는 회원도 있었다. 그는 주말농장에 가면 자기 밭만 잡초가 무성하다고 투덜거리면서도 다음 모임은 다 같이 주말농장으로 가서 직접 키운 채소와 함께 고기를 구워먹자고 제안했다. 비닐하우스를 임대해 치커리와 상추, 로메인, 피망, 꽈리고추, 취나물, 곤드레, 방풍, 민들레 등을 키운다는 회원은 그때가 되면 자기가 수확한 채소도 가져가겠다고 맞장구쳤다. 모임에 참석하려고 두 달에 한 번씩 고속버스를 타고 도시로 나온다는 회원은 철갑상어 양어장에서 일했다. 이름만 철갑상어지 사실 상어는 아니라고 했다.

이번에 들여온 러시아 철갑상어가 또 사라졌잖아. 그가 말했다.

사라지다니? 누군가 물었다.

수달이 와서 자꾸 먹어버려.

수달? 걔네 귀여운 애들이잖아.

걔네 똑똑한 애들이야. 지들만 와서 먹으면 그래도 봐줄 만한데 친구도 데려오고 가족도 데려오고, 아는 애들은 죄다 데려오는 거야. 사장한테 양어장 관리 제대로 안 한다고 한소리 들었어. 내려가면 밤도둑 기록장을 만들어야 할까봐.

개를 키워봐.

그러잖아도 사장이 철갑상어 알 지킨다고 셰퍼드를 데려왔더라고.

네가 할 일 셰퍼드가 하는 거네. 아니, 사장이 할 일 셰퍼드가 하는 건가?

셰퍼드가 할 일, 셰퍼드가 하는 거지.

그래서 네 일은 언제 할 건데?

준비 과정이지. 양어장 사장도 양어장 하기 전에 아쿠아리움에 있었대.

바다에 방출된 플라스틱 쓰레기의 절반 이상이 수산업 회사에서 내버린 어망이라는 걸 알고 있어?

우리 양어장에서 나오는 쓰레기는 많지 않아.

무엇을 해야 쓰레기가 나오지 않을까?

먹지 말아야지.

어떻게 먹지 않아?

그러니까 개인에게는 방법이 없다는 거지.

그들의 대화를 가만히 듣고 있던 회원 중 하나가 음식 기록장을 살며시 내밀고는 자신은 지난 두 달간 공장에서 만들어진 제품은 일절 먹지 않았다고 했다. 특히 플라스틱 용기에 든 제품은 입에 대지 않았는데 그러느라 입이 늘 심심해서 살이 좀 쪘다고 했다.

그럼 선물로 들어온 건 어떻게 해?

누군가 묻자 그 회원은 보통은 돌려주는데 돌려주기 뭣한 건 기부한 다음 기록장에 기록한다고 대답했다. 처음에는 기록해야 하는 이유를 잘 몰라도 기록을 하는 게 뭔가 조금 더 의미 있다고 생각해서 기록하기 시작했는데 기록을 하면 할수록 왜 이걸 하고 있는지 잘 모르겠다며 다른 회원들을 쳐다봤다. 그 말을 들은 회원들은 각자 생각에 잠겨 아무 말도 하지 않았다. 인석은 회원들의 일상과 생각을 듣는 게 즐거워서 그들을 바라보며 다음 말이 이어지기를 기다렸다. 그러다가 전에는 보지 못한 여자 둘이 회원들 사이에 껴 있는 걸 보았는데 둘의 생김새가 똑같아서 더욱 놀랐다.

누구세요? 인석이 물었다.

두 여자는 이 모임의 회원 중 하나가 예정에 없이 자신들을 초대하는 바람에 예정에 없는 일정을 소화하고 있다고 했다. 인석은 두 달 만의 모임을 기다리며 며칠 전부터 한껏 들떠 있었기 때문에 낯선 사람을 보자 갑자기 김이 샜다. 그의 표정을 본 다른 회원이 아직 음식을 시키지 않았다며 호들갑을 떨더니 메뉴판을 두 여자에게 건네며 말했다.

마음에 드는 걸로 골라보세요.

두 여자는 아무거나 다 잘 먹는다고 말하며 메뉴판을 되돌려줬다. 그러고는 모임에 불쑥 와서 미안하다고 했지만 말과 달리 미안한 기색은 보이지 않았다. 누군가 다시 한번 메뉴판을 건네며 먹고 싶은 걸 시키라고 하자 그들은 먹고 싶은 것이 없으니 알아서 시키라고 했다. 결국 메뉴판은 처음 메뉴판을 건넨 회원에게 돌아갔다. 회원들은 늘 시키던 걸로 시키자는 데 의견을 모았다. 여기서도, 물론 치맥이지! 저기서도, 당연히 치맥이야! 하고 외쳐댔다. 두 여자 중 하나가 난감한 표정을 지으며 조류는 먹지 않는다고 했다. 하지만 조류 빼고는 가리는 게 없다고 했다.

그럼 우리가 이것저것 시켜볼까요? 누군가 물었다.

사장님 힘드시니 같은 걸로 통일하는 게 낫지 않을까요? 여자 중 다른 하나가 대꾸했다.

당황한 회원이 메뉴판을 다시 내밀었지만 두 여자는 가만히 앉아 미소만 지었다.

골뱅이소면은 어떠신지? 또다른 누군가 물었다.

아이, 징그러워라. 두 여자가 동시에 대꾸했다.

그럼 닭모래집볶음은 어때요?

누군가 묻자 두 여자는 똥 씹은 표정을 지었다.

메뉴를 정하지 못하고 우왕좌왕하는 동안 두 여자를 데려온 회원은 아무 말도 하지 않았다. 그 모습을 지켜보던 인석이 갑자기 자리에서 벌떡 일어나 소리쳤다.

그럼 먹지 말고 그냥 나가세요!

주위에서 만류하는 소리가 터져나왔다. 안 그러기로 하고 또 저런다. 회원들이 꾸짖는 눈빛으로 그를 봤다. 그런 다음 두 여자에게 대신 사과하며 원래 저러기는 하는데 나쁜 사람은 아니니 언짢아하지 말라고 했다. 그러면서 인석에게는 네가 이해하라는 듯 한쪽 눈을 찡긋거렸다. 인석은 오랫동안 알고 지낸 자신이 아닌 낯선 사람의 편을 드는 그들에게 화가 났다. 그래서 좀전보다 더 큰 소리로 외쳤다.

도대체 뭐를 이해하라는 거야? 저 사람들 가고 나면 욕할 거면서!

애초에 심하게 화를 내려던 건 아니었지만 한번 터진 말은 방향성을 가지고 스스로 움직였다. 인석은 두 여자에게 분위기를 망치러 왔다면 이미 그렇게 되었으니 빨리 나가라고 소리치며 방방 뛰다가, 마음을 진정시키고 다시 들어오라며 되레 쫓겨났다. 그는 처음 본 사람들 때문에 두 달이나 기다려온 모임에서 술 한 방울 마시지도 못하고 쫓겨난 게 분했다. 술집 밖에서 담배를 피우는 동안 회원들에 대한 배신감이 밀려들었고, 눈덩이처럼 불어난 배신감은 피해망상으로 변질되었다. 그래서 복수를 다짐하고는 다시 들어가 아무 일도 없었다는 듯 조용히 자리에 앉았다. 회원들은 차분해져서 돌아온 그를 반겼다. 인석은 모임이 진행되는 내내 두 여자만 주시하고 있다가 시빗거리를 찾아내고는 다시 소리쳤다.

그러니까 제발 좀 가요! 나가라고요!

아까부터 궁금했는데 빨래는 하시는지요? 여자 중 하나가 물었다.

빨래를 잘 하지 않는다면 그 원인이 어디에 있는지 함께 생각해 볼까요? 다른 여자가 덧붙였다.

제발 좀 가! 여기서 나가라고요! 당황한 인석은 자리에서 벌떡 일어나 외쳐댔다.

쫓겨난 건 이번에도 인석이었다. 인석의 편을 들던 회원 둘도 함께 쫓겨났다. 씩씩거리며 안으로 들어가려는 인석을 둘이 말렸다.

오늘은 글렀어. 어차피 차 가져와서 술도 못 마셔. 회원 중 하나가 말했다.

드라이브나 갈까? 다른 회원이 말했다.

인석이 다시 안으로 들어가겠다고 하자 둘은 지난번에도 그러다가 싸워서 얼굴을 다치지 않았느냐고 물었다.

셋은 차에 탔다. 차 안에서 둘은 인석에게 잘했다고 했다. 양해도 구하지 않고 낯선 사람을 데려온 회원에 대해서도 한참을 이야기했다. 그러다가 인석이 자기한테 정말 냄새가 나느냐고 물었다. 나머지 둘은 말도 안 되는 소리라며 화를 냈다. 그들은 한참을 달려 해변에 도착했다. 유리창으로 바다가 보이자 인석은 지난 고통의 순간을 잊었다. 마음이 들뜨기 시작했다. 집채만한 보스턴백을 들고 서 있는 남자 이외에 해변에는 아무도 없었다. 해안선 앞에 얼간이처럼 서 있는 남자의 뒷모습을 보자 갑자기 바다에 더욱 가까이 가고 싶다는 생각이 들었다. 저 끝까지 가보자! 그들은 동시에 소리쳤다. 앞으로 질주하던 자동차는 얼마 못 가 푹 소리와 함께 급정거했다. 차바퀴가 모래사장에 처박혔다.

차를 수습하는 것을 포기한 청년들은 해변으로 가 물수제비를 떴다. 셋은 모래사장에서 납작한 돌을 골랐다. 운전석 청년이 바다를 향해 스윙하듯 돌을 던졌다. 나머지 둘도 차례대로 돌을 던졌다. 납작한 돌은 수면 위에서 여러 번 튕겨 날아가다가 바닷속으로 가라앉았다.

일영과 작은 털보는 게스트하우스 출입문을 열고 안으로 들어섰다. 열린 문틈으로 새어 들어온 바람이 현관 안쪽에 작은 회오리를 일으켰다. 작은 털보가 재빨리 문을 닫으려고 했지만 바람 탓에 문은 잘 닫히지 않았다. 안으로 들어온 일영이 공용 주방 쪽으로 갔다. 작은 털보가 그 뒤를 따랐다. 하씨와 마이크가 테이블에 앉아 그 옆에 있는 난로를 쬐고 있었다.

어떻게 된 거예요? 언제 온 거예요? 작은 털보가 놀라 물었다.

자네들이 부르지 않았나? 하씨가 웃으며 말했다.

우리가 언제요? 작은 털보가 되물었다.

불렀으니 왔지, 부르지도 않았는데 오겠나?

축지법이라도 쓰는 거예요? 언제 오셨어요? 일영이 놀라 물었다.

자네들이 부르는 소리를 듣고 곧바로 뒤따라왔는데 먼저 도착했지 뭔가. 하씨가 대답했다.

우리는 휴게소에서 막걸리 한 병을 나눠 마시면서 밤하늘의 별을 보고 있었는데 별을 헤아리다보니 과거를 보는 기분이 들잖아. 뭔가 좀 억울해지더라고. 그래서 오늘밤을 즐겨보려고 게스트하우스에 불이 켜지기만 기다리고 있었어. 마이크가 말했다. 너무 기다린 탓에 술을 마시는 건지 시간을 마시는 건지 헷갈리기 시작하더니 어느새 한 세월을 다 마셔버린 기분이 들지 뭐야. 그래서 다시 밤하늘에 떠 있는 과거의 빛을 보고 있었어.

그렇다네. 그런데 밤하늘을 보는 중에 우리를 부르는 소리가 들려오는 게 아니겠나? 그 소리를 듣고 바로 뒤따라왔다네. 하씨가 맞장구쳤다.

사실 더 빨리 올 수도 있었는데 시간이 지체되었지. 하씨 아저씨가 식당에서 밑반찬을 좀 꺼내느라 시간을 끌었거든. 하지만 그 덕분에 나도 시간이 나서 막걸리 몇 병을 챙겨올 수 있었지. 출발하려는데 아저씨가 보이지 않는 거야. 부랴부랴 밖으로 나와보니 아저씨가 이미 저만큼 가고 있는 게 아니겠어? 움직임이 어찌나 빠른지 마치 번개 같았어. 그러니까 축지법을 쓰는 게 맞아. 따라잡느라 미친듯이 뛰었거든. 마이크가 말하고는 웃었다.

우리가 무엇을 가져왔는지 좀 보시겠는가? 하씨가 물었다.

무엇을 가지고 오셨는데요? 일영이 검은 비닐봉지에 관심을 보였다.

낮에 계곡에서 가져온 건데 아저씨가 같이 먹겠다고 해서 둘이 오기만 기다렸어. 마이크가 검은 비닐봉지에서 눌린 돼지머리를 주섬주섬 꺼내 보여주고는 주방에서 식기를 챙겨 나왔다. 그런 다음 테이블 위에 네 명분의 식기를 세팅하면서 말을 이었다. 내가 홀 서빙 아르바이트도 분야별로 다 해봤잖아.

아르바이트란 아르바이트는 안 해본 거 빼고 다 해봤다는 마이크는 노래방에서 아르바이트를 하던 중에 문득 가수가 되고 싶어졌다고 했다. 보컬 트레이닝 아카데미에 찾아갔지만 레슨비가 너무 비쌌다. 그중에서도 기획사 연습생이 되기 위해 받는 오디션 레슨은 특히 비쌌다. 혼자 연습할 만한 공간도 찾을 수 없었다. 그래서 기타 하나를 가지고 산으로 들어가 텐트를 쳤다. 아무리 소리를 질러도 민원이 들어오지 않을 것 같아서였다. 누군가 노래방에서 연습하면 되지 않느냐고 물었을 때 마이크는 공과 사는 구분할 줄 안다며 호기롭게 말했다. 그러나 산도 도시와 별반 다를 게 없었다. 민원이 들어왔다. 마음대로 소리쳐도 되는 곳은 거의 없었다. 궁리 끝에 마이크는 무선마이크 하나를 들고 인적 없는 계곡으로 가 그곳에서 노래를 불렀다. 누군가에게 복수하는 심정으로 크게 불렀다. 폭포수가 떨어지는 소리와 겨뤄도 될 만큼 큰 소리를 내기 위해 목청을 틔우겠다고 결심했다. 그래서 집으로 돌아가 소형 승합차를 가지고 다시 왔다. 승합차를 계곡 근처에 대고 거기서 숙식을 해결하며 하루종일 노래 연습을 했다. 휴게소 아르바이트를 시작하면서부터는 직원 숙소에 머물게 되었다. 숙소에 머무는 직원이라고 해봤자 하씨와 마이크가 다였다. 해가 바뀌면서 마이크는 음악 CD와 USB, 휴대용 MP3와 조명 달린 무선마이크, 블루투스 스피커 따위를 승합차에 진열해놓고 팔았다. 그러다가 토시와 모자, 간단한 차량 공구와 등산용품 같은 것으로 판매 범위를 넓혔다. 그는 승합차에 물건을 싣고 다니면서 노래를 불렀다. CD나 USB에 관심을 보이는 손님 앞에서도 노래를 불렀다. 스피커에서 나오는 노래를 따라 부르며 흥을 돋우면 장사에 도움이 됐다. 그는 언제든 쓸 수 있도록 조명이 달린 무선마이크를 품에 지니고 다녔다. 그러면서 그는 마이크가 되었다. 마이크가 된 뒤로는 행사장 노래 아르바이트도 종종 들어온다고 했다. 마이크는 그것이 신기하다며 웃었다.

하씨는 마이크 옆에서 지역 특산품을 팔았다. 넷이 직접 담근 술과 산에서 채취한 약초를 유리병과 비닐 팩에 담아 좌판에 진열했다. 마이크가 흥에 겨워 노래를 하면 하씨는 손바닥으로 유리병을 두드리며 장단을 맞췄다. 그러나 팔리는 것은 별로 없었다. 그래서 하씨는 게스트하우스에 술을 가져와서 나눠 마셨다. 그러면서 제 얘기를 했다. 하씨는 결혼해서 자식을 낳고 평범하게 살았다고 했다. 그러던 어느 날 출근길에 다른 길로 샜다고 했다. 그후로 회사에도 집에도 돌아가지 않았다. 떠돌이 생활을 하다가 몇 년 후 집으로 돌아갔는데 집도 가족도 변한 게 없었다고 했다. 어떻게 된 건지 궁금했지만 하씨는 묻지 않았다. 다시 가족들과 살기로 다짐하고 집에 붙어 있었다. 그러던 어느 날 잠에서 깨어났는데 어떻게 된 일인지 밖이었다고 했다. 그렇게 혼자가 되었다고 했다. 그건 자기가 선택한 게 아니라 어쩔 수 없는 일이었다고 했다. 하씨는 휴게소나 게스트하우스나 떠도는 사람이 모여드는 곳이라고 했다. 그중에는 역마살을 타고났다는 사람도 있었고 독심술을 한다는 사람도 있었다. 사기꾼도 있었고 도망자도 있었다. 그리고 그들 중 대다수는 금세 떠나갔다. 사람은 늘 바뀌었지만 그들이 머물던 곳은 그 자리에 남아 있었다.

좀 팔았어? 작은 털보가 마이크를 봤다.

손님이 없는데 누가 트로트 메들리를 사겠어. 마이크가 말했다.

이 일도 그만둘 때가 되었어. 그나마 있는 손님들은 약초가 귀한 줄도 모른다네. 하씨가 한숨을 내쉬었다.

우리가 알잖아요. 뿌리도 캐고 열매도 따고 술도 담그고 차도 만들고요. 마시는 것도 우리가 하잖아요. 창고에 술이 쌓이니 그것도 좋고요. 한마디로 자급자족이니까 이상적이에요. 마이크가 애써 희망찬 투로 말했다.

마실 게 많은데 누가 약초 술을 사겠어요? 작은 털보가 말했다.

이제 곧 봄이 오지 않겠나?

이미 봄이에요. 벌써 산나물을 따는 사람들이 있던데요.

함박눈이 저렇게 쌓여 있는데 봄이 왔다는 건가? 하씨가 창밖을 내다봤다.

사장 부부가 곧 오겠지요. 작은 털보가 걱정하는 투로 대꾸했다.

사업 구상을 해봐야지. 일영이 말했다.

어떻게? 작은 털보가 물었다.

돈을 좀 모아야지.

그러니까 어떻게 말이야?

그러잖아도 구상을 좀 해봤는데 휴게소 마당 한쪽을 치우고 캠핑용 텐트를 들이면 어떨까 싶어요. 일영이 하씨를 보고 말했다. 사장의 아버지한테 말을 좀 잘해서 캠핑장을 만들고 우리가 관리하면 좋지 않을까요? 그러면 우리도 직원 숙소에 머물 수 있잖아요. 캠핑용 텐트가 있으면 지인들이 와서 별장처럼 이용할 수도 있고요.

아주 좋은 계획이긴 하네만 돈이 드는 게 문제야. 캠핑용 텐트가 꽤 비싸지 않은가? 하씨가 말했다.

콘도나 아파트 분양처럼 미리 돈을 받아 자금에 보태는 거죠. 물론 사용료도 받고요. 우리 모두 합심해서 여기저기 다니면서 투자도 좀 받고 기부도 좀 받고요. 각자 처지에 따라서 몇십만원에서 몇백만원만 내도 협동조합이 형성되는 거예요. 오랫동안 꿈꿔온 건데, 쫓겨날 처지라 그런지 정신이 맑아지는 게 오히려 꿈을 구체화시킬 기회인 것 같더라고요.

되기만 하면 그것참 딱 좋네! 작은 털보가 활짝 웃었다.

캠핑장도 이제 한물갔어. 우리가 따라가면 이미 저만큼 가버린 후라니까. 매번 뒷북인 거지. 마이크가 시큰둥하게 대꾸했다.

우리 같은 사람들은 앞서서 북을 칠 수 없어. 그것도 가진 게 있어야 하는 거라고. 그러니 뒷북이라도 치는 게 안 치는 것보다는 나은 거지. 일영이 설득했다.

마음에 드는 계획이긴 하네만 휴게소 사장의 아버지가 휴게소의 실질적인 사장이기는 해도 새로운 것을 해보겠다는 의지가 없는 게 흠이야. 흠이 많은 선배지.

그러니까 설득해봐야죠. 시간이 별로 없어요.

여기 사장 부부는 뭐라던가?

연락해봐야죠.

시에서 이 주변에 야생화 단지를 조성한다는 소문도 들리더군.

야생화가 지천인데 야생화 단지가 웬 말이에요? 마이크가 말했다.

이곳은 막장이야. 여기서도 내몰리면 그다음은 자네도 알지 않나? 오랫동안 여기 있으면서 꽤 많은 것을 보았지.

저도 알아요. 지금은 다 사라졌지요. 일영이 난로를 보며 중얼거렸다.

난로에 잔불이 남아 있었다. 일영은 땔나무를 밀어넣고 집게로 뒤적거렸다. 난로 주위로 재가 풀썩이며 빠져나왔다. 일영이 장작을 세워 공기가 드나들 수 있는 공간을 만들고는 부채질을 했다. 나무 타는 소리가 났다. 그들은 술잔을 들여다보거나 불을 들여다보며 한동안 말없이 있었다. 능선을 타고 넘어오는 바람소리가 들렸다. 철문이 덜컹거리는 소리도 들렸다. 난로 위에 놓인 주전자가 조금씩 들썩였다. 김이 공기 중으로 흩어졌다. 습기 때문에 군데군데 얼룩이 진 콘크리트 벽에는 얇은 얼음 막이 껴 있었다. 주전자 안에서 약초 향이 뭉근하게 올라와 나무 타는 냄새와 섞였다. 그들은 차를 한 잔씩 따라 제 앞에 두고 안주 삼아 술을 마셨다. 눌린 돼지머리와 김치도 먹었다. 막걸리를 다 마신 일영이 선반 위에서 약초 술을 꺼냈다. 선반에는 지난 몇 년간 산에서 캐거나 따온 약초와 열매로 담근 술과 차가 늘어서 있었다. 넷은 옥신각신하면서도 술을 마셨고, 술을 마시면서도 다시 옥신각신했다. 그러다가 난로 주위에 모여 앉아 노래를 불렀다. 하씨가 젓가락으로 장단을 맞췄고 마이크는 노래를 불렀다. 일영과 작은 털보는 그 옆에서 술을 나눠 마셨다.

용수는 해변에서 벗어나 길을 걸었다. 구불구불 굽이쳐 흐르는 듯한 길이 오르막과 내리막을 반복하며 이어지더니 가문비나무숲으로 연결되었다. 숲길로 들어서자 오솔길이 끝나는 데서 너른 지대가 펼쳐졌다. 산으로 둘러싸인 작은 동네에 몇 채의 집이 모여 있었다. 동네를 지나 산길로 조금 더 올라가면 능선이 나왔고, 능선을 따라 걷다보면 조금 전 보았던 작은 동네가 내려다보였다. 능선 끝에 게스트하우스 한 채가 외따로 서 있었다. 게스트하우스에 딸린 잔디 마당과 소로 사이에 대문만큼 커다란 비석이 놓여 있는 게 비스듬히 보였다. 비석이 있을 만한 곳도 아닌데다 묘비라고 하기에도 지나치게 커서 용수는 공적비가 아닐까 짐작하면서 좀더 자세히 보려고 그쪽으로 걸어갔다. 비석 양옆에 크고 둥근 조명등이 있었다. 습기 탓에 부옇게 번진 불빛은 허공에 뚫린 구멍 같았고, 그 구멍은 다른 차원의 시간으로 넘어가는 입구 같았다. 용수는 땅의 패권을 장악하기 위해 달리는 기마 부대와 땅 위에서 쓰러져 죽은 병사들의 이미지를 머릿속에 떠올렸다. 역사적 사건과는 상관없었다. 미디어 파사드에서 본 게임 광고가 기억났을 뿐이었다. 광고 속 남자는 정장 차림으로 의자에 앉아 있다가 느닷없이 갑옷을 입고 느닷없이 흑마 위에 올라타서는 느닷없이 전쟁터를 누볐다. 순식간에 영웅의 모습으로 변신한 남자는 이유도 모른 채 전쟁터 한가운데로 뚝 떨어진 것 같았는데 그가 원해서인지 아닌지는 알 수 없었다. 용수는 남자의 자신만만한 표정을 떠올리고는 모두가 영웅이 되기를 바라는 것처럼 혹은 자신을 구원할 영웅을 필요로 하는 것처럼, 그도 영웅이 되길 원하는 사람이거나 영웅의 모습이 되어 무력감에 빠진 자기 자신을 구원하려는 것일 수도 있겠다고 생각했다. 그런 생각을 하면서도 실없는 생각이라는 생각이 들었는데 생각과는 상관없이 자꾸만 실없는 생각이 꼬리에 꼬리를 물고 이어지면서 땅과 그 땅의 작물을 빼앗기 위해 일어난 수많은 전쟁이 떠올랐고, 차 한 잔에도 전쟁의 역사가 숨어 있듯 자신이 먹고 딛고 누리는 모든 것이 마찬가지라는 생각이 들었다. 전쟁은 산이나 들, 육지와 바다를 가리지 않았다. 용수가 딛고 서 있는 땅이 세계와 연결되어 있는 것처럼 어디든 패권의 역사를 갖고 있었다. 그리고 현재가 과거와 미래로 이어지듯 패권의 역사도 현재를 통과해 미래로 이어질 거였다.

게스트하우스에 가까워졌을 때 용수는 비석이라고 생각한 것이 철제 대문 틀이라는 걸 알게 되었다. 대문도 없이 지면에 덩그러니 놓여 있는 문틀은 문틀이라기보다는 커다란 액자처럼 보였는데 공적비보다 뜬금없었고, 허공으로 이어진 비상문을 열었을 때만큼 난데없었다. 용수는 무대 위 구조물처럼 서 있는 문틀을 보자 호기심이 일었다. 대문이 없어서 그런지 문틀을 통과하면 이번에는 다른 차원의 공간이 열릴 것만 같았다. 용수는 문틀 안을 들여다봤다. 문틀 옆에는 담이나 펜스가 없었기 때문에 시선을 가로막는 것이 아무것도 없었다. 용수는 안을 들여다보면서도 들여다보는 건지 바라보는 건지 헷갈려서 문틀을 넘을지 마당을 가로지를지 잠깐 망설이다가 문틀을 통과해 안으로 들어섰다. 조금 전까지는 보지 못한 노란 개가 문틀 안쪽 말뚝에 묶인 채 사납게 짖었다. 개가 움직일 때마다 목에 걸린 쇠줄이 바닥을 긁었다. 아프간하운드의 황금빛 털이 흙물에 젖어 지저분했다. 개는 쇠줄이 걸려 있는 말뚝 주변을 빙글빙글 돌며 으르렁거렸는데 왜 그러는 건지는 알 수 없었다. 어딘가 서글퍼 보이는 눈빛 탓인지 조금은 얼이 빠진 것도 같았다. 쇠줄이 꼬이면서 개와 말뚝 사이가 점점 좁아졌다가 쇠줄이 풀리면서 개와 말뚝 사이가 점점 더 넓어졌다. 개가 움직일 때마다 그 간격은 다시 좁아졌다가 다시 넓어지길 반복했다. 말뚝 주위에는 컴퍼스로 그린 듯 크고 작은 원이 어지럽게 파여 있었다. 줄에 묶인 개가 움직일 수 있는 공간은 너무 좁았다. 용수는 개를 보며 자신의 처지를 생각했다. 어딜 가도 줄에 매여 있는 느낌이 들었기 때문에 결국은 제자리를 벗어날 수 없을 것 같았다.

게스트하우스는 잔디 마당을 중심으로 나무 테라스가 딸린 건물 세 동이 디귿 자 모양으로 놓여 있었다. 정면으로 보이는 건물은 창문이 세 개였고 나머지는 한 동에 하나씩 독립된 문을 가진 방이 있었는데 불은 모두 꺼져 있었다. 테라스 조명이 문 앞에 놓인 빨간 우체통을 비췄다. 우체통은 군데군데 녹이 슬어 있었다. 용수가 서 있는 쪽 방의 유리창에서 텔레비전 화면이 그림자를 바꾸며 어른거렸다. 나중에 따로 증축한 살림집 같았다. 용수는 살림집을 돌아보다가 건너편에 있는 창고 하나를 발견했다. 알루미늄 기둥에 비닐 천막을 덧댄 가설건축물 안에서 두런거리는 소리가 들렸다. 용수는 소리에 이끌려 그쪽으로 걸어갔다. 주방으로 쓰는 듯한 비닐 창고는 문이 열려 있었다. 남자와 여자가 좌식 의자에 앉아 음식에 넣을 재료를 손질하고 있었다. 그들 사이에는 고무 대야가 놓여 있었다.

일도 안 하고 언제까지 저렇게 누워만 있겠다는 거예요? 여자가 말했다. 당신이 나가라고 좀 해요. 재가 동네에 소문이 자자해요.

소문이 뭐 다 거기서 거기지요. 남자가 히죽거리며 대꾸했다.

절에서도 빌어먹었다 그러고, 식당에 농장에 모텔에 주차 관리

소랑 휴게소까지 돌아다니지 않은 데가 없다지 않아요. 저러다가 나중에는 이 동네 귀신이 되겠던데요.

이곳에 그런 사람은 많아요.

가는 곳마다 우환이 생기니까 그렇죠. 재가 있던 데는 죄 망해 나갔어요.

그게 왜 재 탓이에요?

그럼 그게 우연이겠어요?

소문을 믿어요?

믿죠.

소형 화물차가 좁은 도로를 지나는 소리가 들렸다. 차량 불빛이 어둠 속에서 길을 따라 움직였다. 뒤이어 개가 짖었다.

개는 왜 저렇게 허구한 날 짖을까요? 여자가 깐 마늘을 바구니에 던지며 혼잣말하듯 말했다.

하고 싶은 말이 많은가보지요. 남자가 무명실로 가시오가피를 묶었다. 매듭이 자꾸 풀렸다.

말이 안 되는 소리만 지껄이니 속이 터져서 그렇죠.

저 개가 말인가?

이 양반이, 개가 어떻게 말을 해요. 영일이 말이죠. 원래도 상태가 안 좋은 애가 갈수록 더 나빠지고 있어요. 왜 그걸 그렇게 못 묶어요? 여자가 가시오가피를 낚아챘다. 가시오가피가 매듭 밖으로 빠져나왔다. 아이, 오늘따라 안 묶이네. 이게 다 재 때문이잖아요? 여자가 짜증스럽게 말했다.

그게 왜 재 때문이에요? 남자가 껄껄 웃었다.

재 때문에 신경이 쓰이니까 평소에 잘 묶이던 실도 안 묶이는 것 아니에요?

이 사람이 계속 말도 안 되는 말을 하네. 그러니까 월급을 적게 주고도 일을 시킬 수 있는 거죠. 우리도 편한 게 있으니까 좀더 지켜보자고요. 남자가 여자의 어깨를 건드리며 히죽거렸다. 이리 줘봐요. 남자가 여자의 손에 들려 있던 가시오가피를 도로 가져갔다.

아무리 그래도 난 싫으니까 내일은 나가라고 얘기 좀 해요. 기분이 나쁘다고요.

갈 데도 없는 애를 소문만 믿고 내보내요?

소문 믿고 내보내지 그럼 뭐로 내보내요?

용수가 비닐 창고 안으로 들어가려는데 그때 마침 살림집에서 여자 하나가 나왔다. 조금 전까지만 해도 없던 사람이 갑자기 나타난데다 여자의 얼굴 절반이 그림자에 잠겨 있었기 때문에 용수는 조금 얼떨떨해져서 여자에게 다가갔다.

개가 짖더니 역시나 손님이 오셨네요. 여자가 용수에게 말했다.

머물 수 있는 방이 있습니까? 용수가 물었다.

예약하셨습니까?

아니요.

빈방은 있지만 숙박 사이트를 통해 예약하신 분께만 내드릴 수 있습니다.

용수는 무슨 말인지 알아듣지 못해서 여자를 쳐다봤다. 여자는 게스트하우스 간판을 가리켰다. 용수는 여자가 가리키는 쪽을 좀 더 자세히 보려고 간판에 가까이 다가갔다. 간판에 예약 사이트 주소 몇 개가 적혀 있었다. 백숙 전문이라고 쓰인 글자는 꽤 오래 전에 지워진 듯 붉은 줄이 그어져 있었다. 용수는 의아한 생각이 들어 비닐 창고가 있는 쪽으로 고개를 돌렸다. 그 모습을 보고 있던 여자가 말했다.

회원 가입을 한 후 예약 및 결제까지 한 번에 진행하셔야 해요.

눈앞에 손님을 두고도 숙박 사이트에서 예약을 하라는 말이 터무니없어서 용수는 다시 여자를 봤다. 여자는 자신이 말한 대로 하라는 듯 고개를 끄덕였다. 용수는 이 상황을 이해할 수 없었는데도 여자가 하라는 대로 회원 가입을 하고 방을 골라 결제했다. 의심스럽다는 시선으로 용수를 훑어보던 여자가 스마트폰을 확인하고는 그제야 안심이 된다는 듯 미소 지어 보였다.

신원 확인이 되었네요. 지금 후기를 남기면 생과일주스를 무료로 드려요.

후기를요? 지금이요?

몇 분이시죠? 여자는 용수가 혼자인 걸 보고도 그렇게 물으면서 질문에는 대답하지 않았다.

혼자입니다.

어느새 해가 졌네요. 여자는 용수의 사정을 이해한다는 투로 말했다.

해가 졌다고요?

용수가 놀라 주위를 돌아봤다. 어느새 날이 어두워져 있었는데 낮인지 밤인지 구분하기 어려웠다. 빗방울이 떨어졌다. 여자와 용수는 동시에 하늘을 올려다봤다. 먹장구름이 빠르게 움직이고 있었다. 여자가 정면에 보이는 건물을 향해 걸어갔다. 용수도 여자의 뒤를 따랐다. 출입문을 열고 안으로 들어가니 복도 오른쪽에는 세 개의 침실이 모여 있었고 왼쪽은 공용 홀이었다. 여자가 입구에서 가장 가까운 방으로 들어가 불을 켰다. 작은 주방이 딸린 원룸이었다.

도시에서 오셨습니까? 여자가 묻고는 용수의 대답을 기다리지도 않고 말을 이었다. 여기서는 하고 싶은 게 있다면 무엇이든 할 수 있습니다. 쉬고 싶으면 종일 쉴 수도 있고요. 바깥 풍경을 내다보며 시간을 보낼 수도 있습니다. 물론 가고 싶은 곳이 있다면 어디로든 갈 수도 있지요. 급하게 움직이지 않아도 되고, 하기 싫은 건 하지 않아도 되니 모든 게 편안하죠. 특히 이 방은 전망이 참 좋아요. 우리 게스트하우스에서도 가장 좋지요. 근처에 이만한 전망을 볼 수 있는 곳은 여기밖에 없다고 손님들께서 말씀해주신답니다. 여자가 용수의 눈치를 살피면서 말을 이었다. 얼마 전에 산에서 죽어 나간 남자도 이곳에 왔었죠. 오늘처럼 비 오는 날에요. 죽을 때도 전망을 따지는지 이 방을 달라고 하더군요. 어딘가 이상해서 다른 데로 가라고 말했어요. 왜 그랬는지는 이해하실 거라고 믿어요. 물론 예약하신 분은 신원을 보장할 수 있으니 예외고요. 혼자 오셨어도 예약하고 오신 분은 문제를 일으키지 않거든요.

대문이 특이하군요. 용수는 창밖을 보는 체하며 화제를 돌렸다.

대문이 아니라 액자틀 모양의 조형물이랍니다. 여자는 창밖은 보지도 않은 채 손가락으로 조형물을 가리켰다. 저기서 보면 게스트하우스가 액자 안에 들어 있는 듯 보인답니다. 한 폭의 풍경화 같죠. 손님들이 그런 구도로 사진을 많이들 찍으세요. 액자 안에 있는 건 무엇이든 아름다워 보이니까요. 덕분에 후기도 잘 써주시고 칭찬도 해주세요. 예약할 때 보셔서 아시겠지만 우리 게스트하우스는 이 근방에서 평점이 아주 높답니다. 저것 때문인지는 몰라도 지금까지는 결과가 좋지요. 여자는 용수가 든 보스턴백을 흘깃거리며 잠시 생각하는가 싶더니 말을 이었다. 아무튼 방에서 흡연하시면 안 돼요. 가스버너를 사용하는 것도 금지예요. 혼자니까 그럴 일은 없겠지만 혹시나 해서 드리는 말씀이에요. 초를 켜는 것도 안 돼요. 촛농이 떨어지면 청소하기가 여간 힘든 게 아니거든요. 요즘은 손님이나 주인이나 평가 점수를 주고받으니까 서로 잘해야 하죠. 여자가 매뉴얼을 읊듯 빠르게 말한 뒤 다시 말을 시작하려고 우물거렸다.

친절하시네요. 용수는 여자의 말이 길어질까봐 대꾸했다.

그런가요? 규칙대로만 하면 서로 얼굴 붉힐 일이 없죠. 그러려고 저도 노력을 많이 한답니다. 이것저것 시도해보다가 나중에는 자동 응답 서비스까지 흉내내봤으니까요. 그런 다음부터는 손님들의 불만이 거의 없어요. 문제 생길 일이 줄어드니까 서로 편하지요. 여자가 용수의 눈치를 살피면서 미소 지었다. 이렇다니까요. 말이 또 쓸데없이 길었네요. 역시 기계를 쫓아가려면 아직 멀었답니다. 하루하루 노력해야 하죠. 그럼 좀 쉬고 계세요. 여자가 밖으로 나갔다.

용수는 창가로 다가가 손차양을 하고 밖을 내다봤다. 잔디 마당 끝에 둥근 조명 빛을 받은 액자틀이 보였다. 틀 안에서 산과 산의 그림자가 여러 겹의 실루엣으로 겹쳐졌다. 다른 공간에 있어야 할 것들이 한 공간에서 뒤엉킨 것 같다고 생각하자 도로를 이동하던 목조 주택이 떠올랐다. 용수는 그 주택의 내부에 들어와 있는 듯한 기분이 들었다. 그리고 그대로 액자 안에 갇혀버린 것 같았다. 방은 스웨덴 가구회사의 전시실 하나를 통째로 옮겨놓은 듯했다. 유리창 앞에 있는 좌식 테이블 위에는 야생화 한 송이와 차도구가 놓여 있었다. 소파가 놓인 벽면에는 액자가 걸려 있었고, 침대 탁자에는 테이블 조명이 놓여 있었다. 싱크대 선반에도 조화가 담긴 화분 세 개가 조르르 놓여 있었다. 이 인 세트로 갖춰놓은 식기류는 모두 있을 법한 자리에 어김없이 있었기 때문에 식기를 찾기 위해 이곳저곳 열어볼 필요가 없었다. 전체적으로 환하고 밝게 꾸민 방이었으나 깨끗하지는 않았다. 바닥까지 늘어진 침대 캐노피에는 먼지가 부옇게 엉켜 있었고, 천장을 향해 입을 벌리고 있는 스탠드 조명 갓 안에는 죽은 벌레가 많았다. 얼핏 보면 감각적으로 꾸민 듯했지만 실상은 가구회사의 전시실을 흉내냈을 뿐이었다.

쌍둥이 자매는 계절마다 침구를 바꿨다. 조명과 커튼, 쿠션과 방석, 러그 따위의 배치를 이리저리 바꿔보며 즐거워했다. 가구도 마찬가지였다. 저가의 가구를 사서 쓰다가 싫증이 나면 버리고 유행하는 것을 새로 사들였다. 버리거나 베란다 창고에 쌓아둔 가구를 보면 용수는 벌목 현장에 와 있는 듯한 기분을 느꼈다. 용수는 외조부와 외조모의 묘를 합장한다고 해 선산에 따라간 적이 있었다. 외가는 여러 번의 논의 끝에 따로따로 묻힌 그들의 부모를 합장하기로 했다. 자손이 번성하기 위해 어쩔 수 없이 내린 결정이라고 했다. 조부를 이장했는지 조모를 이장했는지 용수는 기억나지 않았다. 다만 죽은 사람들을 합장하려고 수령이 오래된 나무 여러 그루를 베어냈다는 것은 또렷이 기억했다. 커다란 나무가 쓰러지면서 주위에 있던 나무를 쳤다. 인부들이 쓰러진 나무를 한쪽으로 치워 길을 냈고, 그 길을 통해 뼛조각이 든 새로운 관을 옮겼다. 용수는 죽은 자를 위해 살아 있는 나무를 베면서 자손이 번성하기를 바라는 일가친척들을 보며 수치심이 일었다.

욕실도 전시실 같기는 매한가지였지만 따뜻한 물이 몸에 닿자 용수는 기분이 한결 나아지는 것 같았다. 긴장이 풀려 펜던트를 가만히 내려다보던 용수는 샤워기에서 쏟아지는 물줄기를 맞으며 눈물을 흘렸다. 눈물이 그렇게 많이 나지는 않았는데 울다보니 더 크게 울고 싶어졌고, 그래서 끅끅 소리를 내며 울었다. 그러면서도 곰팡이 자국을 지운 흔적이 남은 샤워 커튼 안에서 울고 있는 자기 자신이 낯설게 느껴졌다. 그 때문에 더욱 서글픈 마음이 들었고, 그래서 더욱 서럽게 울었다. 연수와 함께 있던 시간도 꿈결처럼 멀게만 느껴졌다. 펜던트가 젖은 가슴팍에 달라붙었다. 용수는 연수를 만지듯 목걸이를 만져보았다. 절반의 하트가 나머지 절반을 다시 만나려면 집으로 돌아가 정리해야 할 게 많았다. 연수에게 가기 위해 감행해야 할 여러 가지 일이 생각났지만 너무 많은 것들이 동시에 떠올라 무엇부터 해야 할지 알 수 없었다. 용수는 두려움에 아무것도 하지 않으면서 시간만 늘리고 있는 게 아닐까 생각했다.

용수는 보스턴백에서 셔츠와 면바지를 새로 꺼내 입고는 베이지색 러그에 앉아 창밖을 내다봤다. 어둠에 눈이 익자 첩첩이 쌓인 산 이랑마다 피어나는 안개가 보였다. 물결치듯 부드럽게 흐르는 안개가 산과 숲을 지나 잔디 마당에까지 흘러들었다. 비에 젖은 흙냄새와 나무 냄새도 바람을 타고 들어와 용수의 코끝에 닿았다. 부슬부슬 내리는 빗방울이 테라스 난간에 맺혔다가 바닥으로 떨어졌다. 흙속에 스며든 빗물이 배수로를 타고 흘렀다. 바람소리와 숲이 흔들리는 소리, 계곡물이 흐르는 소리가 빗소리에 섞여 듣기 좋았다. 창밖에서 들려오는 각양각색의 소리에 용수는 마음이 고요해져서 꾸벅꾸벅 졸았다.

밖에서 인기척이 났다. 그 소리를 듣고 용수는 잠에서 깨어났다. 발소리는 용수가 있는 방에 점점 더 가까워지더니 문 앞에서 잠잠해졌다. 노크 소리가 들리고 대답하기도 전에 문이 열렸다. 센서 등이 켜졌다. 여자가 손에 컵을 든 채 그 아래 서 있었다. 그제야 용수는 문을 잠그지 않았다는 걸 알아차리고는 부스스 일어났다.

이건 하우스에서 가져온 딸기로 만든 거예요. 여자가 용수에게 컵을 건넸다. 아주 신선해요. 요즘 하우스에 나가기 딱 좋은 날씨거든요. 여름에는 하우스 온도가 사십 도를 훌쩍 넘어서 들어가지도 못해요. 푹푹 쪄서 몸이 빨갛게 익어버리죠. 여름이나 겨울이나 못생긴 놈은 딸기여도 버려요. 상품이 안 되거든요. 그중에서도 좋은 것만 선별해가지고 와서 손님께 갈아드리고 있어요. 후기를 써주시면 더욱 좋고요. 시간이 있을 때 말이에요. 별점을 좋게 주신다면 당연히 도움이 될 테니까요. 여자가 미소 지었다. 숙박 사이트에서 보셔서 알고 계시겠지만 우리 게스트하우스는 저녁을 드려요. 조금 있다가 함께 식사해요.

이름이 뭐예요? 용수는 보이지도 않는 개를 가리키며 물었다.

아, 개요? 이름은 없어요. 버려졌어요. 사람들이 그래요. 두고 가요. 버릴 수도 없고 해서 묶어놨는데 이름이 없어서 그런가 말을 잘 안 들어요. 그래도 저 개는 비싼 개예요. 그래서 살아 있는지도 모르죠. 여자가 말하고는 농담이라는 듯 웃었다. 마시고 테라스로 나와요. 여자가 밖으로 나갔다.

용수는 유리창 너머를 내다봤다. 테라스에서 숯불을 달구던 남자가 용수가 있는 방을 힐끔거렸다. 수염이 덥수룩하게 자란 남자는 삐쩍 말라 볼품없었다. 용수와 시선이 마주치자 남자는 머쓱한 듯 괜히 미소 짓고는 고개를 돌렸다. 조금 뒤 유리창에 검은 그림자를 드리우고 다시 나타난 여자가 어서 나오라고 재촉했다. 용수는 제대로 자지도 못했지만 제대로 먹은 것도 없었다. 그래서 못 이기는 체하고 밖으로 나갔다. 남자가 용수를 보고 어서 오라는 듯 고개를 끄덕였다. 여자가 원목 테이블을 가리켰다. 용수는 멀뚱거리며 의자에 앉았다. 커다란 파라솔에 떨어지는 빗방울 소리가 요란했다. 남자는 화로에 올린 석쇠가 달구어지기를 기다렸다가 그 위에 돼지고기를 올렸다. 석쇠에서 하얀 연기가 푸시시 피어올랐다. 살림집으로 들어간 여자가 반찬을 담은 쟁반을 들고 다시 나왔다. 종이컵에 막걸리를 따라 각자의 자리에 놓는 여자의 얼굴이 신에 겨워 보였다. 남자가 고기를 들어 가위로 잘랐다.

밭고랑에 씌워둔 비닐이 다 날아갔어요. 여자가 잔디 마당 한쪽에 있는 작은 텃밭을 바라봤다.

다시 씌우면 되지요. 남자가 잘린 고기를 석쇠 중앙으로 옮겨놓고 뒤적거렸다.

오늘 해야 해요. 우리집만 비닐이 없다고요.

지금 말이에요?

안 그러면 마늘밭을 일군 게 헛일이 된다고요.

비 맞기 싫은데. 남자가 파라솔 안으로 의자를 바짝 당겨 앉았다.

내리는 비를 어떻게 피하겠어요. 여자가 파라솔 안에서 하늘을 쳐다봤다.

애들이 있을 때는 편했는데.

그런 애들은 지금도 많아요.

그럼 그애들을 불러 일을 시켜요.

걔들은 노숙자나 다름없어요. 문제를 일으킨다고요.

그래도 일은 잘한다고 하던데요. 동네 허드렛일을 다 해준다더라고요.

내가 그걸 모르겠어요? 하지만 다 돈이 들어요.

인건비가 싸잖아요.

당신이 하면 돈이 들지 않아요.

내가 하면 힘이 들지요.

용수는 작은 텃밭을 바라봤다. 밭고랑을 덮은 검은 비닐은 절반이 떨어져나가고 없었다. 바람에 찢겨나간 검은 비닐이 주변 나무에 지저분하게 걸려 있어 얼핏 보면 나뭇가지 위에 까마귀가 떼로 앉아 있는 것 같기도 했고 박쥐떼가 거꾸로 매달려 있는 것 같기도 했다. 말뚝에 묶인 노란 개가 숲을 향해 컹컹 짖었다. 쇠줄이 흙바닥을 긁는 소리가 났다. 개는 허공을 보고 으르렁거리다가 다시 컹컹 짖으며 말뚝 주위를 빙글빙글 돌았다. 쇠줄이 꼬여 발버둥치던 개가 밥그릇을 넘어뜨렸다. 비에 젖어 불은 사료가 바닥에 쏟아졌다. 개는 이빨로 쇠줄을 잡아당기다가 말뚝 밑을 발로 긁어댔다.

여자가 배추김치 한 장을 손가락으로 쭈욱 찢어 남자의 접시에 놓았다. 남자는 다 익은 고기를 석쇠 가장자리로 밀어놓았다. 어느새 손님이 들었는지 건너편 객실에서 불빛이 새어나왔다. 그 앞 테라스에 헐렁한 티셔츠를 입은 남자가 나와 있었다. 테라스 난간에는 다듬지 않아 아무렇게나 자라난 관상수 가지가 삐죽삐죽 솟아 있었고 곳곳에 친 거미줄이 빗방울에 도드라져 보였다.

다른 분들은 오지 않습니까? 용수가 물었다.

커플들은 낯모르는 사람과 저녁을 먹는 것보다 둘이 있는 시간을 더 좋아하지요. 덕분에 저녁 메뉴가 달라졌으니 운이 좋은 거예요.

일하시는 분들이 있던데요. 용수가 창고 쪽을 가리켰다.

어디요? 여자가 용수가 가리키는 데를 봤다. 저긴 아무도 없어요.

저기서 부부로 보이는 사람들을 봤어요.

그럴 리가요? 저긴 짐만 잔뜩 쌓여 있어요. 창고죠. 여자가 의아한 표정으로 용수를 봤다.

우리가 방을 내줬어야 했어요. 남자가 불쑥 말했다.

갑자기 무슨 소리예요? 닭 국물이 든 냄비를 가스버너에 올려놓던 여자가 인상을 찌푸렸다.

방을 내줬으면 안 죽었을지도 모르잖아요. 남자가 고기를 우물우물 씹었다.

죽을 사람이 이 방 저 방 가린대요? 여자가 용수를 힐끗 봤다.

그럼 왜 죽었겠어요? 남자가 다 마신 막걸리 병을 테라스 구석에 던졌다.

그럴 만한 이유는 많으니까요. 당연히 그런 사람도 많겠죠. 여자가 일어서서 병을 한쪽으로 치웠다.

우리가 내몬 거예요.

우리도 살기가 빠듯하다고요. 입가심하게 국수라도 넣을까요? 여자가 국자로 닭 국물을 휘휘 저으며 물었다.

남자가 고개를 저었다.

그럼 이건 내일 먹을래요? 여자가 펄펄 끓는 닭 국물을 가리켰다.

닭은 이제 질려요.

그럼 뭐 먹게요? 돼지고기 먹을래요?

돼지고기도 질렀어요.

노란 개가 컹컹 짖었다. 남자와 여자가 고개를 돌려 입구 쪽을 쳐다봤다.

저, 저 봐라. 또 도망간다. 여자가 소리치고는 국자를 든 채 벌떡 일어났다. 쟤가 또 집을 나가잖아요!

집게를 든 남자도 쇠줄에 쇠말뚝을 끌고 달아나는 노란 개를 보고 자리에서 벌떡 일어섰다. 용수는 자기도 모르게 엉거주춤 일어났다. 밖으로 뛰어나가던 여자가 고개를 홱 돌려 용수를 봤다.

도와줘요! 저러다 죽는다고요!

셋은 구불구불한 소로를 따라 일렬로 뛰었다. 남자가 여자 뒤를 따랐고 용수는 맨 뒤에서 그들을 쫓았다.

어디 있어? 돌아와! 여자가 외치는 소리가 빗소리에 묻혔다.

셋은 한참을 뛰어 작은 다리 위에 섰다. 다리 밑은 계곡이었다. 물소리가 요란하게 들려왔다. 다리 위에 멈춰 선 여자가 주위를 두리번거렸다. 남자가 씩씩대며 욕설을 내뱉었다. 용수는 양손으로 허벅지를 짚고 숨을 가다듬었다. 가로등 불빛 탓에 그들의 실루엣이 노란색으로 물들었다. 야생화 단지로 들어가는 트럭 한 대가 경적을 울리며 다가왔다. 셋은 차량을 피해 난간에 붙었다. 멀리 노란 개가 길바닥에 코를 박고 느리게 움직이는 게 보였다. 여자와 남자가 뛰었다. 용수도 뒤따라 뛰었다. 노란 개가 소로를 가로지르며 숲으로 들어갔다가 밭에서 다시 나타났다. 그런 다음 물

웅덩이에 들어가 뒹굴었다. 쇠줄에서 쇠말뚝이 떨어져나왔다. 흙탕물을 뒤집어쓴 개가 고여 있는 물을 허겁지겁 마셨다.

안 돼! 거름물이야! 똥물 마시면 죽어! 여자가 허공에 국자를 흔들며 소리쳤다.

오물을 뒤집어쓴 개가 몸을 털었다. 흙물 사이로 황금빛 털이 드러났다. 남자와 여자가 뛰어가자 개는 다시 숲으로 들어가버렸다.

죽든지 말든지. 남자가 집게로 허공을 휘저으며 돌아섰다.

가면 어디를 가겠어? 여자도 국자를 흔들며 돌아섰다.

둘은 미련이 남은 표정으로 다시 뒤를 돌아봤다. 용수는 뭔가에 홀린 기분이 들어 빗속에 잠시 서 있었다. 꿈속에 있는 것 같았다. 방치된 테마파크를 혼자 헤매는 기분도 들었다. 그때 쇠줄이 바닥에 끌리는 소리가 들렸다. 노란 개가 숲에서 나왔다가 다시 숲으로 들어갔다. 용수도 무작정 숲으로 들어갔는데 개를 잡으려고 그런 건 아니었다. 그냥 뭔가에 이끌려 움직였을 뿐이었다. 오솔길을 달리던 개가 길이 아닌 데로 들어갔다. 덩굴숲을 헤치며 앞으로 나아가는 개를 시선으로 좇던 용수는 길이 아닌 곳에 개의 길이 생겨나는 것 같다고 생각했다. 그런 생각으로 개가 간 길을 따라 걸었다. 나뭇가지가 휘감겼다가 떨어지며 용수의 얼굴을 할퀴었다. 손으로 나뭇가지를 잡고 덩굴숲을 보자 그 앞으로 가느다란 선 하나가 생겨난 듯한 착각이 들었다. 길은 개가 움직이는 대로 구부러지고 휘어지고 얽히고설키며 가느다랗게 이어졌다.

용수는 길을 완전히 잃었다는 걸 깨달았다. 계곡물이 흐르는 소리가 들렸다. 방울이 짤랑이는 소리도 들렸다. 용수는 소리가 나는 데로 움직였다. 그러자 이번에는 소리가 길을 만들어내는 것 같았다. 소리를 따라 한참을 걸어가자 계곡 밑 너럭바위에 대여섯 사람이 서 있는 게 보였다. 용수는 나무 뒤에 멈춰 서서 그들을 주시했다. 나뭇가지와 바위 위에 양초 모양의 등불이 여러 개 놓여 있었다. 연꽃 모양의 등불도 보였다. 수십 개의 LED 등불이 주위를 환하게 밝혔다. 그 가운데서 오방색 무복을 입은 무당이 춤을 췄다. 무당은 한 손에는 금빛 칼을, 다른 손에는 금빛 방울을 쥐고 방방 뛰다가 제자리에서 빙글빙글 돌았다. 무당이 팽이처럼 돌자 무복 끝자락이 허공에 펼쳐졌다. 여러 색이 섞여들어 빛깔의 경계가 사라지는 것을 본 용수는 정신이 혼미해져서 숨을 몰아쉬었다. 무당 주위에서 손이 발이 되도록 빌던 망자의 가족도 숨을 몰아쉬며 엉엉 울었다.

무당이 여자의 목소리로 흐느끼듯 말했다. 너무나도 불쌍하다아아아. 이제 가면 언제 오나? 뒷동산에 심어놓은 삶은 밤에 싹이 나면 오려나. 너무나도 불쌍하다아아아. 이제 가면 언제 오나? 가마솥에 푹 삶아놓은 닭이 꼬끼오 하고 울면 오려나. 너무나도 애달프다아아아. 너무나도 급하게 가셨구나아아아. 찾는 이가 아무도 없고 부르는 이가 아무도 없어서 너무나도 급하게 가셨다아아아. 어디다 화도 못 내고 어디다 속도 못 풀고 혼자 끙끙 앓다가 외롭게 가셨다아아아. 여자의 목소리로 읊조리던 무당이 갑자기 남자의 목소리로 울먹이며 말했다. 바람 불면 바람이 내 상처고 으흐흐흐흐 비가 오면 빗물이 내 눈물이고 으흐흐흐흐 희망도 없고 즐거움도 없어 원통하고 억울해서 그랬다아아아. 무섭고 두려워서 그랬다아아아. 돈도 없고 집도 없어서 그랬어어어어. 남자인지 여자인지, 귀신인지 인간인지 모를 목소리가 흐느껴 울었다. 그러다가 신인지 무당인지 모를 목소리로 호통을 쳤다. 원통하고 원통하고 원통하다! 태어난 죄, 돈 없는 죄, 집 없는 죄, 억울하고 억울하고 억울하다! 이놈들아! 고통 속에서 태어나 괴로움만 한가득 외로움만 한가득 안고 돌아간다. 이놈들아! 모두가 내쳤으니 억울하게 내쳐져서 돌아간다. 이놈들아!

무당이 방울을 흔들며 다시 방방 뛰자 꽹과리와 태평소 소리가 이어졌다. 망자의 가족으로 보이는 여자가 울부짖었다. 옆에 있던 남자도 끅끅 소리 내 울었다. 무당이 한 손에 오방기를 잡고 다른 손에 쥔 방울을 흔들었다. 그들과 조금 떨어져서 울먹이던 여자가 양손을 비비며 기도했다. 망자의 가족들이 원망 섞인 눈으로 여자를 봤다. 여자도 원망 섞인 눈으로 가족을 봤다. 그러다가 서로 부둥켜안고 같이 울었다. 울면서 하늘을 봤다. 그들 중 하나는 초점 없는 시선으로 용수가 있는 쪽을 보다가 그대로 까무러쳤다. 용수가 흠칫 놀라 나무 뒤로 몸을 숨겼다. 용수를 본 무당이 갑자기 너럭바위를 크게 한 바퀴 돌았다.

망자가 이곳에 오셨구나아아아. 모습을 드러내주셨구나아아아. 무당이 여자의 목소리로 말하고는 방울을 흔들며 사방에 절을 했다.

용수는 이곳에서 빨리 빠져나가야 한다고 생각했는데 그런 생각을 하기 전에 몸은 이미 도망치고 있었다. 도망치는 용수의 뒤에서 쇠줄이 바닥에 끌리는 소리가 났다.

길을 걷는 동안 비는 진눈깨비가 되었다가 눈으로 바뀌었다. 오솔길에도 가로수에도, 계곡과 산등성이에도 함박눈이 쌓이자 주위가 조금씩 하얗게 변해갔다. 하얀빛은 다른 빛에 스며들어 색의 경계를 지워냈다. 용수는 희부연 하늘을 바라봤다. 하늘을 가로지르는 산등성이의 윤곽이 흐릿해져 산인지 하늘인지 구름인지 한눈에 구분하기 어려웠다. 눈이 쌓여 마침내 길이 보이지 않게 되었을 때 용수는 자신이 어디에 있는지 알 수 없어 어리둥절해졌다. 그러면서도 세상의 경계가 사라지는 모습에 매혹되어 입을 벌린 채 주위를 둘러봤다. 비탈진 언덕에 위태롭게 서 있는 나무와 구조물도 모두 흰빛이었다. 용수는 크림색과 상아색, 우유색의 차이를 떠올려보다가 순간 정신이 아득해졌다. 망망대해 한가운데 떠 있는 기분이 들었다. 그러자 산등성이가 일렁이는 잔물결처럼 보였다. 겹겹의 산등성이는 파도가 밀려왔다 밀려가며 모래사장에 남긴 하얀 거품 띠 같았다. 가까운 데서 파도 소리가 들리는 듯해 용수는 귀를 기울였다. 바람에 나무들이 흔들리는 소리가 났다. 간간이 들려오는 올빼미 소리가 자신이 숲길에 서 있다는 것을 일깨워줬다. 용수는 같은 자리에 세 번이나 되돌아오고서야 길을 잃었다는 것을 알아차렸다. 뒤늦게 스마트폰으로 지도를 검색했다. 도착지를 입력하고 화면을 들여다보면서도 용수는 자신이 어디에 있는지 알 수 없었다. 지도를 보고 계속 걸었지만 위치 화살표는 경로에서 자꾸 벗어났다. 길을 찾을 수 없을지도 모른다고 생각하자 조금 전까지 신비롭게 보이던 풍경이 두렵게만 여겨졌다. 연수도 자신처럼 하늘을 뱅글뱅글 돌고 있을 것 같았다. 그제야 이별의 통증이 몸의 중심을 뻐근하게 관통하는 듯했고, 다시는 연수를 만나지 못할 거라는 불안감이 밀려들었다. 그리고 자신이 사랑의 비극을 경험하고 있다는 것을 깨달았다. 용수는 연수의 목소리가 간절히 듣고 싶어졌다. 머나먼 타지로 떠난 연수가 그리우면서도 원망스러웠다.

산을 벗어나자 눈이 그치고 파도 소리가 좀더 가까워졌다. 걷다 보니 해변이었다. 해변에서 도로 하나를 건너면 포장마차 거리가 나왔다. 도로를 따라 포장마차가 죽 이어져 있었다. 형형색색의 알전구로 불을 밝힌 포장마차마다 사람들이 꽉꽉 들어차 있었는데 푸른 천막 밖으로 그들의 그림자가 비쳐 보였다. 포장마차 내부에 달린 조명등 탓에 그림자는 과하게 왜곡됐다. 그림자들은 팔을 휘두르거나 몸을 한껏 젖혀 웃었고, 손에 쥔 젓가락으로 허공을 찔렀다. 머리를 떨군 채 쭈그려앉은 사람과 그를 부축하는 사람, 몸을 부르르 떠는 사람과 그를 향해 손가락질하는 사람, 간이 테이블과 접이식 의자가 그림자 위에 더 짙은 그림자로 겹쳐지며 명암이 생겨났다. 포장마차 하나를 지나면 다음 포장마차가 나왔고, 천막에 또다른 그림자가 비쳐 보였다. 주르르 이어진 포장마차는 장이 바뀔 때마다 달라지는 연극무대 같았다. 그 안에서 사람들은 그림자연극을 펼치는 듯 보였다.

포장마차 안에 자리잡지 못한 사람들은 도로변 야외 테이블로 밀려났다. 그들은 포장마차가 내뱉은 토사물처럼 보이기도 했는데 무대에서 흘러나온 그림자의 그림자 같기도 했다. 네댓 명의 남자가 회상에 젖은 듯 목소리를 높였다. 그러다가 경쟁하듯 서로의 무용담을 토해냈다. 사람들의 목소리와 바람에 흩날리는 담배 연기, 파도 소리와 바다 냄새, 가로등 불빛 따위가 한데 엉켜 거리를 떠다녔다. 몸을 축 늘어뜨린 채 의자에 겨우 붙어 있는 사람들도 여럿 보였다. 포장마차 안에서 술을 마시던 남자 셋이 도로로 나왔다. 그중 하나는 만취해서 몸을 가누지 못했다.

니들이 날 무시해? 날 무시하느냐고? 남자가 일행에게 소리쳤다. 알지도 못하는 새끼들을 데려온 것도 모자라 이미 알고 있던 나보다 그 새끼들을 더 챙겨? 어?

일행 중 하나가 한쪽에 비켜서서는 담배에 불을 붙였다. 또다른 일행이 남자에게 다가가서 달래는 투로 말했다.

선배, 이제 그만 좀 하시고요, 택시 잡아줄 테니 타고 가요.

이게 이제 날 대놓고 무시해? 어? 남자가 주먹을 날리려다가 비틀거리며 일행의 어깨를 붙잡았다. 남자는 일행에게 안기는 모양새가 됐다. 이게 피해? 남자가 일행의 품에 안겨 더욱 큰 소리로 외쳤다.

일행은 한두 번 겪은 게 아니라는 듯 별로 놀라지도 않고 안겨 있는 남자의 몸을 도로 쪽으로 돌려세웠다. 일행의 품에서 떨어져 나온 남자가 다시 주먹을 휘둘렀다. 이번에도 헛손질이었다.

선배! 제발 그만하고 들어가시라고요! 일행이 소리쳤다.

남자는 막무가내였다. 일행의 멱살을 잡으려고 양팔을 계속 허우적거렸다. 일행은 어이없다는 듯 실실 웃었다. 또다른 일행이 택시를 잡으려고 했지만 택시 기사는 그들을 그대로 지나쳐갔다.

이게 선배라 부르면서 살살 무시해? 남자가 다시 주먹을 휘둘렀다. 주먹은 허공을 느리게 갈랐다. 분이 풀리지 않은 남자가 이번에는 다른 일행에게 다가갔다. 너도 날 무시해? 어? 남자가 고래고래 소리쳤다. 왜, 왜 다들 나를 무시하느냐고? 어? 왜? 남자가 내지르는 소리는 절규로 변했다.

주먹을 피해 몸을 움직이던 일행이 남자를 꽉 껴안았다. 남자가 일행의 품에 안겨 울부짖다가 나중에는 훌쩍훌쩍 울었다. 그러고는 일행의 몸에서 흘러내리듯 미끄러져 바닥에 주저앉았다. 구경꾼들이 몰려들었다. 야외 테이블에 앉은 사람들은 구경꾼 탓에 시야가 가려지자 의자를 조금씩 움직였다. 그러면서도 포장마차 안을 힐끔거리며 자리가 났는지 확인했다.

그만하고 일어나요. 일행이 우는 남자를 다독였다. 남자는 일어날 기미가 없었다. 화가 난 다른 일행이 소리쳤다. 누가 선배를 무시한다고 그래요? 지금 하는 선배의 행동이 더 우리를 무시하는 거라고요! 그 소리를 들은 남자가 비틀거리며 일어나서는 일행에게 다가가 욕설을 내뱉었다. 일행은 포기했다는 듯 포장마차 안으로 들어가버렸다. 나머지 일행도 그를 따라 안으로 들어갔다. 혼자 남은 남자는 화가 풀리지 않는지 이번에는 구경꾼들에게 다가가 손을 허우적거렸다. 포장마차 안에 있던 남자 몇이 밖으로 나와 그를 빤히 쳐다봤다.

너 뭐야? 왜 웃어? 왜 다들 웃느냐고? 뭐가 웃기는데? 뭐가 웃기냐고!

남자는 뒤로 물러나는 구경꾼들을 향해 계속 주먹질을 했다. 주먹은 또다시 헛방이었다. 대여섯의 청년이 그를 에워싸고는 슬슬 약을 올렸다. 남자는 세상이 왜 내 마음대로 되지 않는 거냐고 소리치며 울부짖었다. 바닥에 무릎을 꿇고 앉아 엉엉 울더니 다시 일어나 허공에 주먹을 휘둘렀다.

왜 저래? 청년들이 비웃었다. 그중 하나가 담배를 입에 문 채 남자 주위를 천천히 돌면서 때려보라고 말했다. 남자가 욕설을 퍼부으며 잡히면 가만두지 않겠다고 하자 청년은 일부러 잡혀주더니 물었다. 이제 어쩔 건데?

남자가 멱살을 잡으려다가 중심을 잃고 바닥에 엎어졌다. 청년들이 낄낄거리며 그를 에워쌌다.

씨팔! 남자는 안간힘을 다해 바닥에서 몸을 일으켰다. 아! 씨팔! 왜 무시해? 왜 다들 날 무시하느냐고? 남자가 하늘에 대고 외쳤다.

사이렌소리가 들렸다. 경찰차 세 대가 도로 한쪽에 차를 댔다. 차에서 내린 경찰들은 신속하게 움직여 남자를 제압했다. 남자는 길바닥에 쓰러졌다. 경찰 둘이 남자의 몸에 올라타 꼼짝달싹하지 못하도록 사지를 눌렀다. 남자의 한쪽 얼굴이 길바닥에 처박혔다.

아! 얼굴 갈렸어! 남자가 분하다는 듯 외치며 몸을 들썩였다. 경찰 둘이 그의 머리와 다리를 더욱 세게 눌렀다. 몸을 움직일 수 없게 된 남자는 콧김을 내뿜으며 씩씩거렸다. 아! 얼굴 갈렸다고! 남자가 간신히 소리쳤다. 경찰들이 그의 손목에 수갑을 채우고는 경찰차에 태워 곧바로 출발했다. 남은 경찰들이 청년들에게 다가가 다친 데는 없느냐고 물었다. 그들은 모두 남자에게 맞았다며 엄살을 떨었다. 경찰은 참고인과 증인 자격으로 연락할 수도 있다고 했다. 원한다면 피해 보상을 신청할 수도 있다고 했다. 청년들 모두 자신들의 전화번호와 주민등록번호를 경찰에게 말해주었다. 경찰이 진단서를 끊어놓으면 도움이 될 거라고 덧붙이고는 차에 올라탔다. 남아 있던 경찰차 두 대가 포장마차 거리를 빠져나갔다. 청년들은 돈을 벌게 되었다며 좋아했다.

형, 그런데 맞기는 맞았어? 청년 중 하나가 물었다.

안 맞았지. 여기 맞은 새끼 있냐? 남자를 약올렸던 청년이 대꾸했다.

우리도 안 맞았지.

저 새끼 내일 일어나면 얼마나 후회할까?

좆만한 새끼가 이기지도 못하는 술을 처마시고 일을 저지른다.

그 와중에 얼굴은 되게 신경쓰더라. 갈렸다고 지랄하던데?

우리 보상금 받으면 뭐할까?

발렌타인 마셔야지.

헤네시도 마시자.

한 사람당 한 오십만원 정도 나오면 좋겠다.

화장실 가서 서로 얼굴 좀 칠까?

얼굴은 안 돼.

그럼 벽에 부딪칠까? 팔이라도 부러지게?

그래. 자해가 좋겠다! 그래야 돈을 더 많이 받지.

청년들은 복권에 당첨된 듯 한껏 들떠서 떠들다가 다시 포장마차 안으로 우르르 들어갔다.

경찰에게 끌려간 남자를 보면서 용수는 자기도 위악을 부릴 줄 알았다면 좋았을 거라고 생각했다. 위악은 위선과 달랐다. 위악에는 용기가 필요했다.

도로변의 난동에는 전혀 관심이 없다는 듯 커플이 야외 테이블에서 맥주를 마시며 서로를 바라보고 있었다.

나 한 달에 쓰는 용돈이 백만원인데 이번달에 아껴 써서 다음달에는 칠십 정도가 남아. 남자가 수줍게 말했다.

초등학생도 요즘은 삼십만원보다 더 써. 초딩이야? 여자가 미소 지었다.

그래서 다음달에 너한테 뭐 하나 사줄 수 있어. 좋은 거 사줄게. 뭐 사고 싶어? 남자가 뿌듯하다는 표정으로 여자를 바라보다가 말을 이었다. 난 지갑 하나 사고 싶어. 지갑이 낡았어. 삼십 정도로 내 거 사고, 사십 정도로는 네 거 사줄게. 에르메스에서 남자 지갑도 나오나? 남자도 미소 지었다.

여자가 스마트폰으로 에르메스 지갑을 검색해서 보여주자 남자는 소스라치게 놀라 소리쳤다.

아니 로고도 없고 패턴도 없고 아무것도 없는데 백만원이나 해?

이건 카드지갑이야. 지갑은 최저 이백십팔만원이래.

카드지갑을 백만원이나 주고 산다고? 에르메스 로고도 없는데?

생로랑은 카드지갑도 로고 있어.

생로랑이면 입생로랑 말하는 거야?

응.

구찌 같은 거는?

구찌는 너무 일반적이니까.

여자가 검색을 마친 스마트폰 화면을 다시 보여주자 남자가 기겁하며 소리쳤다.

이건 너무 사치다. 내가 본 지갑은 삼십이만 칠천원이야. 칠십만원에서 삼십이만 칠천원 빼면 너한테 삼십칠만 삼천원짜리 사줄 수 있어. 그것도 비싸다고 생각했는데 이거 보니까 삼십이만 칠천원이 싸다고 느껴지네. 내 친구가 이번에 결혼하잖아. 집도 구했대. 우리도 그러려면 어느 정도는 참아야 해.

저번에 봤던 네 동창?

응. 걔네 집 괜찮더라.

전세야, 월세야?

전세.

그럼 나는 귀걸이 사줘. 귀걸이도 하나 가지고 싶어. 블링블링이라는 브랜드 건데 인터넷 쇼핑몰에서 사면 돼.

초등학생이 하는 귀걸이야?

아니.

그런데 이름이 초등학생용 같아.

블링블링한데 왜?

배고파?

아니.

배고파 보이는데.

너 배고파?

응.

나도 밥 안 먹었어. 밥 먹으러 가자.

샌드위치 먹으러 갈까?

그래. 파스타 먹으러 가자.

그들이 자리에서 일어나 손을 맞잡고 길을 걸었다. 둘은 도로 바닥에 긴 그림자를 남기고 포장마차 거리를 벗어났다.

그들의 뒤를 따라 걷던 용수는 어느새 횟집 거리를 지나고 있었다. 횟집마다 '해변이 보이는 자리'라고 쓰인 현수막이 걸려 있었고, 그 아래 몇 개의 어항이 놓여 있었다. 갓 잡힌 듯한 물고기가 좁은 어항에 갇혀 팔딱였다. 광어와 우럭 사이에서 대방어 한 마리가 쉬지 않고 어항 안을 돌았다.

용수는 연수와 함께 갔던 아쿠아리움을 떠올렸다. 세계 최대 크기의 어류인 고래상어를 전시한다는 기사를 보고 구경차 갔었다. 가기 전 인터넷으로 검색해본 아쿠아리움은 아쿠아리움이라기보다는 그 자체로 거대한 바다였다. 아름답고 환상적이었다. 외부로 연결된 유리 천장으로 햇빛이 쏟아졌다. 수족관에 비쳐든 햇빛 속에서 고래상어가 유유히 헤엄치는 모습은 동영상으로 보기에도 장관이었다. 높이 8.2미터, 폭 22.5미터, 두께 60센티미터의 대형 아크릴 수족관에 바다 생태계를 그대로 옮겨놓았다고 했다. 관람객의 대다수는 그 수족관을 보기 위해 가는 거라고 했다. 용수는 기대에 부풀어 연수와 함께 아쿠아리움을 찾았다. 정말로 눈앞에 거대한 바다가 펼쳐진 것 같았다. 수족관 안으로 퍼지는 자연광이 물속에 희고 푸른 그림자를 만들었다. 그 속에서 각종 어류가 헤엄치고 있었다. 관람객의 머리 높이에서 무리 지어 몰려다니는 정어리떼가 샹들리에처럼 반짝거렸는데 빛이 떼 지어 날아다니는 것 같기도 했다. 관람객들은 고개를 치켜든 채 정어리떼가 움직이는 데로 시선을 옮겼다. 관람 구역과 칸막이 하나로 분리된 수족관 오른쪽은 레스토랑 구역이었다. 테이블에 앉은 사람들은 눈앞에 펼쳐진 바다를 감상하며 스테이크를 먹었다. 와인 잔을 부딪치는 사람들 뒤로 물고기들이 헤엄쳤다. 그들 옆에서 소규모의 오케스트라가 연주를 시작했다. 홀 안에 아름다운 음악이 울려퍼졌다. 곧이어 8미터가 넘는 고래상어가 수족관 앞으로 천천히 다가왔다. 막 도착한 관람객들이 탄성을 내질렀다. 용수도 입을 벌린 채 우아한 자태로 미끄러지듯 다가오는 고래상어를 바라봤다. 삼 분 정도 지났을까? 수족관을 한 바퀴 돈 고래상어가 다시 용수와 연수 앞으로 다가왔다. 그런 다음 또다시 수족관을 빙그르르 돌더니 정확히 삼 분이 지났을 때 관람객들 앞으로 다가왔다. 그것의 반복이었다. 고래상어는 쉬지 않고 수족관 안을 돌았다. 연수는 뭔가 이상하다며 그 앞에 한참을 서 있었다. 그제야 푸른색 페인트로 칠한 수족관 벽이 눈에 들어왔다. 인공적인 색채가 신비로운 바닷속 풍경을 연출하고 있었다. 전시되는 고래상어 앞에서 사람들은 식사를 하고 음악을 듣고 뛰고 웃었다. 여기저기서 카메라 셔터 소리가 들려왔다. 관람객들은 자신이 다른 사람이 찍은 사진의 배경이 되는 줄도 모르고 수족관이 잘 보이도록 찍은 사진을 SNS에 올렸다.

대방어 한 마리가 좁은 어항 안을 빙그르르 돌았다. 나머지 물고기들은 바닥에 붙어 지느러미를 힘겹게 움직였다. 지금도 고래상어는 수족관 안을 빙글빙글 돌고 있을 거라고, 삼 분에 한 번씩 같은 자리로 돌아오고 있을 거라고, 앞으로도 계속 그럴 거라고 생각하자 슬픔이 밀려왔다. 용수는 자신도 어딘가를 빙글빙글 돌고 있는 기분이 들었다. 끝도 없이 이어지는 원형의 미로에서 앞으로 나아가도 다시 제자리로 돌아오는 것만 같았다.

다른 쪽 어항에는 대게가 화석처럼 켜켜이 쌓여 있었는데 주로 러시아에서 잡혀온 것들로 집게다리가 묶인 채 시선 높이에 전시되어 있었다. 그 아래 놓인 어항에는 소라와 가리비, 낙지와 문어 따위가 있었다. 바닥에 일렬로 놓인 고무 대야에도 각종 어패류가 담겨 있었다. 가격순으로 진열된 계단형 어항 앞에서 씁쓸한 기분을 느낀 용수는 걸음을 옮겼다. 횟집 거리를 지나자 가게가 드문 드문 들어선 어둑한 거리가 나왔다. 호프집에서 술 취한 노인 하나가 쫓겨났다. 쫓겨난 노인은 유리창으로 자신이 조금 전까지 있던 술집 안을 들여다봤다. 한껏 멋을 부린 노인들이 신이 나서 술을 마시고 있었다. 몇몇 노인들은 통로에 서서 춤을 췄다. 쫓겨난 노인은 손에 쥔 노가리를 질겅질겅 씹으며 길을 걷다가 다른 술집 앞을 기웃거렸다. 용수는 노인을 지나쳐 계속 걸어나갔다. 술집과 술집 사이에 난 골목에서 희미한 가로등 불빛이 새어나왔다. 좁은 골목 안에서 검은 그림자가 움직였다. 용수는 흠칫 놀라 곁눈질로 골목을 살폈다. 나이든 남자 둘이 꼭 붙어 있었다. 둘은 음악을 들으며 몸을 까딱까딱 움직이다가 서로 부둥켜안았다. 그 옆 술집 앞에 나와 있던 바텐더가 용수를 불러 세웠다. 바텐더는 무릎까지 내려오는 스커트에 지나치게 굽이 높은 하이힐을 신고 있었는데 그 때문인지 그러잖아도 커다란 키가 더욱 커 보였다.

밤바다의 풍광을 바라보며 위스키를 마셔보는 건 어떨까요? 바텐더가 미소 지었다.

스코틀랜드 위스키도 있습니까? 용수가 물었다.

물론이죠. 세계 각국의 위스키가 모두 있어요.

바텐더가 술집 문을 열어젖히며 따라 들어오라는 듯 가볍게 손짓했다. 용수는 스코틀랜드 위스키가 있다는 말에 이끌려 술집 안으로 들어섰다. 바텐더가 종종걸음으로 스탠드 안으로 들어갔다. 바에 홀로 앉아 칵테일을 마시고 있던 단발머리 여자가 용수를 보고는 싱긋 웃었다. 용수는 여자의 반대편 맨 끝자리에 앉아 고개를 꾸벅 숙였다. 바텐더가 시선이 부딪치는 둘 사이로 불쑥 껴들어서 메뉴판을 내밀고는 용수가 메뉴판을 펼쳐보기도 전에 물었다.

스코틀랜드 위스키와 독일 소시지를 준비해드릴까요?

용수는 그렇게 해달라는 뜻으로 고개를 끄덕이고는 시선을 돌려 창밖을 내다봤다. 가로등이 켜진 해변은 지저분했다. 곳곳에 쓰레기가 쌓여 있었다. 해변 한가운데는 모래로 만든 세계의 건축물이 전시되어 있었는데 오전에는 없던 것이었다. 모아이 석상과 피라미드, 런던 브리지와 에든버러성, 스톤헨지와 같은 건축물을 본뜬 모래 조형물이 한데 모여 있었다. 임시로 설치한 보랏빛 조명이 모래로 지은 건축물을 은은하게 비춰 환상인 듯 꿈결인 듯 아름다운 실루엣을 만들었다. 굳이 영국의 북쪽으로 가야 할 필요가 있었을까? 연수를 생각하니 속이 상했다. 미래의 어느 날, 어느 날인지 알 수도 없는 어느 날, 그러니까 올지 말지 알 수 없는 어느 날, 영국의 북쪽에서 함께 위스키를 마시자는 연수가 미련하게 여겨졌다. 세계는 하나로 이어져 있으며 어디든 다르지 않았다. 이곳에서도 둘이서, 원한다면 스코틀랜드 위스키를 마실 수 있었고, 세계 각국의 건축물을 볼 수도 있었다. 러시아산 대게를 먹을 수도 있었고, 세네갈산 갈치도 먹을 수 있었다. 게다가 어디를 가나 연극판이었고 공연판이었기 때문에 그와 관련된 일자리를 찾을 수도 있었다.

바텐더는 얼음 칼로 얼음을 돌려 치듯 깎았다. 칼을 쥔 손과 얼음을 쥔 손의 소지가 허공을 향해 들려 있어서 양손은 집게다리를 들어올린 꽃게처럼 보였다. 단발머리 여자는 금방이라도 울 것 같은 표정으로 스탠드에 앉아 있었다.

아이고, 이년아. 바텐더가 그 앞으로 다가가 여자에게 말을 걸었다. 다정한 목소리로 나무라는 투였다.

바텐더의 말에 단발머리가 깔깔거렸는데 웃음소리가 가늘고 높아 어디서든 주목을 받을 것 같았다. 단발머리는 깔깔 웃다가 갑자기 훌쩍훌쩍 울었다. 그러다가 다시 깔깔거렸고, 얼마 안 돼 다시 울었다. 웃을 때나 울 때나 짧은 단발을 귀 뒤로 넘기는 버릇이 있는 듯했고, 그런 다음에는 머리카락을 찰랑거리게 하려고 고개를 흔들었다.

적당히 좀 해라, 이년아. 불쌍하지도 않니? 바텐더가 말했다.

저번에는 내가 맞았잖아, 언니.

맞기 전에 피했으니까 맞은 건 아니지. 바텐더는 얼음을 깎느라 단발머리를 보지 않은 채 대꾸했다.

그렇게 나간 새끼가 다시 올 줄 누가 알았겠어?

그래서 그 짧은 시간에 다른 오빠를 꾀어낸 거야?

보자마자 사랑에 빠지는 게 죄는 아니지. 그리고 술값은 내야 할 것 아냐. 언니가 내줄 것도 아니면서.

그 오빠는 참 착해. 마시지도 않은 술값을 내주잖아.

서로 주고받는 거지, 착한 사람이 어디 있어?

단발머리가 지루하다는 표정을 지으며 창밖을 내다보는 용수를 힐끔거렸다. 바텐더는 못마땅한 듯 단발머리를 흘겨봤다.

단발머리는 별일이 없으면 거의 매일 저녁 술집에 들렀고, 혼자 온 남자에게 말을 걸었고, 그러고는 함께 술을 마셨다. 가끔은 같이 술을 마시던 남자와 밖으로 나가기도 했지만 그런 날은 드물었다. 매일 사랑에 빠졌다고 말하면서도 술을 얻어 마시면 그뿐이었다. 곧바로 냉담해졌다. 그건 바텐더에게 배운 거였다. 하지만 단발머리는 바텐더보다 더 잘해냈다. 바텐더는 단발머리의 몸이 뿜어내는 자신감이 늘 부러웠다. 노력하지 않아도 여성의 몸으로 태어나 그것이 얼마나 소중한지 알아차릴 필요도 없는 당당함을 보면 슬픔이 밀려왔다. 당연한 거였다. 꼬박꼬박 언니라 부르면서도 단발머리에게 바텐더는 그다지 신경 쓰이는 상대가 아니었다. 바텐더는 그것이 언짢았다. 수치심이 일었다. 단발머리는 늘 같은 자리에 앉아 이곳에 홀로 들어오는 남자를 낚아챘다. 간혹 쾌활하게 웃거나 교활하게 울었다. 게다가 마음씨 좋은 남자를 한눈에 알아보는 재주가 있었다. 그들에게 만만치 않게 굴고는 무언가를 얻어냈다. 그들은 대개 착하거나 말을 잘 들었고 쓸데없이 열정적이었다. 대부분 없는 돈을 만들어서 술을 사주었고 밥을 사주었다. 머리핀과 같이 조그만 선물을 주기도 했다. 그런 사람을 알아보는 감각은 생존에 유리한 이점이 있었다. 그 모습을 지켜보던 바텐더가 생존에 유리하다보니 더욱 강화된 것 같다고 말했을 때 단발머리는 화를 냈다. 사랑받아야만 먹을 걸 얻을 수 있기에 그쪽으로 생존 본능을 키워온 개 같다고 늘 말하고 싶었지만 바텐더는 그러지 않았다. 그 때문에 남을 속이고 자기마저 속이고 있다고도 말하고 싶었지만 그렇게도 하지 않았다. 단발머리에게 하는 말은 고스란히 자기에게 되돌아올 거였다.

바텐더는 오븐에 데운 소시지와 으깬 감자를 그릇에 담아 용수 앞에 놓았다. 위스키도 가져다놓았다. 돌려 깎은 둥근 얼음이 위스키 잔에 꽉 끼게 들어 있었다.

함께 마시지 않겠어요? 바텐더가 긴 머리카락을 매만지며 용수에게 물었다. 그쪽만 괜찮다면요. 저도 술친구가 없어 마침 적적하던 때였으니 함께 마셔요. 혹시라도 계산에 대한 걱정은 하지 않아도 좋아요. 저는 제 것이 아닌 술은 안 마시니까요. 하지만 한 잔 사주신다면 못 마실 것도 없고요. 그래도 걱정하실 필요는 없어요. 저의 장점은 손님이 사주는 술은 딱 한 잔만 마신다는 거예요. 그러니까 한 잔 사주신다면 그 한 잔을 마시고 그다음부터는 술벗이 되어드리면서 제가 가진 술을 마셔요. 이 정도면 서로 부담이 없겠죠? 바텐더가 말하고는 용수가 대답하기도 전에 제 술잔을 가져왔다. 그리고 미리 덧붙이자면 저는 저보다 나이 어린, 그러니까 열 살이나 어린 남자친구가 있어요. 같이 살아요. 제게 되게 잘해주고요. 한마디로 다른 남자에게는 관심이 없으니 오해를 해서 괜한 부담을 가질 필요는 없어요. 남자친구가 집에서 절 기다리고 있으니까요. 바텐더가 스커트를 손으로 쓸어내리고는 건너편 의자에 앉았다. 좀 남자 같죠? 바텐더가 불쑥 물었다.

용수는 말없이 바텐더를 바라봤다.

목소리 말이에요. 호르몬제를 먹지 않은 지가 꽤 되었거든요. 수술도 절반밖에 못했어요. 수술은커녕 호르몬제를 처방받기에도 좀 빠듯해요. 낮에는 다른 일을 하고 저녁이면 여기서 바텐더로 일을 하는데도요. 바텐더는 술을 마시며 잔을 쥔 손의 소지를 살짝 쳐들었다. 용수가 그 모습을 바라보자 바텐더가 말했다.

남성이었던 사람이 여성으로 살아가기 위해서는 사회가 여성에게 요구하는 것들을 갖춰야 해요. 그걸 더 강화해야만 조금이나마 여성으로 봐주거든요. 어쩔 수 없어요. 일종의 퍼포먼스죠. 바텐더가 말하고는 호호 웃었다.

퍼포먼스라고요?

퍼포먼스가 없으면 도태되죠.

혁명적인 일을 하고도 그런가요? 용수가 물었다.

혁명적이라니요? 바텐더는 무슨 뜻인지 알아듣지 못했지만 기분이 좋아져서 시선을 돌렸다.

뭔가를 바꾼다는 건 힘든 일이잖아요.

어머, 그런가요? 하지만 조금이라도 남성적인 느낌이 들면 지금보다 살기가 더 어려워지거든요. 이 나이에는 보통 술집을 운영하지만 저는 돈이 없어서 그러지도 못하죠. 돈을 대주겠다는 사람도 만나지 못했고요. 말씀드렸다시피 아직 해야 할 수술이 남아 있어요. 돈을 벌어야 하죠. 저 자신으로 살아가는 일에는 돈이 많이 필요하답니다. 학비를 마련하기 위해 열심히 알바하다가 알바에 지쳐 학업에 나태해지고, 그러다가 다시 학업을 잇기 위해 알바를 하고, 그러다가 다시 알바에 지쳐 학업을 포기하게 되는 것의 반복이라고 생각하면 좀더 쉬우려나? 신을 만날 때는 스스로가 인간인 줄 알다가 인간을 만날 때는 신인 줄 아는, 신도 아니고 인간도 아닌 무속인과 같다고 하면 말이 좀 되려나? 하지만 좋은 점도 있어요. 나이들어도 체형 변화에 대한 기대를 가질 수 있거든요. 몸이 변화할 거라는 희망이 있는 건 좀 설레는 일이기도 하니까요. 지금도 몸이 변화하는 중인데 변화할 수 있는 돈을 벌려면 아직도 멀었기 때문에 앞으로도 이십 년쯤은 더 변할 수 있다는 희망을 가질 수 있는 거죠. 바텐더가 우스갯소리를 했다. 암튼 목돈을 만드는 대로 남은 수술을 할 거예요. 그렇다고 불쌍하게 여기지는 않아도 돼요. 나의 젊은 연인은 이런 나의 모습을 사랑해줘요.

바텐더는 오래전에 헤어진 남자를 생각하며 말했다. 그가 집에 있다고 상상하자 기분이 조금 좋아졌고 한편으론 조금 울적해졌다. 어린 남자친구가 집에 있다는 말은 사실이 아니었다. 바텐더는 사실이 아닌 이야기를 할 때마다 쓸쓸해졌다. 자신을 사랑해주는 연하의 남자친구가 있다고 말을 하는 것은 여러 면에서 자신을 지켜줬다. 타인의 시선에서 조금은 자유로울 수 있었고, 상대방이 느낄 부담감도 덜어줄 수 있었다. 수술비를 벌지 못한 채 절반은 남성의 몸을 가진 나이든 트랜스젠더로 살아가기 위해서는 견뎌야 하는 게 많았다. 당연히 거짓말도 해야 했다. 어린 남자는 다른 여자와 도망쳤다. 수술비로 모아둔 돈을 다 내어주자 대놓고 여자를 만났다. 바텐더는 어린 남자가 만난다는 여자에게 전화를 걸었다. 그쪽은 남자잖아요. 그 여자가 그렇게 말했을 때 바텐더는 더 이상 할 수 있는 말이 없었다. 아니, 그쪽은 남자도 아니죠. 그렇다고 여자도 아니지만요. 여자가 말하고는 전화를 끊었다. 그렇게 어린 남자와 헤어졌다.

같이 산다니 부러워요. 용수가 말했다.

같이 살고 싶은 사람이 있나요?

누나예요. 용수가 위스키 잔을 흔들며 말했다.

그럼 같이 살면 되잖아요? 제 연인도 연하라니까요. 바텐더가 쓸쓸하게 웃었다.

용수는 위스키 잔에 꽉 낀 얼음을 물끄러미 내려다봤다. 얼음이 녹아 위스키에 섞여들었다. 바텐더가 용수 쪽으로 정수리를 들이밀었다. 어깨와 등이 구부러져서 몸이 물음표처럼 휘어졌다. 그래서인지 몸 전체로 무언가를 묻는 듯 보였다. 용수는 자신이 누나를 사랑한다고 생각했는데 돌이켜보니 사랑하는 게 누나인지 자신인지 모르겠다고 말하고 싶었으나 어떻게 말을 꺼내야 할지 몰라 어물거렸다. 그때 문이 열리고 손님이 들어오는 바람에 입을 다물었다.

남자 하나가 비틀거리며 안으로 걸어들어와 단발머리 옆에 앉았다. 남자를 본 단발머리는 그럴 줄 알았다는 듯 깔깔 웃었다. 바텐더는 용수에게 다시 오겠다고 말하고는 자리에서 일어났다.

아이, 이 오빠 또 왔네. 술 드려요? 바텐더가 남자에게 물었다.

남자가 고개를 끄덕였다.

바텐더는 진열장에 일렬로 놓인 술병 중 하나를 꺼내 얼음을 넣은 술잔을 준비한 후 치즈와 비스킷 따위의 간단한 안주를 남자 앞에 올려놓았다. 남자는 교활한 미소를 띠며 단발머리에게 추근거렸다. 대놓고 어깨와 팔꿈치를 만졌다. 단발머리는 처음에는 제 몸을 만지는 남자의 관심을 즐기는 듯하더니 남자의 손길이 점점 과감해지자 화를 냈다. 이제 사랑이 식었으니 술값이나 계산하라고 말하고는 소리 내 웃었다. 남자가 욕설을 내뱉으며 일어서서 문을 박차고 나가버렸다. 단발머리는 무언가를 생각하는 듯하다가 곧바로 밖으로 나갔지만 남자는 이미 사라지고 없었다. 조금 뒤 술집 앞을 지나던 뿔테안경 남자가 단발머리에게 눈인사를 했다. 둘은 잠시 이야기를 나누다가 함께 술집 안으로 들어갔다. 뿔테안경은 조금 전까지 다른 남자가 앉았던 자리에 앉아 스탠드에 놓인 술잔을 바라봤다. 어떤 새끼가 술값도 계산하지 않고 그냥 나가버렸다고 단발머리가 말하자 뿔테안경은 왜 그런 새끼와 늘 술을 마시는 거냐고 물었다. 단발머리는 대꾸하지 않았다. 뿔테안경은 걱정스러운 표정으로 단발머리를 바라보다가 바텐더를 불러 술값을 계산했다. 바텐더가 원래 있던 잔을 치우고 새 잔을 앞에 가져다놓았다. 뿔테안경은 술을 잘 마시지 못했다. 단발머리와 함께 있는 게 좋아서 싱글벙글 웃기만 할 뿐이었다. 뿔테안경이 단발머리에게 자신의 집으로 함께 가자고 했다. 단발머리는 나갈 듯 말 듯 몸을 움찔거리면서 웃었다. 웃다가 짜증을 냈다. 그러고는 허리를 꼿꼿하게 폈다.

문이 쿵 소리를 내며 열렸다가 닫혔고, 조금 전 밖으로 나갔던 남자가 다시 들어왔다. 그는 단발머리 옆에 딱 붙어 있는 뿔테안경을 노려봤다. 단발머리는 이런 일이 익숙하다는 듯 무표정한 얼굴로 남자를 쳐다봤다. 남자가 그들 가까이 다가와 씩씩거렸다.

그만 나가시죠. 뿔테안경이 남자에게 말했다.

네가 가시죠. 남자가 뿔테안경의 어깨를 건드리며 대꾸했다.

둘을 보며 웃는 단발머리의 시선을 느낀 남자들은 과장된 목소리로 말싸움을 하더니 갑자기 치고받았다. 뿔테안경이 코피를 뚝뚝 흘렸다. 피를 본 뿔테안경이 단발머리를 의식하고는 지지 않으려고 주먹을 날렸다. 남자는 의자를 집어들었다. 뿔테안경이 의자를 든 남자의 얼굴을 먼저 쳤다. 단발머리가 벌떡 일어나 밖으로 나가버렸다. 옆에서 은근슬쩍 싸움을 부추기던 바텐더는 상황이 종료된 것을 알고 그들을 말렸다. 남자가 단발머리를 쫓아 밖으로 나갔다. 뿔테안경이 코를 움켜쥔 채 밖을 바라봤다. 바텐더가 휴지를 내밀었다. 뿔테안경이 휴지를 받아 쥐고는 흐느꼈다. 돈을 쓰는데도 이런 대접을 받는 것은 부당하다며 훌쩍훌쩍 울다가 그대로 밖으로 나가버렸다. 바텐더는 한 여자를 두고 두 남자가 싸우는 게 부러워서 물끄러미 유리문 밖을 바라봤다. 그러다가 지저분해진 자리를 정리했다.

상황이 정리되었는데도 용수는 그들이 다시 들어올 것만 같아 불안했다. 괜한 시비에 말려들 게 두려워 의자를 움직여 옆으로 이동했다. 그들이 다시 돌아와 시답잖은 싸움을 벌이고, 눈에 띄는 약한 상대에게 화풀이를 하고, 그 탓에 쓸데없이 싸움에 휘말려 몸이라도 상하게 될까봐 겁이 났다. 단발머리와 두 남자는 무료한 시간을 보내기 위해 일을 만드는 사람처럼 보였고, 그것은 쌍둥이 자매와 다르지 않았다. 그들은 그런 식으로 지루한 일상을 견디고는 했다. 용수는 창밖에 시선을 고정하고 있으면서도 아무것도 보고 있지 않았다. 그러다가 어느 순간 해안선의 윤곽이 뚜렷해지며 밤바다의 풍광이 한눈에 들어왔다. 해안선이 어딘가 낯익었다. 용수는 새 가족과 처음으로 함께한 여행을 떠올렸다. 어머니는 하얀 스커트 자락을 나부끼며 해안을 따라 걸으면서 남의 시선을 즐겼다. 아버지는 어디로 갔는지 보이지 않았다. 연수는 모래사장에 누워 모래찜질을 했다. 모래 밖으로 나온 연수의 어깨에 붙은 모래 알갱이가 빛을 받아 반짝거렸다. 뒤척이는 연수의 몸 위에서 모래 이불이 갈라져 틈이 생겼다. 어린 용수는 모래성을 쌓으면서 연수의 어깨를 힐끔거렸다. 쌍둥이 자매는 무료한 표정으로 해변 여기저기를 두리번거리다가 뭔가 속닥이더니 갑자기 자리에서 일어났다. 쌍둥이가 깔깔 웃으며 다가와 용수를 연수가 있는 쪽으로 밀었다. 용수가 넘어지면서 둘의 몸이 닿았다. 모래 이불도 무너졌다. 쌍둥이는 용수와 연수를 번갈아 보며 표정 변화를 살폈다. 용수는 얼굴이 새빨개져서 바로 몸을 피했다. 쌍둥이가 발그레한 얼굴로 둘을 내려다보며 말했다.

둘이 키스를 해봐.

그럼 오늘 본 것을 보지 못한 걸로 해주겠어.

쌍둥이는 용수와 연수를 놀리느라 억지를 부렸다. 그 탓에 용수와 연수는 얼마간 어색하게 지냈고, 그러면서 서로에게 신경을 쓰게 되었고, 그러다보니 붙어 지냈다.

용수는 쌍둥이가 왜 저렇게 시답잖은 일을 벌이며 즐거워하는 건지 알 수 없었다. 큰 잘못을 하기에는 겁이 많고, 아무 잘못도 하지 않기에는 즐거운 일이 없어서 그런다고 생각할 뿐이었다. 부모님의 대리인 역할을 충실히 이행하면서도 숨을 쉴 수 있는 틈이 필요했고, 누군가를 괴롭히면서 그 틈을 벌렸다. 문제가 되지 않을 정도의 일을 만들고, 거기서 즐거움을 누리는 게 그들의 일상이었다. 쌍둥이의 장난 때문에 용수는 아버지에게 억울하게 혼이 날 때가 많았다. 늘 편을 들어주던 연수도 그때만큼은 모른 체했다. 연수는 아버지가 꾸중을 하거나 가족과 함께 있을 때는 용수에게서 멀리 떨어져 있다가 둘만 남을 때 비로소 위로해줬다. 용수는 그것도 좋았다. 용수에게 연수는 막다른 길에서 발견한 환한 등불이었다. 가족이라는 벽이 등불을 가로막고 있을지라도 연수를 좋아할 수밖에 없었다. 연수는 자신을 지켜줄 수 있는 유일한 사람이었다. 그렇기에 용수는 연수에게 가야 한다고 생각했다. 바로 연수가 있는 곳으로 가고 싶었다. 그러나 그런 생각을 하면서도 뭔지 모를 것이 용수를 머뭇거리게 했다.

용수는 혼란스러운 마음을 억누른 채 짐짓 무표정한 얼굴로 해변을 바라봤다. 연인은 서로 꼭 껴안고 키스했고, 아이들은 그들 주위를 뛰어다니며 까르르 웃었다. 달빛에 바다가 일렁이는 게 보였다. 바다에 떠 있는 튜브 하나가 파도를 타고 해변에서 점점 더 멀어졌다.

용수는 인기척을 느끼고 시선을 돌렸다. 조금 전까지는 보지 못한 검은 덩어리 둘이 바로 옆에 나란히 앉아 있었다. 검은 덩어리들 앞에 놓인 접시는 거의 비어 있었고, 칵테일 잔에는 술이 절반쯤 남아 있었다. 용수는 언제부터 그들이 옆에 있었던 건지 알 수 없어 의아해졌다. 두 개의 검은 덩어리는 빵빵하게 부푼 검은 풍선 하나를 각자 입에 매달고는 공기를 넣었다가 빼고 다시 넣었다가 빼기를 반복했다. 풍선이 크게 부풀었다가 바람이 빠지면서 차츰 크기가 작아졌다. 둘은 흐늘거리는 풍선을 동시에 스탠드에 내려놓았다. 그러고는 술이 절반쯤 남은 칵테일 잔을 집어들었다. 호기심에 찬 표정으로 검은 풍선을 바라보는 용수에게 덩어리들이 말했다.

한번 해볼래요? 검은 덩어리들 중 하나가 새로운 풍선 하나를 꺼내 용수에게 내밀었다. 용수는 얼떨결에 풍선을 받아들었다.

호흡에 집중하면 풍선 하나만큼의 공기에 기억이 하나씩 떠오른답니다. 검은 덩어리들 중 다른 하나가 말했다.

기억이라고요? 용수가 물었다.

풍선을 믿으세요. 풍선이 호흡을 도와 지금과는 다른 곳으로 당신을 데려다줄 거예요. 덩어리들이 말했다.

믿으라고요?

어렵게 구한 거예요.

용수는 뭔가에 계속 홀리는 듯한 기분이 들었다. 하지만 덩어리들의 재촉에 생각할 겨를도 없이 풍선을 불었다. 풍선이 빵빵하게 부풀어오르자 덩어리들이 흥분해서 동시에 말했다.

자, 모든 준비를 마쳤으니 숨을 크게 들이마셔요. 그런 다음 조금씩 더 들이마시면서 폐를 최대한 팽창시켜요. 흐으으읍! 하고 숨을 더 깊게 들이마시고 흉곽을 부풀려요. 횡격막 끝까지 다 부풀어오르면 갈비뼈 사이사이가 벌어지는 거예요. 풍선 안의 공기를 폐 속 깊이 옮겨넣고는 기다리는 거예요.

용수는 그들이 말하는 대로 따라 했다.

잘하고 있어요. 자, 이제 천천히 들이마신 숨을 풍선에 다시 내뱉어요. 한 번에 기일게…… 아주 처언처언히…… 복부에 힘을 단단히 주고 힘있게 내뱉는 거예요. 그렇죠. 잘하고 있어요. 다시 크게 흐으으읍 들이마시고, 지금이에요! 다시 후우우우 내뱉어요! 자, 그런 다음 호흡에 집중해서 반복해봐요. 그리고 느끼는 거예요.

용수는 그들이 지시하는 대로 풍선에 숨을 뱉었다가 다시 들이마시면서도 덩어리들의 얼빠진 소리를 듣고 얼빠진 행동을 하는 것 같다는 생각을 떨칠 수 없었다. 얼결에 풍선을 받아든데다 이미 그들이 시키는 대로 하고 있던 터라 뒤늦게 싫다고 말하기도 애매했다. 그래서 하는 수 없이 풍선을 불기는 불었는데 불면서도 자신이 무엇을 하는 건지 알 수 없었고, 정신을 똑바로 차리자고 마음먹기에도 너무 늦은 감이 있었다. 그들의 말이 사실인지 아닌지도 궁금해서 용수는 하라는 대로 최대한 숨을 들이쉬어 가슴을 부풀렸다 다시 내뱉었다. 공기가 들어왔을 때와 빠져나갔을 때 일어나는 몸의 변화를 느껴보려 애썼다. 들숨에 들어온 공기가 호흡기를 타고 흘러 갈비뼈 사이사이가 벌어졌다. 그리고 숨을 내뱉자 벌어졌던 갈비뼈 사이사이가 수축하며 쪼그라들었다. 그것을 반복하자 어느 순간 벌어진 갈비뼈 사이로 희미한 기억이 껴드는 것 같았다. 용수는 찰나의 기억이 자신의 몸에 스치는 것을 느끼면서 신음을 내뱉었다.

방금 뭔가가 지나간 것 같아요. 그러니까 그게 뭐냐면, 암튼 뭔지는 잘 모르겠지만…… 용수는 풍선을 내려놓으며 스쳐지나간 기억을 다시 떠올려보려고 했다.

설명하지 않아도 돼요. 설명하려는 것 자체가 이미 뭔가를 느꼈다는 증거니까요. 다시 감각에 집중해보세요. 호흡을 통해 내부에서 어떤 작용이 일어나고 있는지 느껴보는 거예요. 검은 덩어리 중 하나가 부드러운 목소리로 말했다.

용수는 그제야 덩어리들을 제대로 응시했다. 덩어리 주위가 환하게 밝아지더니 덩어리가 사람의 형상으로 변하기 시작했다. 검은 덩어리에서 갑자기 팔이 튀어나왔다. 목이 올라왔고, 그 위에 두상이, 그런 다음에 이목구비가 생겨났다. 팔다리의 형태가 잡히면서 서서히 윤곽이 드러났다. 해변에서 본 청년들이었다. 조수석에 앉아 있던 청년은 없었고, 나머지 둘이었다. 하지만 오전에 본 모습과는 어딘지 다른 것 같았다.

하나 더 해볼래요? 운전석 청년이 말했다. 다른 걸 볼 수도 있어요. 다른 곳으로 갈 수도 있고요.

하지만 왜 하필 제게요?

얼빠진 사람은 얼빠진 사람을 알아보기 때문에 얼빠진 사람들끼리 모이게 되어 있다고 하면 설명이 될까요? 특별한 이유는 없어요.

뒷좌석 청년이 용수에게 풍선을 내밀고는 바텐더에게도 풍선 하나를 건넸다. 언제 와 있던 건지 바텐더가 그들 맞은편에 앉아 술을 마시고 있었다. 바텐더는 주저하는 기색 없이 풍선을 받아들고 말했다.

여기에 있으면서 거기를 생각하면 이미 거기에 있는 거라고 할 수도 있죠. 그러니까 거기에 집중하다보면 혹시 알아요? 거기로 가게 될지도요. 반대로 어디선가 그쪽을 간절히 부르면 그리로 가게 될지도 모르죠. 바텐더가 호호 웃었다.

넷은 스탠드에 앉아 풍선을 불었다. 네 개의 풍선이 부풀었다가 가라앉고 가라앉았다가 부풀어올랐다. 동시에 넷의 몸도 팽창했다가 수축하기를 반복했다.

용수는 감은 눈 안에서 출렁이는 바다를 바라봤다. 달빛을 받은 바다는 검은빛을 내며 물결에 그림자를 만들었다. 등대가 불빛을 움직이며 먼바다를 비췄다. 굽이진 물결은 이랑마다 빛이 흘러 아름다웠다. 검고 구불구불한 흑단 같은 바다였는데 그 자체로 거대한 우럭 같았다. 검은 지느러미가 출렁이는 듯했다. 달빛을 받은 물결이 천천히 해안선으로 밀려왔다가 밀려나갔다. 용수는 파도 소리를 들으며 바다를 응시했다. 꿈결인 듯 아닌 듯 희미한 목소리가 껴들었다.

우린 바다 끝까지 가고 싶었지. 하지만 모래에 처박히고 말았지.

결국은 빼내지도 못했어. 그런 걸 보면 자동차도 우리 편인 걸까?

그건 왜지?

우리가 지금 여기에 있잖아. 자동차 때문에.

하지만 바다 끝까지 가지는 못했지.

인석은 왜 안 오지?

움막 선생을 만나러 갔잖아?

자연인?

그 사람이 이 근처에 있다고 했어.

말이 끝나기 무섭게 문이 열리는 소리가 들렸다. 그리고 곧이어 인석의 목소리가 들려왔다.

움막 선생을 찾았어. 인석이 소리쳤다. 함께 가보자. 가서 어떻게 살아야 잘 사는 거냐고 물어보자. 이 시대의 살아 있는 멘토라고!

멘토 같은 소리 한다.

두 청년이 대꾸하자 인석은 용수를 가리키며 누구냐고 물었다.

바텐더가 인석 앞에 새로운 술잔을 올려놓았다.

질펀히 흐를 용溶 자를 쓰는 용수가 조금 전 공항에 도착했기 때문에, 그러니까 용수를 태운 비행기가 약속 시간이 다 지나서 공항에 착륙했으며, 용수가 약속 장소까지 오려면 한 시간 정도는 더 걸릴 것이었기 때문에, 그 밖에 말도 되지 않는 다양한 심리적 이유를 핑계로 댔기 때문에 쌍둥이 자매는 강풍이 휘몰아치는 사거리에서 용수를 기다리기로 했으며 그 결정을 용수에게 문자로 알렸다. 자신들이 추위에 덜덜 떨고 있다고 하는데도 용수는 도착할 기미가 없었다. 쌍둥이는 어딘가로 들어가 있는 게 낫다는 것을 알면서도, 더 극적인 긴장감을 만들어 그것을 즐기려고 얼마간의 자기희생을 감수하는 쪽을 택했다. 그래서 살인적인 한파와 폭설 주의보에도 불구하고 그들은 가좌동의 남쪽에 있는 닥터정치과 앞 사거리에서 용수를 기다렸다. 치과에서 치아 미백 시술을 받고 나온 터라 둘 다 이가 시렸다. 대체 어디냐? 그들이 용수에게 문자를 보냈다. 공항이에요. 답신은 한참 뒤에야 왔다. 그래서 지금은 어디냐? 그들이 다시 문자를 보내 용수를 재촉했다. 공항이라고요. 답신은 또다시 한참 뒤에야 왔다. 첫째가 답신을 빠르게 받으려면 문자 내용을 좀더 부드럽게 써야 한다고 주장했다. 둘째는 재촉하는 재미를 잃을까봐 용수의 마음에 여유가 생기는 게 싫었지만, 어느 정도 밀고 당기는 것도 필요하다는 걸 인정해 첫째가 불러주는 내용을 그대로 받아 적었다. 용수야, 왜 전화를 안 받는 거니? 혹시라도 무슨 일이 생긴 건 아닌지 걱정이구나. 둘째는 첫째의 말에 이어 제가 하고 싶은 말도 썼다. 안 받는 거니, 못 받는 거니? 대꾸를 좀 해라. 우리는 너를 기다리느라 동사에 아사 직전이다. 그러면서도 첫째가 불러주는 내용과 자신이 생각하는 내용 사이에 충돌이 일어나는 걸 느꼈고, 충돌을 완화하려고 제가 생각하는 내용을 다 적지 못하는 바람에 이도 저도 아닌 문자가 되어버린 것 같아 속상했다. 용수를 더 재촉하고 싶었지만 첫째가 문자 내용을 보고 있었기 때문에 둘째는 어쩔 수 없이 그대로 전송 버튼을 눌렀다.

곧이어 용수가 나타났다. 용수는 조금이라도 덜 늦게 도착한 것처럼 보이려고 약속 장소를 착각해 다른 곳에서 쌍둥이를 기다리고 있었다고 했다. 뒤늦게 그곳이 아니란 걸 알아차리고 약속 장소까지 걸어오느라 시간이 지체되었으며 그러느라 더욱 늦어졌다고 거짓말했다. 그러고는 화제를 전환하려고 그런데 왜 굳이 가좌동의 남쪽에서 만나자고 했는지 묻자 그들은 새로운 경험을 위해 강을 건너기로 했다고 답했다. 쌍둥이는 검은 코르덴 점프 슈트를 똑같이 맞춰 입고 있어서 얼핏 보면 흑곰 같았는데, 가면을 쓰고 모든 걸 먹어치우는 일본 애니메이션 속 얼굴 없는 귀신을 닮은 것 같기도 했다. 첫째가 용수를 향해 오랜만이라며 환하게 웃었다. 이가 하얗게 빛났다. 옆에서 고개를 끄덕이던 둘째도 하얗게 빛나는 이를 드러내며 웃었다.

갑자기 이가 어떻게 된 거예요? 용수가 쌍둥이에게 물었다.

우리는 더 잘 웃기 위해 이를 새하얗게 만들었어. 첫째가 말하고는 등뒤에 있는 닥터정치과를 가리켰다.

너와 연수가 없는 며칠간의 무료함을 견디기 위해 우리는 무엇이라도 해야 했지. 할일이 없는 참에 우리는 우리의 이를 새하얗게 만들기로 했어. 둘째가 일부러 이를 드러내며 덧붙였다.

너무 환한 거 아니에요? 용수는 건성으로 대꾸했다.

웃어야지. 웃으면 복이 오니까. 첫째가 말했다.

그래야지. 웃는 얼굴엔 침 못 뱉으니까. 둘째가 맞장구쳤다.

얼굴이 가면도 아닌데 그렇게 웃어서 뭐하려고요?

어린 게 막말하네. 둘째가 타박하는 투로 말했다. 가면이 얼굴이지.

생명 연장의 꿈을 이루려면 이가 시려도 어쩔 수 없어. 첫째가 눈을 내리깐 채 미소 지었다.

셋은 국물맛이 좋다는 왕십리 뼈다귀해장국 전문점에 가서 굴보쌈을 시켰다. 굴이 제철이라는 것이 용수가 내세운 표면적인 이유였지만, 쌍둥이가 가게의 시그니처 메뉴라는 뼈다귀해장국을 주문할 것 같았기 때문에 뼈다귀해장국을 먹고 싶지 않은 용수가 발휘한 기지의 결과이기도 했다. 용수는 국물이 붉은 뼈다귀해장국은 새하얘진 이에 좋지 않을 테니 다각도로 생각했을 때 굴보쌈이 좋겠다고 재차 말했다. 첫째는 용수에게 언제부터 그렇게 논리적인 사람이 됐느냐고 물었는데 빈정거리는 투였다. 둘째는 연수와 함께 다니더니 거짓말이 늘었다고 했다. 쌍둥이는 뼈다귀해장국과 마찬가지로 굴보쌈도 새하얘진 이에는 좋지 않다고 투덜거리면서도 생굴과 돼지고기, 겉절이와 된장 따위를 절인 배추에 꼭꼭 싸서 입에 넣고는 대충 씹어 먹으면 괜찮을 것 같기도 하다고 했다. 서비스로 뼈다귀해장국 국물이 나왔다. 도축한 지 하루가 지나지 않은 돼지 뼈를 사용한다고 직원이 자랑했는데 서비스라 그런지 건더기는 없었다. 벽 쪽 등받이의자에 앉은 둘째가 누군가 있는 것 같다며 자꾸 뒤를 돌아봤다. 뒤는 벽면이라 아무도 없었고, 오른쪽 스탠드 옷걸이에 걸린 일회용 앞치마가 바람에 나팔나팔 움직이고 있었다. 그걸 본 둘째는 머쓱해져서 이를 내보이며 히죽 웃었다. 첫째는 실없다는 듯 둘째를 보고 웃었다. 개가 온

줄 알았어. 둘째가 말하고는 며칠 전에 개가 죽었다고 했다. 장례를 치러야 하는데 셋째는 어디에 있는 거냐고 첫째가 물었다.

아버지가 셋째를 집에 데려다놓으라고 했어. 덕분에 우리는 할 일이 많아졌어. 셋째는 도대체 어디에 있는 거야? 첫째가 침울한 얼굴로 재차 물었다.

연수는 도망갔어. 둘째가 용수를 떠보듯 말하고는 용수의 눈치를 살폈다.

집안이 풍비박산이야. 첫째도 용수를 바라봤다.

그들 사이에 정적이 흘렀다. 용수는 둘의 시선을 피하고자 먹고 싶은 마음이 조금도 없던 뼈다귀해장국 국물을 숟가락으로 떠먹었다.

우리가 개 이름을 함께 지어줬는데, 기억나지? 첫째가 용수에게 물었다.

물론이에요. 용수가 대답했다.

개 이름을 지어야 하는데 뭐라고 지어야 할지 몰라서 한 달이 넘도록 우리는 그냥 아가라고 불렀지. 아가라고 부르니까 덩치도 큰 놈이 그다음부터는 아가 행세를 했잖아. 그것도 기억나지?

맞아. 자꾸 선을 넘어서 용수라는 이름도 생각해봤지. 하지만 용수와 헷갈릴 것 같아 관두었었고. 둘째가 맞장구쳤다.

그래서 온갖 음식의 이름을 나열해놓고는 어울리지 않는 이름을 하나하나 지워나갔지. 왜 이름을 부르면 그것들은 내게로 와서 이름대로 영향을 미치는 건지 알 수 없어서 우리는 매일 밤 고민하느라 잠을 설쳤어. 우리가 연구 논문을 쓸 때도 그 정도로 고민하지는 않았어. 첫째가 둘째를 봤다.

그랬지. 그때 학교에서 배운 지식을 개 이름을 짓는 데 쏟아부었지.

배운 지식을 쏟아부을 데가 없었으니까 그렇게라도 쏟아부은 건 정말 잘한 거야.

재미있기는 했어. 게다가 개는 이름값까지 했지. 곧바로 우리에게 영향을 미쳤으니까. 결국은 콩이 되었지만. 둘째가 회상에 잠긴 듯 눈을 게슴츠레하게 떴다.

처음 이름은 백설기였어. 하지만 갈수록 털이 노래져서 인절미가 되었지. 덕분에 우리도 백설기와 인절미를 많이 먹었지. 인절미가 된 이후로는 애가 더 갈색이 되더니 나중에는 아예 검어졌잖아. 검은 콩떡이라고 부를까 하다가 레소라 불렀어. 기억나지? 그때 우리는 하루 여섯 잔의 에스프레소를 마셔대느라 몹시 어지러웠지. 역시 디저트 다음에 예술이 나오는 건가?

디저트를 음미하다보면 예술도 음미하고 싶은 게 인지상정이지. 하지만 우리가 그 개를 카프카라고 불렀을 때 그 개는 정말 까마귀처럼 변해서 우리 모두 몹시 당황했지.

맞아. 확실히 농담을 아는 개였어.

그래. 그 개는 예술적인 데가 있었어. 여기 붙었다가 저기도 붙었지.

그때 네가 샤갈이나 모네는 어떠냐고 물었던 것도 기억나.

하지만 모네는 같은 이름의 미용실이 있어 제외했어. 샤갈은 동네 카페 이름이었고. 모차르트는 초콜릿 브랜드로 유명했고, 푸코라는 이름도 물망에 올랐지.

푸코는 떡볶이집이 있어서 제외됐어.

평소 예술에 관심이 있는 줄 몰랐어요. 용수가 껴들었다.

순진하기는. 둘째가 말했다.

모두 제외하기를 정말 잘했어. 첫째가 말했다.

결국 콩이 되었지. 영어로는 빈이었고. 콩은 몸에도 좋으니까. 덕분에 우리 몸도 계속 좋아졌지. 몸에 좋다는 이름이었는데도 불구하고 아버지는 왜 그랬을까?

아버지를 물었으니까 화가 나서 그런 거지.

개는 어디 있는데요? 용수는 개가 죽었다는 말을 믿지 않았다. 쌍둥이가 연수를 찾아내려는 꿍꿍이속으로 수작을 부리는 거라고 생각했다. 그러면서도 개에게 정말 무슨 일이 생겼을까 걱정이 되어 조심스레 물었다.

뼈만 있어. 첫째가 답했다.

뼈만요?

응. 뼈가 된 콩이의 장례식을 치르려고 연수를 기다리고 있어.

도대체 연수는 어디로 간 거야? 둘이 용수를 바라봤다.

아버지에게 맞아서요?

개가 무니까 내동댕이쳤어. 아무래도 뼈다귀해장국은 안 되겠어. 첫째가 둘째를 보고 말했다.

그래. 굴보쌈도 마찬가지야. 여기서는 뭘 먹어도 우울하네. 절인 배추에 꼭꼭 싸서 먹더라도 붉은 음식은 새하얘진 이에 어떻게든 영향을 미칠 거야. 둘째가 나가자고 했다.

연수는 용수에게 개를 부탁했다. 연수의 부탁이 아니었더라도 용수는 당연히 개를 돌보았을 것이다. 그런데 개가 죽었다니 믿을 수 없었다. 펜던트를 만져보고 싶었지만 쌍둥이에게 들켜 놀림감이 될까봐 가만히 있었다. 대신 그들의 목에 걸린 검은 초커를 바라봤다.

셋은 가게를 나와 그 옆에 있는 부산 어묵 바 앞에서 서성거렸다. 어묵은 붉은 음식이 아니어서 새하얘진 이에 나쁜 영향을 미치지 않을 것 같다는 게 이유였다. 첫째가 호기롭게 문을 열어젖혔다. 문이 작았기 때문에 셋은 허리를 살짝 구부린 채 안으로 들어갔다.

겸손해지는군. 첫째가 말했다.

언니는 좀 겸손해져도 돼. 둘째가 말했다.

너도 허리를 숙이고 들어왔잖아.

나는 자아 성찰을 좀 했지.

어묵 조리기에서 피어오른 수증기가 둘째의 안경에 서렸다. 첫째가 안경을 닦으라고 했지만 둘째는 가만히 내버려두면 수증기는 증발한다고 말했다. 안경이 뿌옇게 변해버린 둘째는 손끝으로 첫째의 옷자락을 잡고 안으로 들어갔다. 그러면서 보이지 않는 게 더 좋을 때도 있다며 즐거워했다. 그러다가 이내 말을 바꿔 더 잘 보려고 안경을 썼는데 더 안 보일 때가 많다고 투덜거렸다.

오색 전구로 장식한 술집 내부는 별이 가득한 밤하늘처럼 아름다웠다. 천장과 벽면, 유리창과 거울에도 수천 개의 작은 불빛이 형형색색 빛났는데 조리기에서 피어오르는 수증기 탓에 불빛이 번져 보이거나 겹쳐 보이면서 우주공간에 들어온 듯한 착각을 불러일으켰다. 실내를 좀더 넓어 보이게 하려고 부착한 벽면 거울에 오색 불빛이 비쳐 빛이 끝없이 펼쳐진 것 같았고, 그 때문에 술집 내부가 무한히 확장하는 것 같았다. 거울에 비친 불빛 속에서 어디에 쓰여 있는지 알 수 없는 글자들이 떠다녔다. 용수는 시선을 돌려 스탠드와 연결된 주방을 바라봤다. 스테인리스 후드에도 LED 불빛이 반짝거렸는데 그 가운데 걸린 커다란 액자 하나가 눈에 띄었다. '되는 것과 안 되는 것', 액자 안에는 붓글씨로 그렇게 쓰여 있었고 그 아래 '주인백'이라는 글자가 그보다 작은 글씨로 쓰여 있었다. 그 옆 자석 칠판에는 '정숙'이라는 붓글씨가 궁서체로 쓰여 있었다. 그리고 그 밑으로 메뉴가 이어졌다. 글자들은 맞은편 거울 속에서 아름다운 텍스트 이미지처럼 조각조각 나뉘어 불빛 속을 날아다녔다.

스탠드를 지나면 안쪽에 유리창 하나 없는 방이 나왔다. 거기에는 열댓 명쯤 앉을 수 있는 넓적한 테이블이 있었고 두 개의 어묵 조리기가 테이블 양끝에 설치되어 있었다. 어묵 조리기 안에서 국물이 펄펄 끓었다. 김 서린 콘크리트 벽에는 작은 물방울들이 빛처럼 맺혀 있었다. 물방울 안에 벽면을 장식한 오색 불빛이 방울방울 맺혔다. 그들은 사람들이 앉아 있는 왼쪽을 피해 오른쪽 끝에 앉아 오른쪽에 놓인 어묵 조리기를 들여다봤다. 첫째가 시선을 돌려 벽에 걸린 메뉴판을 보고 메뉴를 읊었다.

찐 생선묵, 구운 생선묵, 삶은 생선묵, 튀긴 생선묵이 있대. 역시 찌거나 굽거나 삶거나 튀기는군.

나르시시즘에 빠진 어묵이 퉁퉁 불었는데? 둘째가 조리기에서 어묵꼬치 하나를 꺼내들었다가 다시 넣었다.

퉁퉁 불은 것도 있지만 여기 보면 퉁퉁 붇지 않은 것도 있어. 첫째가 어묵꼬치를 들어 하나하나 살펴보고는 붇지 않은 어묵꼬치를 골라 들었다.

그런데 무엇 때문에 저를 부른 거예요? 용수가 물었다.

함께 생선묵을 먹으려고 했지.

첫째의 말에 용수는 기가 차서 혀를 찼다.

얘 봐라. 혀를 차네. 다 컸다고 이젠 혀를 차는군. 둘째가 첫째를 보고 말했다.

다 컸다고 술도 마시는데 혀를 차는 건 봐줘야 해. 첫째가 미소 지었다.

좋아. 서른이 코앞이니 혀를 차는 것쯤은 봐주겠어.

대화를 마친 쌍둥이는 다시 메뉴판을 보더니 청주를 주문했다. 조금 뒤 사장이 지느러미가 담긴 청주와 간단한 밑반찬을 내왔다. 조리기에서 당면어묵꼬치 하나를 빼 든 첫째는 어묵을 보니 폭삭 삭힌 홍어가 먹고 싶다고 말했다. 둘째는 치즈어묵꼬치를 빼 들고는 어묵을 보니 신선한 연어가 먹고 싶다고 했다. 그러고는 어묵을 간장에 콕콕 찍었다.

간장 찍지 마! 첫째가 엄한 투로 말했다. 간장을 찍어 먹으면 치아 표면에 간장이 스며들어 애써 하얗게 만든 이가 금세 까매진다고.

둘째는 대답하는 대신 용수에게 간장 찍은 어묵을 건넸다. 그런 다음 스마트폰 카메라로 어묵꼬치를 든 용수를 찍었다. 용수는 꼬치를 들고 있기가 어색해서 사진을 찍고 싶지 않았는데 어느새 첫째까지 가세해 자세를 이리저리 바꿔보라고 독촉했다.

어묵 다 식겠어요. 용수가 불만 어린 소리로 말했다.

쌍둥이는 조리기에 다시 넣었다 빼면 된다고 말하고는 술집 내부와 조리기에 담긴 어묵꼬치, 밑반찬과 용수를 찍은 사진을 그들의 SNS 계정에 올렸다. 그때 둘째의 스마트폰이 울렸다. 첫째와 용수의 스마트폰도 울렸다. 메시지를 확인한 둘째가 첫째를 보고 말했다.

아, 이거 기분 나쁘네.

왜?

이 구역 재난 문자가 오잖아? 아무래도 위치 추적을 당하는 것 같아. 시스템이 우릴 감시하고 있다고.

안전하라고 도와주는데도 뭐라 하는 거야?

안전한 건 죽은 거야. 죽은 거는 재미없는 거고. 이제 질릴 지경이라고.

적당히 안전해야 재미도 있는 거야. 하지만 나도 질렸어. 첫째가 말하고는 더는 할말이 없다는 듯 어묵을 먹었다. 그런데 연수는 대체 어디로 간 거야? 첫째가 화제를 돌렸다.

둘이 용수를 바라봤다. 용수는 듣지 못한 체하며 옆에 앉은 사람들을 바라봤다. 테이블 건너편 끝에 직장 동료로 보이는 여섯이 왼쪽 어묵 조리기를 꿰차고 앉아 이야기하고 있었다. 그들은 직장생활 중 가장 어려운 건 아무래도 인간관계라며 불만을 토로했다. 김과장은 말을 걸지 않으면 한마디도 하지 않아. 어떨 때는 그 사람 목소리가 아예 기억이 나지 않는다니까. 누군가 김과장에 대해 이야기하자 나머지가 김과장은 참 답답한 사람이라고 맞장구쳤다. 그들은 김과장의 취향과 성격, 취미와 가정사, 대인관계와 업무 스타일에 이르기까지 온갖 것에 대해 대화를 나눴다. 그러고는 김과장은 평소 말이 없는데 어떻게 그렇게 속속들이 다 아는 거냐며 서로 놀라워했다. 누군가 SNS에 다 나와 있다고 하자 다들 빠르게 수긍했다. 스마트폰이 울리는 소리에 누군가 김과장이 전화했다며 호들갑을 떨었다. 받을지 말지 상의하는 동안 전화는 끊어졌다. 우리가 모여 있는 걸 어떻게 안 거지? 그들 중 하나가 말하자 우리가 아는 걸 김과장이라고 모르겠냐고 누군가 대답했고, 여섯 모두 몸서리치면서 술잔을 부딪쳤다.

그들 옆에는 여자 둘이 앉아 있었다. 둘 다 지나치게 목소리가 크고 높은데다 빠르게 말하는 통에 주위가 더욱 시끄러워졌다.

김병수 과장 있잖아. 운동 좀 하지 않아? 여자 중 하나가 말했다.

아마 그럴걸. 왜? 다른 여자가 말했다.

얼마 전에 내가 운동 시작했다고 하니까 나를 위아래로 훑어보더니, 우리 다해씨가 생각보다 발목이 좀 있구나, 그러는 거야. 기가 막혀서 대꾸하지 않으니까 다이어트하면 가슴살도 빠져요? 하고 묻는 거야. 늘 궁금했대. 그런 말은 도대체 왜 하는 거야? 정말 몰라서 묻는 거야, 눈치가 없는 거야, 아니면 얼굴이 두꺼운 거야? 기분 나빠서 무시하니까 이게 한술 더 떠서 다해씨는 타투 안 했냐는 거야. 그러면서 여자들은 옆구리에 타투한 게 제일 예쁘대.

김병수 과장 몸 좋잖아. 운동도 하는 것 같던데?

그렇지? 이게 알면서도 묻는 거지?

그래서 가만히 있었어?

너무 기가 막히니까 말도 안 나오더라. 당황스럽기도 해서 대충 얼버무렸어. 왜 그런 걸 묻는지 모르겠어. 운동하면 거기 살도 빠지냐고 물어보면 지는 기분이 어떻겠어?

몸이 좋으면 뭐해? 인성이 쓰레기인데.

몸도 별로야. 옷도 되게 못 입잖아. 나는 옷 잘 입고 센스 있는 사람이 좋아. 가만 보니까 옷 입는 스타일이 그 사람 내면이더라고. 형식이 옷 입는 거 봐봐. 쇼잉하는 것 좋아하고 번듯한 거, 간지 나는 거, 가오 잡는 거 좋아하잖아. 남영수 봐봐. 옷에 무늬 있는 거 잘 안 입고 단조롭지? 그러니까 성격도 단조롭잖아. 딱 자기 할일만 하는 거지. 얼마 전에 공미영 팀장이 오피스 학원에 등록해 다니면 회사에서 지원해준다고 남영수한테 말했다더라고. 그런데 이게 말을 빙빙 돌리면서 이리저리 빼는 거야. 퇴근 후에 학원 다니기 싫다는 거지.

공미영 팀장하고 같이 퇴근하다가 숨막혀 죽는 줄 알았다던데.

둘 다 공황이지, 뭐.

그럼 존 베이커는 어때? 센스 있게 잘 입고 다니는 것 같던데.

그냥 그렇지. 베이커는 키는 큰데 딱히 몸이 좋지는 않아. 딱 봤을 때 끌리는 게 없잖아? 옷 입는 거 보면 그 사람 성격이나 센스, 이런 거 다 알 수 있어. 패션을 보면 심리 파악이 되는 거지. 말했다시피 패션이 그 사람의 내면이거든.

부모님이 다 사준다고 하던데? 그러고 보니 이름이 그 사람 내면인가? 왠지 어울려.

계속 불리면 그렇게 되지.

나는 효도하며 선을 이뤄야 하나봐.

그러라고 지어준 이름이니까. 아무튼 사준 옷 입는 걸 봐도 그 사람 성격이 나오잖아. 그 나이에 부모님이 사주는 걸 왜 입고 다녀? 내가 어떤 사람을 여덟 번 만났는데 여덟 번 중 일곱 번은 옷이 다 폴로였어. 폴로만 입어서 싫다는 게 아니라 다양하게 받아들이지 못하는 거잖아. 나도 내가 좋아하는 브랜드가 있기는 하지만 그것만 입지는 않아. 걔는 여덟 번 중에 일곱 번이 폴로였어. 한 가지밖에 받아들일 줄 모르는 사람인 거지. 그래서 다른 브랜드 좀 입혀보려고 같이 타미 매장에 갔거든. 나는 타미가 좋으니까 타미 사서 둘이 맞춰 입자고 했더니 타미 말고 폴로를 더 좋아해보려고 노력하라는 거야. 그래서 왜 너는 폴로 좋아해도 되고 나는 타미 좋아하면 안 되냐고 물어봤어. 그랬더니 자기는 폴로가 더 좋다고 딱 잘라서 말하는 거야.

그래? 나는 내가 입는 옷도 그렇고 남이 입는 옷도 그렇고 별 관심 없는데. 그리고 폴로나 타미나 다 똑같은 거 아니야? 폴로나 타미나 다 똑같은데 너는 왜 폴로는 싫고 타미는 좋다고 했어?

너는 남에게 공감하지 못하는 사람에 대해 어떻게 생각해?

그만 일어나자.

이차 갈까?

아니. 집에 가자.

그래. 그럼 지금이 삼십분이니까 사십오분에 일어나자.

그래. 버스 시간에 맞춰 나가자.

둘은 남은 십오 분 동안 끊임없이 말을 토해내다가 정확히 사십오분이 되었을 때 엉덩이에 시계라도 달린 것처럼 자리에서 벌떡 일어났다. 그들이 나가자 옆자리에 앉아 있던 직장인 여섯도 뒤이어 일어났다. 갑자기 주위가 조용해졌다. 직장인들과 쌍둥이 자매 사이에 껴앉아 양쪽의 어묵 조리기를 이용하던 커플은 말없이 술을 마시며 서로를 바라봤다.

첫째가 호기심에 가득찬 표정으로 용수에게 물었다.

연수는 어떻게 하고 혼자 돌아온 거야?

용수는 자신이 연수와 함께 있었다는 걸 쌍둥이가 어떻게 알고 있는지 궁금했지만 잠자코 있었다.

무슨 생각을 하는지 다 보이는군. 우리는 너와 연수의 미래를 두고 내기를 했지.

제가 장난감이에요?

장난감이라니? 너는 부모가 다른 우리의 동생이지.

그럼 연수 누나는요?

얘 봐라, 이젠 대놓고 편을 드네. 연수는 부모가 같은 우리의 동생이지.

장난감 같은데요.

그렇게 말하니 아주 귀엽잖아.

스스로 장난감이 되겠다는데? 둘째가 껴들었다.

왜 그렇게 별 재미도 없는 걸로 재미를 보려고 해요?

얘가 이젠 대놓고 대드네. 왜 그렇겠어? 첫째가 되물었다.

전공을 살려 도움이 될 만한 일은 하지 않는 거예요?

누구한테? 둘째가 말했다.

누구한테든지요.

우리가 도움이 필요한데 누구한테 도움이 된다는 말이니?

개가 죽었잖아. 첫째가 갑자기 고개를 숙였다.

너는 아버지가 네 친아버지가 아니라서 좋겠다. 둘째도 우울한 표정으로 말했다.

하지만 얘도 같이 살았잖아? 게다가 어머니는 친어머니이고.

맞아. 그건 안됐다. 둘째가 혼잣말하듯 웅얼거렸다. 처음 만났을 때는 꼬맹이였지. 아버지 때문에 고생을 많이 해서 지금은 폭삭 늙었지만.

맞아. 하지만 함께 고생한 덕분에 우리와 친밀해졌지. 장점도 있었어. 첫째가 둘째를 다독였다.

우리보다는 연수와 더 친밀했지.

그런데 그렇게 친밀하던 연수는 어디로 갔을까?

연수는 지금 어디에 있지?

둘째야. 너무 조급해하지 마. 즐거움에는 인내의 시간도 필요한 법이란다. 첫째가 말하고는 용수를 봤다. 우리는 너를 도와주기로 했어. 아버지한테 맞아 죽지 않도록 말이야. 그래서 묻는 말인데 연수는 언제 돌아오는 거지?

도와준다니 무엇을 도와준다는 말이에요?

제대로 된 사람이 되어야지.

사회의 일원이 되어야지. 둘째도 동조했다.

지금도 사회의 일원으로서 역할을 수행하는 중이에요.

정말 그렇게 생각하니?

네. 우리 모두 각자 맡은 역할을 다하고 있다고요.

쌍둥이 옆에 나란히 앉은 남자와 여자는 머리를 서로에게 기울인 채 조곤조곤 이야기하고 있었다. 둘은 둘 외에는 아무도 없다는 듯 서로의 목소리에 취해 진지하고 심각하게 이야기를 나눴고 그러면서 고통스러워했다. 둘은 조금 취했고, 조금 울었고, 많이 웃었다. 그러는 동안 그들 옆에 빈 술병이 쌓여갔다. 남자가 여자의 손등을 제 손바닥으로 감쌌다. 여자가 손을 뒤집어 남자의 손을 맞잡았다. 둘은 손가락으로 서로의 손을 쓰다듬으며 미소 지었다.

우리는 더이상 만나면 안 돼요. 남자가 여자에게 말했다.

알고 있어요. 여자가 자신의 손을 맞잡은 남자의 손등 위에 다른 손을 올렸다. 남자는 눈물이 그렁그렁한 눈으로 포개어놓은 손을 바라봤다.

그래서 만나지 않으려고요? 여자가 물었다.

남자는 대꾸하지 못했다.

그럼 이렇게 할까요? 여자가 떨리는 소리로 물었다. 우리는 서로 만나면 안 된다는 걸 알고 있지만 사실은 만나고 싶은 거잖아요. 그러니까 조금만 미루는 건 어떨까요? 헤어지는 시간을 조금만 늦추자는 거예요.

헤어지는 시간을요?

지금 당장 헤어질 수 있어요? 그건 둘 다 못하잖아요. 만나다보면 서로 싫어질 수도 있으니까 싫어질 거란 희망을 품고 지금은 좀더 만나봐요. 우리 만남은 우리만의 비밀로 하고요. 그렇게 헤어지는 시간을 유보하는 거예요. 계속 나중으로 미루다보면 언제까지나 헤어지지 않아도 돼요.

그게 무슨 뜻이에요? 그러니까 우리밖에 모르는 비밀스러운 사랑을 하자는 거예요?

그래요.

하지만 사람들이 눈치챌 거예요. 그럼 우리는 낙인이 찍힐 테고 지금처럼 살 수 없게 될 게 뻔해요.

사랑하는데 그게 무서워요?

그게 무서워요.

난 그뒤가 더 무서워요. 그뒤에 닥칠 고난이요. 여자가 다정한 시선으로 남자를 봤다. 그러니까 비밀로요.

비밀로요?

그래요. 우리끼리만 아는 비밀로요.

쉽사리 결정하지 못하겠군요.

쉽사리 결정하는 게 아니에요. 우리가 이 이야기를 한 지도 거의 반년이 되어가요. 오늘 결정하지 못하면 내일도 같은 고민을 하게 되겠죠. 하지만 그래도 좋아요. 내일 다시 이야기하는 것도 즐거운 일이니까요.

아무래도 지금은 결정을 내릴 수가 없어요.

좋아요. 결정도 나중으로 미루면 되죠. 그럼 오늘은 다 잊고 연인이 되어볼까요?

그래요. 오늘은 다 잊고 연인처럼 지내요.

용수는 연수를 떠올렸다. 저들은 헤어져야 하는 걸 알면서도 연인처럼 지내는 것에 합의했다. 몇 달 전 자신과 연수는 서로 사랑하면서도 헤어지는 것에 합의했다. 헤어졌지만 감정은 점점 애틋해져만 갔다. 용수는 이별을 실감하지 못한 채 이별에 관해 이야기했고, 그러면서 연수를 더욱 사랑하게 되었고, 함께 있는 시간을 소중히 여기게 되었다. 몇 달이 지나면서는 이별의 괴로움이 일종의 놀이처럼 느껴져서 심각해하는 대신 둘 다 피식피식 웃으며 서로의 몸을 건드렸다. 그리고 이별과 만남을 반복하며 사랑을 이어나갔다. 용수가 커플이 맞잡은 손을 부러운 시선으로 바라보고 있을 때 사장이 그들이 있는 방으로 들어왔다. 쌍둥이 자매는 사장의 움직임을 곁눈으로 주시했다. 사장이 커플 앞에 다가가 정중하게 말했다.

죄송합니다만 최대한 교양을 갖춰 이야기를 나눠주시기를 권고드립니다. 우리 가게는 되는 것과 안 되는 것이 있으며, 정숙하게 대화를 이어나가야 하는 곳입니다. 그 외에도 취객은 입장이 금지되어 있으며 고성방가, 가무, 흡연, 추행, 노상방뇨 등 다른 손님의 시선을 살 만한 행동은 삼가야 합니다. 손님께서 이런 사항들을 지켜주셔야 저희도 예우를 갖춰 손님을 모실 수 있습니다.

사장이 방밖에 있는 벽면 거울을 가리켰다. 거울 속에서 '정숙'과 '되는 것과 안 되는 것'이라는 글자가 뒤집혀 보였다. 글자는 조명 빛에 휩싸여 허공에 떠 있는 것 같았는데 수증기 탓에 불빛이 번져 글자 자체에는 없는 아우라가 생겨났다. 아름답고 환상적인 글자가 신이라도 된다는 듯 아래를 굽어보고 있었다.

이건 뭐죠? 위생적인 공간에 있을 게 아닌 것 같은 게 있네요. 여자가 말했다.

사장이 당황해서 바닥을 내려다봤다. 바닥은 검은 페인트를 칠한 뒤 투명한 에폭시 라이닝으로 마감해서 물이 출렁이는 것 같았다. 물광을 낸 듯 빛이 일렁이는 바닥으로 공간에 있는 모든 것이 비쳐들었다. 바닥으로 흘러든 불빛이 더 얇게 부서져 다시 허공으로 은은한 빛을 내보냈다. 테이블에 앉은 커플은 어묵 조리기를 앞에 두고 밤바다나 지구본, 혹은 우주공간에 떠 있는 듯 보였다. 조리기에서 뿜어나온 수증기가 오색 전구에 닿았다가 천천히 바닥으로 가라앉았다. 바닥에 나 있는 동물의 발자국이 흐릿하게 보였다.

우회하여 본질을 흐리려는 의도가 분명한 말씀입니다만 대답해 드리자면 흔적은 남아 있어도 그 흔적을 낸 것은 없다고 할 수 있습니다.

실상은 없는 발자국이라고요?

그렇습니다. 그것이 실상입니다.

흔적이 있는데 흔적을 낸 게 없다니요. 무슨 뜻인지 모르겠군요.

우리 가게는 하나의 어묵이라도 더 맛있게 드실 수 있도록 실내 장식에 심혈을 기울였습니다. 바닥은 접착력이 좋고 빨리 굳으며 외부의 변화를 잘 견디고 내구성이 강한 에폭시 라이닝을 두텁게 발라 시공했고요. 마치 우주공간이나 바다 한가운데 떠 있는 듯한 기분을 느낄 수 있도록 말입니다. 다시 말해 비용을 따지지 않았다는 뜻입니다. 손님들이 우리 가게에 발을 들여놓는 순간 환상적인 기분에 사로잡힐 수 있도록 각고의 정성을 기울였다는 뜻이고요. 사장이 분을 다스리려고 숨을 크게 내쉬고는 말을 이었다. 그러나, 바닥이 다 굳기도 전에 정숙하지 못한 설치류가 설쳐대는 바람에 그 발자국이 남았지요. 결과적으로 인테리어의 한 요소가 되었다고 말씀드릴 수 있겠습니다. 대답이 됐다면 이만 정리하시죠. 사장이 화가 치미는 기색을 숨기려고 애써 미소 짓고는 돌아섰다.

요즘도 오겠지요? 여자가 사장의 말을 물고늘어졌다.

못 오죠. 발자국이 되었으니까요. 사장이 고개를 돌려 여자를 지그시 내려보다가 단호하게 말했다. 길고양이들이 사업장을 지켜주기도 하지만 우리 가게, 아니 우리 사업장에 새는 곳은 없습니다. 물샐틈없는 사업장이라는 말씀입니다. 더 궁금한 게 없다면 이만 일어나주시죠. 사장이 말하고는 돌아섰다.

무슨 뜻이지? 둘째가 의아해했다.

정신을 혼미하게 하는 거지. 첫째가 대답했다.

시선을 잡아채는 것이 너무 많아 바닥은 보이지도 않았던 건가. 용수는 여태껏 바닥에 난 발자국을 보지 못했다는 게 의아했다. 쌍둥이가 하는 말은 한 단어 한 단어 선명하게 들리는데도 전체적으로는 무슨 소리인지 잘 모르겠는 반면 어묵 바의 실내장식은 전체적으로는 선명하게 보였는데 그 각각은 눈에 잘 들어오지 않았다. 숨기기는커녕 하나하나 대놓고 드러내고 있는데도 그랬다. 용수는 갑자기 어지럼증을 느꼈다. 미디어 파사드 안에서 휘몰아치던 파도가 떠올랐다. 바다를 모방해서 만들었지만 실제보다 더 극적이었고 더 위생적이었다. 도시는 무엇이든 똑같이 만들었다. 자연도 예외는 아니었다. 더 아름답고 환상적으로 재현하고자 했다. 고래상어가 도시의 허공을 유영하고 가오리가 하늘을 날았다. 연수가 하는 일도 그와 비슷했다. 홀로그래피로 죽은 사람을 살려낼 수도 있었고, 한 사람을 동시에 세계 곳곳으로 보낼 수도 있었다. 어디서든 동시에 존재하게 할 수 있었다. 글자도 마찬가지였다.

살아 움직였다. 글자는 불빛을 받은 거울 속에서 수없이 늘어나 우주공간을 유영하듯 허공에 떠다녔다. 사장은 제가 꾸민 공간과 제가 써놓은 글자를 자신과 동일시했다. 어묵 바에 들어가 어묵 하나를 먹으려 해도 사장이 원하는 질서와 법칙을 지켜야 했다.

정말 시끄러웠어. 둘째가 사장이 한 말에 기대 일부러 큰 소리로 말했다. 주위의 소음을 참아내며 우리끼리 이야기를 나눠보려고 애썼지만 서로의 목소리가 잘 들리지 않았어. 소음에 적응하면 좀 나아질까 싶어 서로의 목소리에 집중하며 정신을 가다듬어보기도 했는데 역시 잘 안 되더라고. 결국은 대화를 포기하고 주린 배를 채워야 하는 건가 생각하는 찰나 주위가 조용해져서 다행이지 뭐야.

정말 시끄러웠지. 첫째는 거울에 비친 '정숙'이라는 글자를 보며 말을 이었다.

나갈 채비를 마친 여자가 쌍둥이에게 다가왔다.

남자는 빨리 나가자는 듯 여자의 팔을 잡아챘다. 그러면서 용수와 시선을 마주쳤다.

그쪽도 술을 많이 마신 것 같은데 함께 술을 더 마셔보는 건 어떨까요? 여자가 말했다.

둘째가 무슨 말인지 몰라 여자를 봤다.

말이 통할 줄 알았는데 실망스럽군요. 여자가 말하고는 뒤돌아섰다.

재미있겠네요. 둘째가 뒤늦게 대꾸했다.

여자가 고개만 돌린 채 샐쭉 웃었다.

둘째야, 저쪽은 쫓겨났단다. 사장이 직접 나서서 상황을 정리하지 않았니? 사업장의 법칙이 그렇다면 그 법칙을 따라야지. 첫째가 큰 소리로 말했다.

자리를 옮길까요? 둘째가 미소 지었다.

용수와 시선을 마주치고 있던 남자가 어이없다는 표정으로 쌍둥이를 봤다. 여자가 첫째에게 다가와 어깨를 톡톡 쳤다. 그런 다음 비장한 목소리로 말했다.

우리는 을지로 노가리로 갈 거예요.

첫째가 무슨 말이냐는 표정으로 둘을 봤다.

여자는 그대로 돌아서서 밖으로 나가버렸다.

결투를 신청한 건가? 첫째가 말했다.

우리도 가자! 둘째가 외쳤다. 따라가서 복수하자!

쌍둥이가 신속하게 나갈 준비를 마쳤기 때문에 용수도 엉거주춤 자리에서 일어났다. 계산대 앞에 있던 직원이 꼬치를 몇 개 먹었느냐고 물었는데 셋은 대답하지 못했다. 다른 직원이 그들이 앉았던 테이블로 가서 빈 꼬치의 개수를 세고는 서른여덟 개라고 외쳤다. 주방에 있던 직원들이 그 소리에 놀라 속삭였다. 도대체 얼마나 먹은 거야? 사람이야? 검은 두건을 쓴 주방 직원들이 셋을 번갈아 보는 동안 사장은 연신 싱글거렸다. 첫째가 서른여덟 개의 어묵꼬치와 간단한 요리, 몇 잔의 지느러미가 담긴 청주와 수제 맥주 등의 요금을 계산한 후 둘의 몫은 계좌로 이체하라고 했다. 계산하느라 시간이 지체되는 바람에 그들이 골목으로 나왔을 때 커플은 보이지 않았다.

기다릴 줄 알았는데 가버렸어. 둘째가 아쉬워했다.

쌍둥이는 을지로 골뱅이인지 을지로 노가리인지를 찾아야 한다는 데 의견을 모으고 빠르게 걸었다. 용수가 그 뒤를 따랐다.

건물과 건물 사이에 껴 있는 좁다란 골목에도 색깔과 크기가 다른 전등이 내걸려 있었다. 골목을 가로질러 설치한 전선이 나뭇가지처럼 늘어져 있었고, 그 위에서 색색의 전구가 점멸했기 때문에 골목에는 아름다운 빛의 터널이 만들어졌다. 양옆으로 이어진 조그만 상점에서도 조명 빛이 새어나왔다. 상점 유리창마다 골목상권번영회에서 제작한 '골목 상권 되살리기 반딧불 페스티벌' 포스터가 붙어 있었다. 문을 열지 않은 술집도 더러 있었는데 문틈에 골목 축제를 홍보하는 포스터 여러 장이 꽂혀 있었다. 한 남자가 문틈에 껴 있는 포스터를 빼 들고 튀김집 안으로 들어가 실내등을 켰다. 불투명 유리문 안쪽에 사이키 조명이 켜졌다. 노랗고 붉고 파랗고 하얀 불빛이 미닫이문 안쪽에서 반딧불처럼 이리저리 움직이다가 유리창을 통과해 골목으로 쏟아져나왔다. 골목을 오가는 사람들이 사진을 찍으며 좋아했다. 술에 취한 사람들은 휘청휘청 길을 걸었다. 가방을 진열해놓은 상점 앞 간이의자에도 불빛이 날아다니다가 그 옆 커피집 유리창까지 번져들었다. 커피집 맞은편에 쌍둥이처럼 똑같이 생긴 커피집이 하나 더 있었는데 그중 하나는 개점한 지 얼마 되지 않아 실내가 어수선했다. 담배를 피우기 위해 골목에 나와 있던 커피집 남자와 가방집 남자의 얼굴에 색색의 불빛이 번져들었다.

오늘은 플랫화이트가 많이 나가네. 커피집 남자가 말했다.

플랫화이트와 카페라테는 똑같은 거 아니야? 가방집 남자가 물었다.

다르지. 플랫화이트는 스팀도 적게 들어가고 우유도 적게 들어가지. 가격은 더 비싼데.

인테리어는 다 끝나가? 가방집 남자가 새로 개점한 커피집을 가리켰다.

아직 사야 할 게 많아.

내장재를 효율적으로 바꿔. 사고 싶은 거에서 가성비 좋은 거로.

다 돈이고 빚이다. 돈을 벌려고 매장을 하나 더 냈는데 빚만 눈덩이처럼 늘어났어.

땡길 수 있는 것도 능력이지.

요즘은 미닫이문 땡기는 기술이 늘었다.

그게 무슨 말이야?

손님이 맞은편 가게에 앉으면 서빙 한 번에 문을 여덟 번이나 여닫아야 이쪽 가게로 돌아올 수 있는데 쟁반을 들면 남는 손이 없잖아. 커피 한 잔이면 한쪽 손이 남으니까 괜찮지만 두 잔이면 쟁반을 들어야 해서 아주 곤란해. 그래서 팔뚝이나 등, 허벅지나 발을 이용해 미닫이문을 열었다가 닫는 법을 연구중이야. 기술이 나날이 늘어간다.

커피집에서 커피를 연구해야지.

가방집에서 가방 연구하냐?

그건 그렇지. 그런데 쌀국숫집 생겼나? 냄새난다. 가방집 남자가 허공에 코를 대고 킁킁거렸다.

떡볶이집 없어지고 아메리칸 시카고 멕시칸 쌀국숫집이 생겼어.

떡볶이집도 죽었구나.

상권만 살아나는 거지.

그런데 쌀국숫집 이름이 왜 그렇게 복잡해?

뭐라도 하나 걸리라는 거지. 커피집 남자가 골목 끝을 가리키며 시선을 돌렸다.

맛있어?

고수를 많이 주더라.

쌍둥이 자매는 골목 이쪽저쪽을 오가다가 멀리 걸어가는 커플을 발견했다. 을지로 노가리는 부산 어묵 바 건너편에 있었다. 커플은 그새 안으로 들어갔는지 보이지 않았다. 쌍둥이가 유리문으로 술집 안을 들여다봤다.

잘못 본 건가? 둘째가 말했다.

엇갈리지 않도록 여기서 기다리자.

좋은 생각이야.

그런데 용수는 어디로 간 거지?

쌍둥이가 동시에 주위를 살폈다. 용수도 커플도 보이지 않았다.

왜 이렇게 허기가 채워지지 않는 거지? 첫째가 말하고는 장탄식을 내뱉었다.

전형적인 백수의 고질병이지.

현대인의 전형적인 고질병인가?

용수는 대로변을 홀로 걸었다. 빌딩에서 쏟아져나온 네온사인이 휘황한 빛을 발하고 있었다. 고층 빌딩 외벽에 설치된 미디어파사드 안에 사람들이 모여 있었다. 광장 끝에 서 있는 사람이 겁에 질린 얼굴로 앞을 보고 있었다. 그의 몸은 길게 늘어져 앙상했다. 비쩍 마른 사람 넷이 각기 다른 방향에서 그를 향해 천천히 모여들었다. 가느다랗고 기다란 몸은 끌로 대충 깎아낸 듯 울퉁불퉁했고, 뚜렷한 윤곽이 없어 유령의 형상처럼 어른거렸다. 그들은 자신이 갇힌 줄도, 전시되는 줄도 모르고 길을 걸었다. 제가 가진 고통이 전부라는 듯 아무것도 보고 있지 않은 시선을 타인에게 던진 채 광장에 모여들었다가 곧이어 황혼 속으로 사라졌다. 물끄러미 화면을 보던 용수는 스마트폰을 꺼냈다. 그 안에 연수가 있었다. 연수와 함께 갔던 공간과 함께 있던 시간이 있었다. 용수는 연수의 얼굴을 들여다봤다. 셔터를 누르던 짧은 순간, 빛을 타고 건

너오던 연수가 아득하게 느껴졌다. 한참을 보고 있자니 이윽고 자신을 보는 연수의 부드러운 표정이 되살아나는 것 같았다. 연수가 바로 옆에 있는 듯 느껴졌는데 화면 안에 그대로 박제된 것 같기도 했다. 연수는 피사체의 모든 정보를 기록하는 게 홀로그래피라고 했다. 용수는 자신이야말로 연수의 모든 정보를 알고 있다고 생각했고, 그런 생각을 하자 뿌듯했다. 연수의 모습을 기록하고 기록한 정보를 그대로 재생하는 게 홀로그래피라면 자신이 연수의 홀로그래피였다. 연수가 생각하는 대로 생각하고, 연수의 행동을 따라 하고, 연수의 취향을 제 취향이라고 믿으며 연수를 그대로 복제했다. 그런 생각을 하자 느닷없는 공포가 일었다. 한 번도 해본 적 없는 생각이었는데 왜 한 번도 생각해본 적이 없었는지 의아했다. 용수는 갑자기 자신이 낯설게 느껴졌다. 그러자 연수도 낯설게만 느껴졌다. 연수를 만난 후로 둘이 떨어져 있어본 적이 없다는 것을 깨달았다.

에어버스 380 EK029편은 일곱 시간 사십 분의 운항 후 히스로 공항 상공에서 착륙을 준비하는 중이었으나 갑작스러운 기상 악화로 인해 착륙 허가를 받지 못했다. 관제탑의 지시를 기다리며 런던 하늘을 선회하는 이십팔 분 동안 강풍이 더욱 심해졌고, 그에 따라 기체도 심하게 요동쳤다. 관제탑은 EK029편에 다른 공항으로 회항할 것을 요청했다. EK029편은 글래스고 프레스트윅공항에 불시착륙 허가를 받고 회항해 스코틀랜드 서쪽으로 향했다.

승객들은 불안에 떨며 창밖을 내다봤다. 비행기가 글래스고 프레스트윅공항에 무사히 착륙하자 여기저기서 기쁨의 탄성이 터져나왔다. 연수도 안도의 한숨을 내쉬었다. 오랜 비행시간에 지친 승객들이 안전띠를 풀고 자리에서 일어나 출입구 쪽을 기웃거렸다. 안전을 위해 이륙시까지 좌석에 앉아 대기하라는 안내 방송이 나왔다. 강풍이 잦아들면 그때 다시 도착지를 향해 이륙할 거라고 했다. EK029편은 출입문을 열지 않았다. 창밖을 내다보던 몇몇 승객은 주유관을 기체에 접합하는 것을 보고 승무원에게 다가갔다. 주유하는 동안이라도 밖에 나가 있겠다고 말하는 승객에게 승무원은 미소 지으며 짧게 대꾸했다. 금지 조항입니다. 승객이 따져 묻자 다시 안내 방송이 나왔다. 글래스고 프레스트윅공항은 항공사와 협약을 맺은 취항지가 아니므로 승객들이 노면을 밟는 것은 금지된 조항이며, 히스로공항 착륙 허가가 나올 때까지 기내에서 기다려야 한다는 내용이었다. 아이들이 밖에 나가고 싶다며 울었다. 그들의 부모가 항의했다. 소란이 일자 다시 안내 방송이 흘러나왔다. 지면을 밟지 않는다는 조건으로 출입문을 개방하고 스텝 카를 설치한다고 했다. 계단을 밟는 것은 가능하지만 지면을 밟는 것은 금지 조항이라는 사실을 재차 안내했다. 조금 뒤 출입구에 스텝 카가 설치되었다. 부모가 아이들을 데리고 먼저 밖으로 나갔다가 돌아왔다. 순서를 기다리던 승객들이 차례대로 밖으로 나갔다. 출입문 앞에 선 승무원들은 승객들에게 글래스고의 땅을 밟는 것은 허가 사항이 아니라는 말을 반복했다. 한 승객이 땅을 두고도 왜 밟지 못하느냐고 물으며 소란을 피우자 다른 승객들이 그를 제지했다.

글래스고 프레스트윅공항에서 연수의 최종 목적지는 123킬로

미터 거리에 있었다. 히스로공항과 비교하면 다섯 배나 짧은 거리였다. 히스로공항에 무사히 도착한다고 하더라도 당일 출발하는 국내선이 있을지 알 수 없었다. 강풍 탓에 항공편이 지연되거나 결항될 거였다. 런던에서 하루나 이틀 혹은 며칠을 머무르게 될 수도 있었다. 연수는 목적지를 옆에 두고도 내릴 수 없었고, 눈앞에 육지를 두고도 지면에 발을 디딜 수 없었다.

예기치 않은 불시착에 기내는 어수선했다. 면세로 산 술을 종이컵에 덜어 살짝살짝 마시는 승객들이 보였다. 몇몇 승객은 이미 술에 취해 잠이 들었다. 또다른 승객들은 인상을 찌푸리며 그들을 지나쳐서는 화장실 앞에 줄을 섰다. 통로 이쪽저쪽을 오가며 걷는 사람도 있었고, 한쪽에서 스트레칭을 하는 사람도 있었다. 비상문 앞에 앉은 사람들은 자리에서 내려와 아예 바닥에 눕거나 주저앉았다. 그 옆에서 요람이 흔들렸고, 요람 안에서 아이가 요란하게 울어댔다. 울음소리는 전염되듯 기내로 퍼져나갔다. 한 아이가 울자 여기저기서 아이들이 울었다. 나머지 대다수의 승객은 비행기 모드로 잠가놓은 설정을 풀고는 스마트폰을 들여다보며 불안한 마음을 달랬다.

연수는 기내 밖으로 나가 계단에 서서 주위를 둘러봤다. 수풀 너머 멀리 바다가 보였다. 바다가 있는 쪽에는 지역을 드러낼 만한 표지가 없었기 때문에 그쪽을 보고 있으면 방위도 국가도 도시도 알 수 없었다. 바다의 이름도 해변의 이름도 알 수 없었다. 바다를 지시하는 것이 아무것도 없었으므로 바다는 바다 그 자체로 존재하는 듯 보였다. 당연히 연수는 자신이 어디에 있는지도 몰랐다. 비행기가 이동하며 자오선이 계속 바뀌었고, 그에 따라 시간도 계속 바뀌었으므로 연수는 여기에 오기까지 얼마의 시간이 흘렀는지도 헷갈렸다. 시계를 확인하지 않으면 시간도 알 수 없었다. 길게 이어진 수풀과 그 위로 길게 이어진 바다가, 그 위로 어스름한 하늘이 나란히 이어진 풍경이 연수의 마음을 차분하게 만들었다. 그러자 고대의 사람들이 본 바다와 지금 자신이 보는 바다가 크게 다르지 않을 거라는 생각이 들었다. 사람의 손길이 닿지 않은 태고의 자연, 태초의 바다를 보는 것 같았다. 아무런 표지가 없는 바다를 바라보자 연수는 갑갑했던 기분이 조금 나아지는 듯했다. 그리고 아주 조금은 자유로워진 것 같다고 생각했다.

터미널에 일렬로 늘어선 비행기가 보였다. 탑승차와 스텝 카, 급유차와 토잉 카, 각종 정비 차량과 그 주위에서 일사불란하게 움직이는 사람들도 보였다. 그 모습을 보자 연수는 다시 답답한 기분에 사로잡혔다. 공항 터미널은 어디나 다 똑같아 보였다. 글래스고 프레스트윅공항이라는 표지가 없으면 히스로공항이나 두바이공항, 수완나품공항이나 인천공항, 그중 어디라고 해도 어색하지 않았다. 남쪽 하늘에서 굉음이 들려왔다. 불시착륙 허가를 받은 비행기들이 속속 날아들어오고 있었다. 비행기 바퀴가 활주로에 닿는 소리도 계속해서 들려왔다. 강한 바람에 나무우듬지가 획획 휘었다. 불시착륙 비행기에 타고 있는 승객 대부분도 땅을 앞에 두고도 밟을 수 없을 거였다. 연수는 갑자기 자신이 모든 것에 연결되어 있다는 생각이 들었다. 표지도 방위도 없는 곳은 존재하지 않았다. 존재하지 않기 때문에 존재한다고 믿는 것뿐이었다.

길이 이어졌다. 용수와 인석이 길을 걸었다. 구불구불 굽이쳐 흐르는 듯한 길이 오르막과 내리막을 반복하며 이어지더니 가문비나무숲으로 연결되었다. 눈은 그친 지 오래였고, 하늘은 맑았다. 소복소복 쌓인 눈길 위에 누군가 지나간 발자국이 패어 있었다. 길 아래는 계곡이었다. 그 위로 높다란 산등성이가 이어졌다. 겹겹의 산등성이는 원근에 따라 명도와 채도가 달라서 먼 데 있을수록 산인지 구름인지 어둠인지 분간하기 어려웠다. 바람이 일자 수령이 오래된 나무들이 가지에 쌓인 눈을 주위에 흩뿌렸다. 분분히 낙하하는 눈가루가 허공에서 은가루처럼 빛났고, 하늘에는 별이 총총했다. 어둠 속에 빛 알갱이가 흩어지는 광경이 영화의 한 장면처럼 아름다웠다. 용수는 주위에 펼쳐진 풍경이 세트장 같다고 생각했다. 그래서인지 이 길이 낯설지 않았다.

누나한테는 언제 갈 건데? 인석이 물었다.

가야지.

못 간다는 뜻이네.

사실 어떻게 해야 할지 모르겠어.

용수는 연수를 만나기 위해 무엇을 해야 할지 알 수 없었다. 연수에게 가는 길이 늘어진다고 생각할 뿐이었다. 그리고 그 길에 틈이 벌어지고, 그 틈에 빠져 헤매는 기분이 들었다. 그런데도 그 기분이 꼭 나쁘다고 할 수는 없었다. 용수는 연수를 만난 후로 연수와 떨어져 있어본 적이 없었다. 그러므로 자신에 대해 생각해본 적이 없었다.

하고 싶은 대로 하면 되지.

하고 싶은 게 뭔지도 잘 모르겠어. 나는 생각하는 데 시간이 오래 걸리는 편인데 현실은 내게 생각할 틈을 주지 않아서 사실 생각할 틈도 없었어. 너는 왜 그 사람을 찾아?

자연스러워지려고.

움막 선생은 이름부터 자연스럽지 않은데.

너무 자연스러운 건 자연스러운 게 아니니까 오히려 자연스러운 거지.

인석은 어쩐지 용수가 낯설지 않았다. 용수를 보고 있으면 자기 자신을 보는 듯한 기분이 들었다. 그러면서도 낯선 사람과 함께 이 길을 걷게 되었다는 것이 흥분되었다. 새로운 것은 낯선 것이며, 낯선 것은 두려운 것이고, 두려운 것은 불편한 것이지만 새로운 경험을 배움의 총체로 만들면서 사람도 조금씩 변화하는 거라고 말한 사람은 프랑스어 학원에서 만난 선배였다. 말은 번지르르하게 내뱉으면서도 정작 그는 그렇게 살지 않는 것 같았으나 인석은 그 말이 몹시 마음에 들었다. 우연히 만난 사람과 길을 걷는 것도 새로운 경험일 테고, 실천이라면 작은 실천일 거였다. 관계를 맺으면서 자신도 변화하는 거라고 믿었다. 인석은 낯선 사람과 이 길을 걷는 것도, 움막 선생을 찾아가는 것도 모두 자연스럽다고 여겼다. 늘 자신을 둘러싼 모든 것이 부자연스럽다고 생각해왔고, 그런 이유로 늘 화가 나 있었다. 사람들은 다양성을 인정한다고 하면서도 약간의 변화도 견디지 못했고, 누군가의 돌출한 행동을 강박적으로 교정하려고 했다. 자신이 인정한다는 다양성에 사실은 위협을 느껴, 파괴하는 줄도 모르고 다양성을 파괴했다. 모두 다 똑같이 행동하기를 원했다. 그래서 그들은 예상을 벗어나는 일이 별로 없었다. 예상을 벗어나는 것은 항상 인석의 몫이었고, 그들은 늘 그런 인석을 통제하려고 했다. 경계하거나 충고하며 인석의 행동을 교정하려고 했다. 인석은 잘 지내다가도 갑작스레 화를 내거나 난동을 부려 사람들을 당황하게 했고, 주변의 기대가 무겁게 느껴질 때마다 술을 잔뜩 마시고 아무 말이나 내뱉어서 자신의 말을 풍선처럼 가볍게 만들었다. 그래야만 다른 사람들이 자신에게 품은 일말의 기대를 포기하도록 만들 수 있었고, 세상의 질서 속에서 조금이나마 숨쉴 틈을 벌릴 수 있었다. 그러나 날이 밝아오면 술에서 깨어났으며 그들과 어울려 또 하루를 살아야 했으므로 간밤에 벌어진 사태를 수습해야 했다. 그래서 인석은 전날의 무례한 행동을 사과하는 문자를 보냈다. 드물게 오는 답신을 통해 기억나지 않는 자신의 행동에 대해 듣고 나면 불안감은 누그러졌으며 오후가 되면 마음에 평화가 깃들었다. 그런 시간이 반복되자 사람들은 인석을 멀리했다. 전화번호를 차단했다. 그렇지 않은 몇몇은 인석에게 현실적인 사람이 되라고 조언했다. 성질을 죽이라고 했다. 인석은 태양빛에 부산하게 고개를 끄덕이는 인형처럼 무조건 고개를 끄덕이며 그들의 마음에 들기 위해 애썼다. 직장과 돈과 집과 결혼과 육아에 관한 이야기, 운동과 건강, 정치인과 연예인과 연애와 추천 맛집과 추천 여행지, 유행과 패션 등 사람들이 현실적이라고 말하는 이야기를 지루하게 들어야 했다. 그들은 늘 보이지 않는 누군가와 자신을 비교했고, 보이지 않는 상대와 끝없이 경쟁했고, 그런 이유로 늘 불안감에 시달렸다. 그리고 자신의 불안을 교묘한 방식으로 전염시키면서 자신이 하지 못하는 것을 남도 하지 못하도록 만들었다. 내면을 돌보지 않은 과거를 후회했고, 감상적으로 굴면서 자신과 타인을 속였다. 마치 혼자만의 비밀이라도 된다는 듯 자신의 마음 깊은 곳에 울고 있는 아이가 있다고 털어놓고는 다시 감상에 잠겼다. 인석은 그들의 말과 태도, 행동이 그들의 내면과 다르지 않다고 믿었다. 그들이 말하는 현실과 그들의 관심과 그들의 쇼핑 목록이 그들의 내면이라고 생각했다. 그리고 그것이 사회의 내면이라고 믿었다. 늘 유행을 좇으면서도 스스로를 특별하다고 여기는 게 우스웠다. 하지만 그런 생각의 끝에서 인석은 자기 자신과 만났다. 인석 역시 그 안에서 벗어날 수 없었다. 그 때문에 더욱 화가 났다. 화가 슬슬 차올라 견딜 수 없는 지경에 이르면 삿대질을 하고 시비를 걸었다. 누구한테 그러는 건지도 모르고 그랬다. 그러면 사람들은 그럴 줄 알았다는 듯 공감 능력과 소통 능력, 현실감각에 대해 운운했다. 인석은 이해와 소통, 공감과 현실, 조언의 감옥에 갇혀 숨을 헐떡였다. 모든 게 부자연스러웠고, 그래서 다시 난동을 부렸다. 그런 일의 반복이었다.

조석으로 성격이 달라지면 그건 조현병이지. 근육 만들기 모임에서 만난 한 선배는 인석에게 조현병이 의심스러우니 병원에 가보라고 했다. 근육을 만드는 것보다 정신을 건강하게 만드는 게 더 시급해 보인다고 충고했다. 인석은 멀쩡한 척하는 사람이 오히려 뻔뻔한 거라고 소리쳤다. 그러고는 멀쩡한 자신이 조현병이라면 멀쩡해 보이는 선배는 강박증 환자라고 외쳐댔다. 건강염려증, 위생 염려증, 생존 염려증이라고 윽박지르고는 시원하게 욕설을 내뱉었다. 소리를 지르고도 화가 풀리지 않아 인석은 환청과 망상에 시달렸다. 그 탓에 애써 풀어놓은 관계를 또다시 망쳤다. 좋아하는 일도 마찬가지였다. 인석은 자신이 좋아하는 것이 자신을 옭아매는 느낌이 들 때마다 일부러 그것을 망쳐버렸다. 어느 날 책장이 휘어지는 것 같더니 곧이어 자신을 덮쳐오는 망상에 시달렸다. 그뒤로 인석은 가진 책을 죄 갖다 버렸다. 그러고는 필요할 때마다 읽고 싶은 책을 다시 사들였다. 그래서 인석은 좋아하는 일을 끊임없이 바꿨다. 아이들이 뛰어노는 소리가 창을 타고 넘어오면 갑자기 유치원 선생님이 되거나 놀이방 같은 걸 운영해볼까 하는 생각이 들었고, 골목을 오가는 고양이와 개를 보면 펫시터나 도그 워커를 해볼까 고민했다. 그러다가 우연한 기회에 연극무대에 서게 되었다. 암석학 모임에서 만난 한 연극인이 군무를 출 배우가 부족하다며 회원들에게 무대 출연을 부탁했다. 합을 맞춰야 하는 게 아니어서 그냥 각자 흔들흔들 몸을 움직이기만 하면 된다고 했다. 무대 위에 올라 정말로 몸을 흔들거렸을 뿐인데도 인석은 그전에는 느껴보지 못한 환희를 느꼈다. 그날 이후 무작정 연기자가 되기로 마음먹었다. 인석은 닥치는 대로 연극을 봤다. 홀로 희곡을 읽으며 연기 연습에 몰두했다. 셰익스피어를 읽으면서는 햄릿이 되었고, 체호프를 읽으면서는 코스챠가 되었다. 베케트를 읽으면서는 정신 나간 사랑스러운 노인이 되었다가 소년이 되기도 했다. 어느 순간에는 관객을 모독하다가 다음 순간에는 관객을 가르쳤다. 둘시네아로 살다가 돈키호테로 살았고, 산초 판자로 살았다. 일 년 전에는 오디세우스였다가 텔레마코스였고, 몇 달

전에는 이스마엘이었다가 퀴퀘그였다. 그런 식으로 인간의 유형을 연기했다.

인석은 극단 모임이 있을 때마다 거기에 가서 시간을 보냈다. 자신이 하는 수많은 스터디 중 하나라고 생각했다. 선배는 좋은 배우가 되려면 자기를 지워야 한다고 했다. 자기가 없어야 다른 인물이 될 수 있다고 했다. 그러면서 인석에게 인석 안에 너무 많은 자기가 있어 연기자가 되기는 무리라고 했다. 게다가 소질이 있어 보이지도 않는다면서 모임에 그만 나오라고 했다. 인석은 자기가 많으면 오히려 자기가 없는 게 아니냐고 되물었다. 그런 다음에는 자기가 하나이더라도 그것이 자기 자신이라고 어떻게 단정할 수 있느냐고 물었다. 선배는 대답하지 않았다.

인석은 그 극단 모임에서 움막 선생의 존재를 알게 되었다. 움막 선생은 그때그때 모습을 바꾼다고 했다. 자기를 숨기는 방식으로 자기를 지킨다고 했다. 인석은 그 말이 모호하다고 생각했는데 그 때문인지는 몰라도 움막 선생이 꽤 근사하게 느껴졌다. 단원들의 말에 따르면 움막 선생은 자신이 원하는 대로 살면서도 그물에 걸리지 않는 사람이었다. 그러니까 사회의 질서 안팎을 넘나들면서도 세상과 불화 없이 지내는 경계인이라고 했다. 움막 선생은 나타났다가 사라지고, 사라졌다가 다시 나타나고, 쫓겨났다가 다시 돌아오며, 심지어는 죽었다가도 다시 살아난다고 했다. 소문은 어느 순간 신화가 되어 여기저기 떠돌았다. 그러나 움막 선생도 처음부터 그런 건 아니었다고 했다. 그의 일상을 다룬 영상은 조회수가 높았다. 그는 살아가는 데 필요한 모든 것을 자급자족했으며 뜻이 같은 사람들과 공동체를 꾸려 생활하고 있었다. 구들장을 놓을 줄 알았으며 집을 지을 수 있었다. 나무로 의자를 만들고 식탁을 만들었다. 육고기가 먹고 싶으면 목장으로 가고, 물고기가 먹고 싶으면 양어장으로 가고, 과일이 먹고 싶으면 과수원으로 간다고 했다. 공동체 생활을 통해 혁명을 실현하고 있다고 했다. 방송을 보고 그를 찾아가는 사람이 늘어나자 공동체 마을은 더욱 조직적으로 변했다. 사람도 늘어났고, 아이들도 많아졌다. 학교가 생기고 양어장이 생기고, 과수원과 목장이 생겼다. 그러던 중 그는 자취를 감췄다. 마을에도 모습을 보이지 않았다. 그리고 그는 빠르게 잊혔다. 오랜 시간이 흐른 뒤에 그를 찾았다는 소문이 돌았다. 몇 개월에 걸쳐 움막을 짓고, 다시 움막을 부수고, 다른 곳으로 가 다시 움막을 짓고, 거기서 살다가 다시 거처를 옮기기를 반복하며 유목민적 생활을 이어간다고 했다. 그는 자유자재로 모습을 바꾸면서 모두의 얼굴이 된다고 했다. 그러면서 또 한번 신화가 되었다. 인석은 타인과 자신의 간격을 좁히면서도 자신이 원하는 것을 포기하지 않는 그가 부러웠다. 움막 선생을 만나서 고견을 듣고 싶었다. 자기답게 살면서도 함께 살아가는 법을 알고 싶었다. 주위의 감시에서 벗어나는 방법을 알고 싶었다. 인석은 늘 주위의 시선에 시달렸다. 이 길을 걸으면서도 누군가 자기를 지켜보고 있다는 생각을 지울 수 없었다. 그럴 리가 없다는 것을 알면서도 그랬다.

집에서도 그랬다. 누군가 자신을 감시하는 것 같은 기분에서 벗어날 수 없었다. 위층 사람들은 툭하면 바닥을 쿵쿵거렸다. 쇠구슬을 바닥에 굴리는 소리도 났다. 창밖에서는 조용히 좀 하라는 옆집 남자의 고함이 들려왔고 창을 넘어 욕설이 들어오기도 했다. 인석은 그들의 목소리가 들려오면 책을 읽었다. 책을 읽다가 궁금한 단어가 보이면 노트북을 열었다. 포털사이트에 들어가면 사전보다도 먼저 인석이 관심을 가질 만한 물건이 화면 가득 쏟아져나왔다. 유튜브나 SNS도 마찬가지였다. 예전에 검색했던 상품을 기억했다가 같거나 비슷한 걸 보여줬다. 인석은 검색하려던 단어와 상관없는 것들을 살펴보다가 그다지 필요하지 않은 물건 몇 개를 구매하기로 결정했고, 그러느라 기억나지 않는 아이디와 비밀번호를 생각해야 했다. 인석이 애쓰는 걸 알았는지 포털이 미리 저장해둔 개인정보로 자동 로그인할 수 있도록 도와줬다. 저가형 로봇 청소기와 조명을 사고 스피커도 샀다. 집은 점점 스마트하게 변해갔다. 로봇 청소기는 스스로 움직였고, 시간을 설정해놓은 조명에는 때맞춰 불이 들어왔다. 어느 순간 인석은 이상한 기분이 들어 찬찬히 방을 훑어봤다. 집을 스마트 홈으로 꾸미려는 의도는 없었는데 정신을 차려보니 집이 스스로 움직이고 있었다. 인석은 누군가 자신을 보고 있는 듯한 기분이 들었다. 노트북 화면이 자신을 노려보는 것 같았다. 자신보다 자신을 더 잘 알아 쉴새없이 바뀌는 화면이 입을 벌린 채 다가오는 것 같았다. 충전중인 스마트폰에서는 계속 알림이 떴다. 그럴 때마다 화면이 켜졌다가 꺼졌다. 인석은 갑자기 불쾌해졌다. 누군가 자신의 카드 정보와 쇼핑 목록, 검색 정보 따위의 개인정보를 빼가고 있다는 생각이 들었다. 어디에 사는지, 공동 현관 출입 번호가 무엇인지, 어떤 카드를 쓰며 어떤 물건에 관심을 보이는지, 무엇을 샀는지, 무엇을 살 건지 죄다 알고 있는 것 같았고, 심지어 집을 어떻게 꾸몄는지, 그 안에서 무슨 생각을 하는지 자신보다 자신을 더 잘 아는 누군가 있다는 생각이 들었다. 인석은 집이 아니라 포털사이트 한가운데 앉아 있는 것 같아 갑자기 화가 났다. 화가 나서 술을 마셨고, 그런 다음에는 집을 어질렀다. 새로 산 물건을 일부러 망가뜨리고 부숴버렸다. 그러고도 화가 풀리지 않으면 분풀이하듯 다시 노트북을 열었다. SNS를 돌아다니며 여기저기 시비를 걸었다. 인석이 참여하는 스터디 채팅 앱에도 들어가 아무 말이나 지껄였다. 말도 안 되는 이유를 대며 화를 내고 갖은 욕설을 퍼부었다. 인석은 빨리 움막 선생을 만나고 싶었다. 그를 만나면 많은 게 해결될 것만 같았다.

나도 자연스러운데 자연스럽지 않은 추모 벤치를 봤었지. 용수가 말했다.

수수께끼야? 자연스러운데 자연스럽지 않은 추모 벤치라니?

낭만적인 스토리 뒤에 숨은 고도의 상술이야.

양심적이네. 지금은 낭만도 사라졌는걸.

둘은 소복소복 쌓인 눈길을 걸었다. 주위가 서서히 밝아졌다. 길에 드리운 그림자가 물러나자 누군가 걸어간 발자국에 음영이 생겨나면서 발자국이 그들보다 앞서 걷는 것 같았다.

작은 털보는 숙소에서 나와 평상에 쌓인 눈을 치웠다. 그런 다음 코코아 믹스를 탄 캠핑용 컵을 들고 평상에 앉았다. 코가 납작한 개가 꼬리치며 다가왔다. 사장 부부가 데리고 갈 수 없다며 두고 간 개였다. 작은 털보는 개를 평상에 올려주고는 함께 능선 아래 펼쳐진 풍광을 내려다봤다. 휴게소 직원 몇이 작은 털보를 보고 손을 흔들었다. 오래전에는 하씨가 저곳에서 손을 흔들었었다. 게스트하우스와 휴게소는 100미터 남짓 떨어져 있었는데 하씨는 게스트하우스 앞에 나와 있는 작은 털보를 볼 때마다 습관처럼 휴게소 근처에 파묻어둔 수도관을 살폈다. 지하수 파이프도 살피고는 양팔을 가로질러 엑스 자 모양을 만들어 보였다. 땅 밑에 묻어둔 파이프는 무용지물이었다. 수도관은 얼었고, 지하수는 물이 말랐다. 자연이 주는 혜택이 풍족하면 풍족할수록 사람들이 경쟁적으로 달려들었고, 그러면 무엇이든 금세 바닥났다. 능선 위에 있는 몇 그루의 두릅나무도 그랬다. 새순이 먹기 좋게 자라기를 기다리면 아무것도 먹을 수 없었다. 누군가 다 자라지도 않은 새순을 똑똑 부러뜨려 가져가버렸다. 작은 털보는 산밑으로 구불구불 이어지는 도로를 바라봤다. 도로 끝에 도시가 있었고, 그 너머로 바다가 보였다. 이차선에서 사차선으로 넓어졌다가 다시 이차선으로 좁아지는 도로에는 차량이 많았다. 그 길을 따라 생수병을 가득 실은 화물차가 하루에도 수백 대씩 오갔다. 휴게소 주차장에도 화물차 몇 대가 세워져 있었다. 관광버스 대여섯 대가 휴게소로 들어와 그 옆에 멈춰 섰다. 버스 안에서 사람들이 우르르 쏟아져나왔다. 등산복을 입은 행락객들이었다. 무엇을 먹을래? 들뜬 목소리로 크게 외치는 소리가 작은 털보에게까지 들렸다. 아이스크림! 호두과자! 오징어와 맥주! 막걸리도 사와! 종이컵도 잊지 말고! 차 안에 남아 있던 사람 중 몇몇이 문밖까지 뛰어나와 소리쳤다. 매점으로 들어간 사람들이 손에 비닐봉지를 하나씩 들고 나왔다. 다른 손에는 포장을 벗긴 아이스크림이 들려 있었다. 조금 뒤 관광버스가 주차장을 빠져나갔다. 마이크가 있었더라면 휴게소에서 트로트 메들리가 흘러나왔을 거였다. 그러면 물건이 하나라도 팔렸을까? 그러면 그 옆에 있는 하씨의 좌판에도 관심을 기울였을까? 작은 털보는 생각했다. 하씨는 매일 아침 지역 특산품을 들고나와 좌판에 펼쳤다가 매일 저녁 그것들을 도로 들여놨다. 눈이 와도 비가 와도 바람이 불어도 그 일을 반복했다. 물건은 잘 팔리지 않았다. 주위 사람들은 번듯한 포장재가 없어서 그렇다고들 했다. 아름다운 유리병에 친환경적인 디자인의 라벨을 붙여놓았다면 판매량이 달라졌을 거라고 작은 털보도 생각했다. 하씨와 마이크가 하던 일을 지금은 아무도 하지 않았다. 수익은커녕 적자만 본다며 사장이 싫어했기 때문이었다.

휴게소 문을 열고 안으로 들어가면 계산대 옆에 사장이 앉아 있을 거였다. 모니터에 엑셀 프로그램을 띄워놓고 칸마다 숫자를 기입하고 있을 거였다. 사장은 더하기와 빼기, 곱하기와 나누기 등의 수식을 만드는 데 시간을 많이 썼다. 그러느라 손님이 오는 것에는 신경쓸 여유가 없었다. 계산을 제외한 휴게소의 모든 일은 직원들이 했다. 하씨는 매일 숫자만 보는데도 어떻게 그렇게 출납내역이 맞지 않을 수가 있느냐며 투덜거리고는 했다. 무엇을 계산하는지는 잊어버린 채 수식을 만드는 데만 열중하는 사장을 보면 아무리 그래도 좀 안됐다는 생각이 든다고 했지만 작은 털보가 보기에는 아무리 그래도 사장의 형편이 하씨보다는 나은 것 같았다. 사장은 두 대의 모니터를 동시에 살폈는데, 한 대는 엑셀 프로그램을 위한 것이었고 다른 한 대는 여러 개의 CCTV 화면을 보기 위한 것이었다. 사장은 영업시간 내내 모니터만 보고 있었다. 식사도 모니터 앞에서 했다. 화면을 보다가 눈에 띄는 행동을 하는 손님이 있으면 직원에게 말했다. 직원이 곧바로 뛰어나가 손님에게 주의를 줬다. 휴게소 화장실에 몰래 들어가서 물을 쓰고 나온 일영과 작은 털보도 다음날 그 직원에게 경고를 받았다. 작은 털보는 늘 감시당하는 기분이 들었다. 그렇다고 사장이 즐거워 보이는 것은 아니었다. 사장은 자신이 CCTV 카메라가 되어 무엇이든 볼 수 있다고 믿었는데 사장이 무엇을 하는지 직원 모두가 다 보고 있다는 것은 알지 못했다.

휴게소 뒤편에 개 세 마리가 어슬렁거리는 게 보였다. 쓰레기통 주변에서는 먹을 것을 찾지 못할 거였다. 작은 털보는 새벽부터 움직여 휴게소 청소를 마치고 올라오길 잘했다고 생각했다. 개들은 먹은 게 없는지 비쩍 말라 갈비뼈가 다 드러났다. 조류나 설치류 따위를 잡으려고 우르르 몰려다니면서 나무 주변을 살폈다. 휴게소 주변에 사는 길고양이 몇 마리는 어디로 숨었는지 보이지 않았다. 개들은 거의 매일 사람이 있는 데까지 내려와 닭을 사냥해 가기도 했고, 어둠 속에서 사람을 위협하기도 했다. 휴게소 직원들은 저녁이 되면 개와 맞닥뜨릴까봐 조심했다. 신고를 받고 나온 관리 사무소 직원은 개를 잡아 유기견 보호소에 보내려고 했지만 한 번 허탕을 치고 돌아간 뒤로는 모른 체했다. 그뒤로 직원들은 퇴근할 때 쇠막대기나 장우산을 들고 다녔다. 개들이 그것에 맞을 때도 있었다. 바람이 나무에 부딪히며 숲을 휘도는 소리가 들개의 울음소리 같았다. 산을 떠도는 개들의 영혼과 들개처럼 떠돌다 먼저 간 사람들의 영혼이 일제히 잠에서 깨어나 울어대는 것 같았다. 일영과 함께 지내는 이 생활도 곧 끝이 날 거였다. 게스트하우스에 사장 부부가 돌아오면 나가야 했는데 어디로 가야 할지 알 수 없었다. 군청에서 능선을 관광지로 개발한다는 소문도 점점 더 구체적으로 들려왔다. 사장 부부가 돌아온다고 해도 얼마 지나지 않아 그들도 쫓겨날 거였다.

도로 건너편으로는 산허리가 이어졌다. 작은 털보는 일영과 하씨, 마이크와 함께 그곳에 자주 드나들었다. 게스트하우스 주변에도 크고 작은 계곡이 여러 곳 있었지만 건너편 계곡은 물이 깊었다. 땅은 폭신하고 흙은 보드라웠다. 거기서 물도 마시고 나물도 뜯고 약초도 캤다. 약초와 나물을 들풀과 구분하는 방법은 일영이 가르쳐준 거였다. 하씨와 마이크도 옆에서 거들었다. 일영은 참나물의 잎사귀는 세 개라고 알려주었다. 참나물을 찾는 게 익숙해지자 마이크는 곰 발바닥처럼 생긴 것도 뜯으라고 했다. 그게 곰취라고 했다. 작은 털보는 곰 발바닥 모양을 찾느라 숲 바닥을 기어다녔다. 처음에는 잎사귀들이 죄다 곰 발바닥처럼 보였는데 차츰 구분이 되었다. 그러자 하씨는 산마늘의 생김새에 대해 자세히 설명해줬다. 산마늘은 흔치 않아서 따는 대로 따로 빼두었다가 넷이 먹었다. 더덕도 먹었다. 숲에 앉아 먹었다. 식은밥과 고추장을 가지고 가서 배가 고프면 방금 딴 어린잎을 손으로 쓱쓱 닦아내고는 밥과 고추장을 얹어 쌈을 싸 먹었다. 그런 후에 넷은 다시 기다시

피 다니며 숲을 샅샅이 뒤졌다. 하나씩 챙겨온 자루가 조금씩 부풀어올랐다. 휴게소 좌판에 깔 것과 넷이 먹을 양을 남겨두고 나머지는 농협에 가 한 자루에 오만원씩 받고 팔았다. 같은 양이라도 아침이슬을 먹은 나물은 무게가 더해져 가격이 올라갔다.

넷은 계곡에도 갔다. 거기서 묵은 빨래도 하고 목욕도 하고 수영도 했다. 일영은 손바닥보다 작고 납작한 돌을 줍고는 배시시 웃었다. 민소매 밖으로 드러난 팔뚝을 돌로 문지르자 살갗이 붉게 변했다. 뭘 하냐는 질문에 일영은 천연덕스레 때를 밀잖아, 하고 대답했다. 일영도 이곳에 있다가 떠나간 사람들에게 배운 거라고 했다. 넷은 퍼렇게 변한 입술을 덜덜 떨면서도 낄낄 웃었다. 낄낄거리면서 이를 딱딱 부딪쳤다. 계곡에는 먹을 게 많았다. 바위 밑을 살피기만 해도 촛대가 보였고, 그 주변에는 어김없이 과일이나 떡, 고기 같은 게 있었다. 넷은 음식을 챙겨서 너럭바위에 앉아 나눠 먹거나 게스트하우스로 돌아와 술과 함께 먹었다.

코가 납작한 개가 왈왈 짖었다. 휴게소 쪽에서 여자 하나가 걸어오는 게 보였다. 조그만 상자를 들고 있는 여자가 작은 털보에게 다가와 물었다.

강아지가 사나운가요?

작은 털보는 개의 등을 만지며 고개를 젓고는 여자를 봤다. 어떤 단체인지 몰라도 서너 달에 한 번씩 조그만 상자를 들고 이곳에 왔는데 올 때마다 사람이 바뀌었다.

우리는 형편이 어려운 학생들을 위해 학자금을 마련하여 조금이나마 도움을 주려는 단체입니다. 여자는 혼자 있으면서도 우리라고 말했다. 그러니 조금만 도와주시면 감사하겠습니다. 차 한 잔의 여유만큼만 베풀어주시면 좋겠습니다. 여자가 작은 털보가 들고 있는 컵을 보며 말했다.

지갑이 없어서요. 작은 털보가 말했다.

가진 게 많으신 것 같은데 지갑이 없으신가요? 여자가 게스트하우스를 보는 체했다. 교회 다니시나요?

절에 다닙니다. 작은 털보는 절에도 다니지 않았지만 건성으로 대꾸했다.

아, 그럼 부처님을 믿는 마음으로 조금만 베풀어주시기를 바랍니다. 사장님의 학창시절을 생각하셔도 좋을 것 같습니다.

얼마 전에도 드렸는데요.

그러신가요? 여자는 당황하지 않았다. 그러면 한번 더 주시기를 부탁드립니다. 복을 더 많이, 두 배로 받으실 겁니다.

작은 털보가 다른 데를 봤다. 여자는 돌아가지 않고 끈질기게 질문을 이어나갔다.

죄송합니다만 성함이 어떻게 되시는지요?

그건 왜요? 작은 털보가 여자를 봤다.

성함을 적어두고 사장님을 위해 늘 기도하겠습니다.

괜찮습니다.

그러지 말고 알려주시면 늘 기도하겠습니다. 여러 사람의 기도가 쌓이면 좋은 일이 생깁니다.

영일입니다. 그림자 영影을 쓰지요.

여자는 수첩을 꺼내 이름을 적고는 뭔가 더 적는 체하며 일부러 굼뜨게 움직였다. 늘 좋은 일만 많이 일어나기를 바랍니다. 좋은 일만 많이 일어나기를 바라는 진심에 진심을 더해 기도하겠습니다. 여자가 같은 말을 되뇌었다.

작은 털보는 하는 수 없이 주머니에서 천원짜리 지폐를 꺼내 내밀었다.

어려운 이웃을 돕는 일에 쓰겠습니다.

여자가 돌아서자 언제 와 있던 건지 노인 셋이 다가와 여자가 있던 자리에 섰다. 작은 털보가 옆으로 비키며 평상 한쪽을 내줬다. 엎드려 있던 개도 일어나 옆으로 움직였다. 노인들은 같은 디자인의 모자를 쓰고 있었는데 남자 둘은 색이 파랬고 여자는 색이 붉었다. 모자 앞에는 '실버 분발 산악회'라는 글자가 큼지막하게 쓰여 있었다. 두 남자가 여자를 의식하며 신경전을 벌였다. 여자는 길을 찾는 체하며 주변을 살폈다. 손수건을 목에 묶은 남자가 배낭에 깃발을 꽂은 남자에게 대체 정문이 어디 있는 거냐고 따져 물었다. 깃발을 꽂은 남자는 정문을 찾지 못하는 게 왜 자기 탓이냐고 소리쳤다. 여자가 일행과 떨어진 탓에 길을 잃었다며 짜증냈다. 그러고는 길을 잃어서인지 다리까지 저리다고 불평했다. 남자들도 여기저기 걸리고 뭉친 데를 말하고는 그러니까 합심해서 조금만 더 가보자고 했다. 어딘가에 정문이 있을 거라고 했다.

아! 정문에서 기다린다고 했는데 그 정문이 여기가 아니면 어디냐고? 셋이 의아해하며 게스트하우스를 훑어봤다. 그러다가 작은 털보를 보고 놀라 소리쳤다.

아이고, 깜짝이야. 저게 뭐야? 여자가 손가락질했다.

귀신이야? 두 남자가 눈을 가렸다.

사람이에요. 작은 털보가 답했다.

여긴 뭐야? 남자 중 하나가 고개를 들고 손가락질했다.

귀신의 집이야? 여자가 건물을 봤다.

게스트하우스요.

언제부터 있던 거야? 셋이 동시에 물었다.

이 건물을 돌아가면 정문이 나올 거예요.

여기가 정문이 아니고?

여기도 정문인데 돌아가면 거기도 정문이 있어요.

그게 무슨 소리야?

노인들은 미심쩍다는 듯 고개를 갸웃거리면서도 작은 털보가 알려준 방향으로 걸어갔다.

게스트하우스는 도로 쪽에서 보면 능선과 나란히 놓여 있었지만, 능선 쪽에서 보면 디귿 자 모양이었다. 기다랗게 놓인 중앙 건물은 손님용 숙소였고, 나머지는 한 동에 하나씩 독립된 문을 갖고 있었다. 일영과 작은 털보는 그중 하나를 숙소로 썼다. 그리고 다른 하나는 창고였다. 중앙에 있는 건물은 능선 쪽으로도 휴게소 쪽으로도 출입문이 나 있었다. 그래서 사람들은 자기가 있는 곳이 정문이라고 여겼다. 노인들이 일행을 만나 두런거리다가 능선 위를 일렬로 걸었다. 정원에서 오솔길을 따라가면 능선이 나왔고 조금 더 걸어가면 숲길이었다. 바람을 피해 몸을 구부정하게 숙인 노인들이 능선을 따라 어두운 숲길로 들어갔다. 작은 털보는 평상에 벌러덩 누워 바람을 느꼈다. 한참을 그러고 있으면 하늘이 회전하는 게 보였다. 구름이 이동하고 해가 떠올랐다. 해를 따라 달과 별이 둥근 궤적을 그리며 움직였다. 오래전 불빛이 지금까지도 사라지지 않고 회전하는 모습을 바라보며 작은 털보는 이곳을 거쳐간 사람들을 떠올렸다. 그들은 다들 털보라고 불렸다. 길고양이나 떠돌이 개를 부르는 이름이 대개 비슷하듯 그들도 그랬다. 그들은 지금 다른 곳에서 다른 삶을 살고 있을 거였다. 털보는 어디로 갔는지 알 수 없었고, 또다른 털보인 선임자는 죽었다. 하씨와 마이크도 산을 떠났다. 바람에 나뭇가지가 이리저리 휘어지는 소리가 들렸다. 나뭇가지에서 흩날린 눈발이 작은 털보의 눈앞까지 날아들다가 피부에 닿자 사르르 녹았다. 작은 털보는 일영을 봤다. 자신을 보듯 봤다.

날이 밝아오고 있었다. 푸르스름한 새벽빛이 산밑에서 서서히 올라왔다. 일영은 일찍 일어나 휴게소로 이어지는 길목과 게스트하우스 앞 마당을 쓸었다. 코가 납작한 개가 개집에서 나와 일영을 따라다녔다. 일영이 개 밥그릇에 사료를 쏟아주자 개가 꼬리를 살살 흔들었다. 개가 사료를 먹는 동안 일영은 장작을 팼다. 나무 받침대에 통나무를 올려놓고 도끼로 내려찍었다. 일정한 속도로 나무를 쪼개던 일영이 어느 순간 박자를 놓치고 잠깐 휘청거렸다. 도끼날이 나무 밖으로 미끄러졌다. 일영은 받침대에 도끼날을 꽂아놓고는 땔나무를 모아 한쪽에 쌓았다. 그런 다음 주변을 둘러봤다. 나무숲은 하얀 산호밭 같았다. 나뭇가지마다 바람의 방향대로 눈이 얼어붙어 꽃송이가 맺힌 듯 보였다. 바람이 불면 나무에 쌓여 있던 눈가루가 반짝반짝 빛을 내며 허공에 흩어졌다. 하늘은 맑았고 날은 포근했다. 휴게소 지붕에 쌓인 눈이 서서히 녹았다. 언덕을 오르는 좁은 오솔길도 군데군데 흙바닥을 드러냈다. 멀리 두 남자가 걸어오는 게 보였다. 일영은 그들을 지켜보고 있다가 그들이 가까이 다가왔을 때 말을 걸었다.

어디로 가십니까?

움막 선생을 찾고 있습니다. 혹시 움막 선생입니까? 인석이 물었다.

일영은 잠시 생각하다가 아니라고 답했다.

그럼 그분을 아십니까?

일영은 또다시 잠시 생각하다가 고개를 끄덕였다. 인석이 펄쩍 펄쩍 뛰며 좋아했다.

움막 선생은 진정한 자유인이라고 들었습니다. 돈을 벌지 않고도 부족함 없이 살아간다고요. 세상과 불화 없이 자신을 지킨다는 소문이 자자합니다. 움막 선생을 만나서 어떻게 살아야 하는지 여쭙고 싶습니다. 어디에 계시는지 알고 있습니까?

이곳에 들르기도 하니 여기서 기다리면 언젠가 만나겠지요.

혹시 움막 선생이 아닙니까? 인석이 일영의 눈치를 살폈다.

움막 선생이라고 하면 움막 선생이고 간장 선생이라고 하면 간장 선생입니다. 얼굴 선생이라고 하면 얼굴 선생이고 토굴 선생이라고 하면 토굴 선생이지요.

그게 무슨 말씀입니까?

그렇다는 말씀입니다.

일영의 농담에 실망한 인석이 바닥에 주저앉았다. 용수가 그를 일으켜세웠다. 인석의 바지에 묻은 눈이 바람에 휘날려 주위로 흩어졌다.

쉴 만한 데가 있습니까? 용수가 물었다. 우리는 좀 지쳤어요.

이곳이 게스트하우스입니다만.

용수는 주위를 둘러봤다. 낯설지 않았다. 지난밤 머물렀던 게스트하우스와 어딘가 비슷해 보였는데 완전히 똑같지는 않았다. 용수는 일영을 따라 안으로 들어갔다. 인석도 그 뒤를 따랐다. 실내로 들어서자 출입문 맞은편에 또다른 입구로 보이는 문이 보였다. 그 문은 닫혀 있었다. 용수가 들어온 쪽 출입문을 중심으로 왼쪽은 공용 침실이었고, 오른쪽은 공용 주방이었다. 주방에는 공용 식탁과 난로가 놓여 있었다. 둘은 난로 옆으로 가서 손을 쬈다. 방금 넣은 듯한 땔나무가 활활 타올랐다. 난로 위에 놓인 주전자 뚜껑이 들썩거릴 때마다 물이 흘러넘쳤다. 일영이 주전자에서 차를 한 잔씩 따라 둘에게 건넸다. 바람이 능선을 타고 넘어오는 소리가 황량하게 들려왔다. 눈밭 위에서 열은 눈보라가 피어오르는 게 유리창으로 보였다.

어디서 오는 길입니까? 일영이 물었다.

바다에서 왔어요. 용수가 대답했다.

어쩌다가요?

어쩌다 그렇게 됐습니다.

여기서는 하고 싶은 게 있다면 무엇이든 할 수 있습니다. 쉬고 싶으면 종일 쉴 수도 있고요. 바깥 풍경을 내다보며 시간을 보낼 수도 있습니다. 물론 가고 싶은 곳이 있다면 어디로든 갈 수도 있지요.

목욕을 할 수도 있습니까? 용수가 물었다.

물론입니다. 마침 햇볕이 따뜻하게 비추니 바람에 몸을 씻을 수 있지요.

일영이 두 개의 출입문을 모두 열어 맞바람을 만들었다. 양 문으로 바람이 휘몰아쳤다. 용수가 당황해서 일영을 바라봤다. 인석은 추위에 몸서리를 치면서도 느닷없이 벌어진 이 상황이 즐겁다며 기뻐했다. 일영이 여유로운 미소를 지었다. 용수와 인석은 바람과 바람이 맞부딪치는 문 사이에서 온몸을 부들부들 떨며 바람을 맞았다.

이 추위에 풍욕이라니 재미있는데요. 움막 선생을 찾겠다는 생각은 잊은 듯 인석이 어린아이처럼 좋아했다.

용수는 난로 앞에 바짝 붙어앉았다. 몸의 절반은 따뜻했고 절반은 추웠는데 당황스럽기는 해도 기분이 나쁘지는 않았다. 즐거워하는 인석을 보는 것도 괜히 기분이 좋았다. 난로 위에서 주전자 밑바닥이 조금씩 들썩이는 소리도 듣기 좋았다. 주전자 안에서 따뜻한 물과 차가운 물이 자리를 바꾸며 이동하고 있을 터였다. 주전자 주둥이에서 흘러나온 김이 허공을 천천히 휘돌아 벽에 달라붙었다. 그늘진 벽면에 다닥다닥 붙은 물방울마다 게스트하우스 내부가 비쳐들어 반짝반짝 빛났다. 물방울이 벽을 타고 흘러 바닥에 스며들었다. 용수는 주전자 안의 찻물이 상태를 바꿔 공간을 이동하는 모습을 지켜봤다. 물은 어디로든 흐를 수 있었다. 대류와 결로가 일어나 실내에 머물기도 하고 밖으로 나가기도 할 거였다.

화목 난로에 설치한 함석 연통에는 목초액과 연기 찌꺼기가 한데 엉겨 종유석처럼 매달려 있었다. 용수는 연통 안에서 이동하는 연기도 눈에 보이는 듯했다. 땔나무에서 피어오른 연기가 연통을 통해 외부로 흘러갈 거였다. 빠져나가지 못한 연기는 헐거운 이음매를 통해 흘러나오거나 역류해서 난로의 공기구멍으로 빠져나올 거였다. 그런 생각을 하자 내부와 외부가 하나로 연결되어 서로 영향을 주고받는 것 같았다.

농담을 좀 한 건데 정말로 그러고 있을 줄은 몰랐어요. 일영이 양쪽으로 열린 출입문을 차례로 닫으며 말했다. 문은 맞바람 때문에 잘 닫히지 않았다. 실내에 작은 회오리가 일자 밖에서 들어온 눈가루가 허공으로 떠오르다가 공기 중에 사라졌다. 겨울에는 지하수도 수돗물도 나오지 않을 때가 있는데 안타깝게도 오늘이 그런 날이에요. 물을 쓰려면 휴게소 화장실이나 공원 내 샤워실을 이용해야 해요. 물론 자연이 주는 혜택을 누릴 수도 있고요. 가까운 데 계곡이 있거든요. 거기 가면 몸을 씻을 수도 있고 빨래를 할 수도 있어요. 오늘처럼 햇볕이 좋을 때 가면 기분전환에도 도움이 될 거예요.

오! 천연 목욕탕이잖아요. 인석이 흥분해 외쳤다.

맞아요. 여름에는 물놀이하기 좋지만 지금 가면 얼음을 깨야 하죠. 뼛속까지 얼 각오가 되어 있다면야 당장 모셔다드릴 수도 있답니다. 일영이 웃었다.

변신하는 계곡이라니, 정말 대단하군요. 그보다 이곳에서 오래 지내셨어요? 아니, 그보다 혼자 계신 겁니까? 아니, 혹시 움막 선생의 제자입니까?

작은 털보라 불리는 친구와 함께 지내고 있는데 지금은 계곡에 있을 거예요. 목욕을 하거나 빨래를 하고 있겠지요. 바위 밑을 살피며 어슬렁거리고 있을 수도 있고요. 지인들도 찾아옵니다. 대부분은 이곳에 머물렀던 분들인데 시간이 지나면서 친구가 되었어요.

역시 뜻이 맞는 사람들과 자기 수련의 시간을 보내시는가봅니다.

그렇기도 하고 아니기도 하지요.

저도 수련의 시간을 보낸 적이 있습니다. 씻지 않고 얼마나 견딜 수 있을지 궁금해서 도전해본 적이 있거든요. 그때 씻지 않고도 몇 달은 버틸 수 있다는 걸 알았습니다. 인석이 자랑하듯 말했다.

무슨 일을 하길래 몇 달 동안 씻지 않아도 됩니까? 일영이 물었다.

그것보다 저는 무엇을 할 것인가가 중요하다고 생각합니다. 인석이 괜히 실내를 둘러보다가 물었다. 움막 선생은 매번 모습을 바꾼다고 하던데 그게 사실입니까? 인석이 기대에 찬 눈으로 일영을 봤다.

굴이 비면 다른 동물이 들어와서 그전에 있던 동물을 대신하지요.

그게 무슨 말씀이신지?

움막 선생을 찾는 사람이 움막 선생이라는 뜻이에요. 일영이 인석의 표정 변화를 살피다가 입을 열었다.

저는 고견을 듣기 위해 움막 선생을 찾고 있습니다. 제게는 중대한 문제입니다.

그렇군요. 게스트하우스가 되기 전 이곳은 등산객을 위한 숙소였어요. 털보라는 사람이 살았지요. 당시에는 도로가 없을 때라서 그야말로 첩첩산중이었어요. 조난을 당해 죽은 사람도 많았답니다. 털보는 조난당한 사람 몇을 구하고는 꽤 유명해졌어요. 뉴스에 나왔거든요. 뉴스에 나오니 다큐멘터리도 제작되었지요. 등산객이나 여행객 중에 그를 모르는 사람이 없을 정도였어요. 찾아오는 사람이 늘어날수록 그는 자연의 모습을 닮아갔지요. 사람들이 그에게 원하는 모습이기도 했고요. 무주공산 안으로 사람을 불러들일 방법을 스스로 터득한 거랄까. 그러나 도로가 놓이면서 여기서도 쫓겨나버렸지요. 쫓겨 들어온 데서도 쫓겨났으니 그후로는 살아 있어도 죽은 것과 다름이 없었어요. 눈빛에서 느껴지던 기백과 자부심은 온데간데없고, 마른 얼굴에 박힌 탁한 눈이 한껏 든 주눅을 표현하는 것 같았지요. 최근에는 산중에 작은 움막을 짓고 거기서 지낸다고 해요.

제가 찾는 분이 아닌 것 같아요. 인석이 실망했다.

그런가요? 물론 다른 움막 선생도 있습니다. 요 아래 게스트하우스 사장도 부인이 죽고 난 후 토굴로 들어갔어요. 우리는 모두 그를 움막 선생이라고 부른답니다. 그는 일 년 뒤에 나오겠다고 하고는 토굴로 들어가 스스로 혈거인이 되었답니다. 지금까지 나오지 않고 있거든요. 일 년이 넘었는데도 말이지요. 생불이 나타났다는 소문이 파다하게 나더니 전국 각지에서 사람들이 사찰에 몰려드는 거예요. 자신이 하지 못하는 것을 대신하는 사람에게 기도를 올리겠다고요. 처음에는 작은 사찰이었는데 지금은 사람이 그득해서 발 디딜 틈도 없답니다.

그분은 아직 토굴에 계시겠지요?

그야 본 적이 없으니 모르지요.

아, 조금 헷갈리네요.

또 있답니다. 바위를 타는 게 취미였던 신혼부부가 한겨울에 꽝꽝 언 폭포를 타러 갔어요. 남자가 먼저 빙벽에 오르고 여자가 뒤

이어 올랐는데, 남자가 그만 발을 헛디디면서 얼음덩어리가 아래로 떨어진 거예요. 남자가 낙석이라고 다급하게 외쳤지만 이미 얼음덩어리가 여자의 머리를 치고 난 뒤였지요. 남자는 여자를 화장해서 그 뼛가루 일부를 펜던트에 넣어 목에 걸고 다녔어요. 아내의 뼈를 목에 걸고, 암벽이든 빙벽이든 닥치는 대로 오르다가 나중에는 바위 밑에 움막을 짓고 거기서 살다시피 했어요. 그 남자 나름의 속죄 방법이었지요. 소문을 들은 사람들이 하나둘 모여들었어요. 사람들과 교류하면서 남자는 조금씩 밝아졌어요. 말도 늘었고요. 그런데 그가 밝아질수록 사람들이 하나둘 떠나갔죠. 그러자 남자는 세상에서 가장 슬픈 사람의 얼굴을 모방하기 시작했어요. 과거의 자기 얼굴을 자기가 복제하면서 슬픔을 전시한 거지요. 그러자 흩어졌던 사람들이 다시 모여들기 시작했어요. 사람들은 그를 뼈 선생이라고 부른답니다.

모두 산에 살던 사람들인가요?

도시에 사는 사람들이라고 다르겠습니까? 부자라고 다르겠습니까? 그러니 이처럼 깊은 산골까지 그 영향이 미치는 것 아니겠습니까? 노인이 건강식품 사기를 당하고, 중년이 금융 사기를 당하고, 청년이 연애 사기를 당하는 것과 같은 이치랍니다.

그게 무슨 말씀이신지? 인석이 의아해했다.

그렇다는 말이지요. 일영이 미소 지었다.

움막 선생은 처음부터 산에 살던 분은 아닌 것 같았어요.

그렇습니까? 그렇다면 도시에서 살다 온 움막 선생도 있답니다.

둘은 한담인 듯 선문답인 듯한 이야기를 이어나갔다. 일영은 또 다른 움막 선생에 대해 이야기했고, 인석은 연신 고개를 갸웃거리면서 일영이 말하는 사람과 제가 아는 움막 선생 사이의 공통점을 찾으려고 노력했다. 밤이 지나도록 이야기가 끊이지 않고 이어질 것 같아서 용수는 양해를 구하고 자리에서 일어났다.

침실 문은 따로 없었다. 조개껍데기로 장식한 주렴이 문틀의 절반까지 내려와 있을 뿐이었다. 바람이 불면 껍데기끼리 부딪쳐 파도 소리가 났다. 용수는 주렴을 가르고 안으로 들어갔다. 침실은 빛이 들지 않아 어두웠다. 한쪽 벽면에 이층 침대 여섯 개가 양옆으로 죽 놓여 있었다. 공용 침실이라고 하더라도 수용 인원이 너무 많은 것 같았는데 의외로 숙박객이 좀 있었다. 대여섯 명의 사람들이 잠들어 있는 것 같았다. 간혹 어둠 속에서 몸을 뒤척이는 게 보였다. 용수는 출입구와 가까운 쪽 침대에 누웠다. 어두운 공간에 알지도 못하는 사람들과 함께 누워 있다고 생각하니 수용소나 야전병원에 들어와 있는 기분이 들다가 나중에는 죽지 않은 자들의 지하 무덤에 들어와 있는 것 같다고 느꼈다. 서늘한 바람이 용수의 이마에 닿자 조개껍데기끼리 부딪치는 소리가 귓가로 흘러들었다.

연수와 함께 바다에 갔던 날 둘은 해안 절벽에 있는 암자에서 나와 인적이 뜸한 해변을 걸었다. 방풍림 역할을 하는 소나무숲을 따라 산책로가 조성되어 있었다. 솔숲을 등지고 바다가 잘 보이는 곳에 벤치 여러 개가 주르르 놓여 있었다. 연수가 벤치에 앉아 바다 구경이나 실컷 하자고 했다. 암자에서 느꼈던 불쾌감을 파도 소리에 씻어내자고 했다. 주위를 보지 않고 바다만 보면 사람의 흔적이 사라지니까 너도 없어지고 나도 없어진다고 했다.

그러면 우리는 함께 있을 수 있는 거지. 연수가 말했다.

보이는 걸 보지 말라는 거야? 그게 가능하냐고 용수가 물었다.

벤치에 앉으려고 보니 등받이 오른쪽 귀퉁이에 황동판이 붙어 있는 게 눈에 띄었다. 동판에는 추모 메시지가 각인되어 있었는데 벤치가 놓인 자리에서 바다를 보는 걸 사랑했다는 한 남자의 이름과 생몰년이 적혀 있었다. 메시지를 남긴 사람은 그의 아내와 아이들이었다. 연수와 용수는 갑자기 숙연해져서 바다를 보려고 한 것도 잊고 옆에 있는 다른 벤치로 다가갔다. 거기에도 메시지가 적혀 있었다. 둘은 벤치를 따라 걸으며 동판에 적혀 있는 메시지를 읽었다. 교통사고로 먼저 간 아내가 이곳에 잠들었다는 메시지도 있었고, 이곳은 생전에 아버지가 마지막으로 보았던 풍경이라는 메시지도 있었다. 둘이 함께 있던 자리에 지금은 다른 연인과 앉아 있다는 메시지도 있었고 자식을 추모하는 메시지도 있었다. 떠난 아이가 좋아하던 장소에 새로 태어난 아이와 함께 다녀간다는 메시지였다. 메시지 대부분은 그곳을 좋아한 사람들을 추모하는 내용이었다. 그들을 기억하겠다고 했고, 다시 만나자고 했다. 다시 만날 수 없는 게 인생이라면 다시 만나고자 하는 게 인간인 것 같다고 연수는 말했다. 둘은 벤치에 기대앉아 말없이 바다를 바라봤다. 연수는 이 공간에 켜가 켜켜이 쌓여 있는 것 같다고 했다. 너무 많은 사람의 너무 많은 시간과 너무 많은 사연이 한 공간에 모여 있다고 생각하니 자기가 바라보는 공간은 아무 실상도 없다는 생각이 든다고 했다. 그러다가 연수는 황동판에 메시지를 각인한 뒤 벤치에 붙이기 위해서는 어느 정도의 비용이 드는지 궁금해했다. 동판 밑에 조그만 글자로 적힌 URL을 확인하고는 스마트폰으로 검색했다. 슬픔을 표현하는 데도 꽤 많은 금액이 필요했다. 계약 기간도 요금별로 달랐다.

계약 기간이 끝나면 이 황동판을 돌려줄까? 연수가 혼잣말하듯 물었다. 아니겠지? 이 많은 걸 일일이 찾아가 되돌려줄 리는 없겠지? 그냥 폐기되는 거겠지? 연수는 바다를 보며 중얼거렸다.

어디에 폐기하는 걸까? 용수가 되물었다.

모두 다 녹여서 새로운 황동판을 만들겠지? 누군가를 추모하던 벤치에 또다른 누군가를 추모하려고?

둘은 뭐가 뭔지 모르겠다고 우울해하며 벤치에 등을 기대고 앉았다. 그리고 밀려왔다가 밀려나가는 파도 소리를 들었다.

용수는 조개껍데기가 부딪치는 소리에 잠에서 깨어났다. 그새 사람이 더 들었는지 침대가 꽉 찬 것 같았다. 누군가 손을 들어 허공을 갈퀴질했고 누군가는 신음을 내뱉었다. 어떤 사람은 계속 중얼거렸고, 어떤 사람은 훌쩍훌쩍 울었다. 왠지 무섭다고 생각하는데 밖에서 인석과 일영의 목소리가 들려왔다. 소리는 점점 더 가까워지더니 바로 옆에서 들리는 것 같았다. 간간이 들려오는 웃음소리에 그제야 마음이 놓인 용수는 침대에서 일어나 어둠을 응시했다. 사람들의 기척이 모두 느껴지는 것 같아 자세히 보려고 했지만 그들의 모습은 잘 보이지 않았다. 기척을 따라 시선을 옮기자 침대와 침대 사이에 있는 통로 끝에서 희미한 빛이 들어오고 있는 게 보였다. 용수는 이끌리듯 그쪽으로 움직였다. 벽인 줄 알았던 곳에 작은 덧문이 있었다. 용수가 덧문을 밀자 문이 스르륵 열렸다. 문 뒤에는 좁은 통로가 이어져 있었다. 좁은 통로는 왼쪽으로 꺾어졌다. 그 통로를 따라 더 깊숙이 들어가니 넓고 둥근 공간이 나왔다. 어디서 햇빛이 비쳐드는지 빛줄기 안에서 부연 먼지가 날아다니는 게 보였다. 오래된 물건이 가득 쌓여 있는 걸로 보아 창고인 듯했다. 등산용품과 토시, 조명 달린 무선마이크와 블루투스 스피커, 쓰다 남은 페인트 통, 공구 따위가 선반 위에 차곡차곡 올려져 있었다. 자전거와 스키, 노인용 지팡이와 의료용 보조 기구도 있었다. 잡동사니가 죄다 모여 있는 그야말로 창고였다. 되돌아 나가려던 용수의 눈에 오방색 무복이 보였다. 계곡에서 본 것과 같은 거였다. 그리고 그 아래 선반 구석에 용수의 여행 가방이 있었다. 용수는 게스트하우스에 두고 온 보스턴백을 떠올렸다. 그러나 먼지가 잔뜩 내려앉은 가방은 어딘가 제 것이 아닌 것 같았다. 용수는 가방에 들어 있는 것들도 떠올려봤다. 몇 벌의 옷가지와 세면도구, 태블릿 PC를 비롯한 몇 개의 전자기기가 다였다. 별것도 아닌 것을 애지중지 지니고 다녔다는 생각이 들어 가방을 열어보았지만 안에는 아무것도 없었다. 용수는 가방을 그대로 놔두고 이상한 기분에 사로잡혀 빛줄기를 따라 다시 걸어갔다. 그 끝에 문이 있었다. 용수는 허공으로 이어진 비상문을 떠올리며 조심스레 문을 열었다. 문은 정원으로 연결되었다. 그리고 정원은 오솔길로 이어졌다. 오솔길을 지나면 능선이 나올 것 같았는데 천천히 걸어보니 진짜로 그랬다. 용수는 어지럼증을 느끼며 주위를 살폈다.

갑작스러운 기상 악화로 히스로공항의 항공편 지연과 연착, 취소가 잇따랐다. 이 때문에 국제 여행객 수백여 명의 발이 공항에 묶였다. 런던의 기상 상황은 지구촌 곳곳에 영향을 미쳤다. 전 세계 주요 공항에서도 연쇄적인 항공편 지연과 연착, 취소가 속출했다. 다행히 시간이 지나면서 런던의 기상 상태가 호전되어 일부 항공기의 운항이 재개됐지만 그렇다고 완전히 정상화된 것은 아니었다.

상공에서 보는 공항은 언뜻 눈에 잘 띄지 않아 군사기지 같았다. 두 개의 기다란 활주로 사이로 지면에 납작하게 붙은 터미널 건물이 보였다. 터미널마다 비행기들이 들어차 있었다. 비행기의 고도가 낮아지면서 터미널 외관이 좀더 선명하게 보였다. 기하학적으로 설계한 곡면 지붕은 마치 부드럽게 흐르는 물결 같았는데 한편으로는 구름처럼 보이기도 했다. 장밋빛이 감도는 아름다운 지붕 조명이 신비감을 내뿜으며 입국객을 맞이했다.

에어버스 380 EK029편이 히스로공항에 무사히 착륙했다. 에든버러행 항공편의 출발 지연으로 연수에게는 남는 시간이 생겼다. 그러나 얼마나 기다려야 할지 알 수 없었으므로 공항 밖으로 나가는 것은 좋은 선택이 아니었다. 연수는 기내에서 나와 앞서가는 승객들의 뒤를 쫓았다. 각각의 터널형 연결 통로를 빠져나온 승객들이 게이트가 모여 있는 넓은 통로에서 한줄기로 합쳐졌다. 연수도 무리에 휩쓸려 앞으로 나아갔다. 통로가 양 갈래로 나뉘었다. 한쪽은 도착 라운지로 나가는 길이었고, 다른 쪽은 환승 통로 방향이었다. 연수는 환승 통로 쪽으로 넘어가는 승객들을 따라 계단을 올랐고, 에스컬레이터와 무빙워크에 몸을 실었다. 보안 검색대를 통과하자 통로는 출발 게이트로 연결되었다. 연수는 자신이 어떻게 움직여서 다른 게이트로 이동하고 있는 건지 알 수 없었다. 방위는 물론 방향감이나 공간감을 지각할 새도 없이 물 흐르듯 움직이고 있었다. 대형 워터파크의 유수 풀에 들어와 있는 기분이 들었다. 유수 풀의 물은 정해진 방향으로 흘렀고, 당연히 수영객들도 수로를 따라 흘렀다. 도중에 나가고 싶어도 그럴 수가 없었다. 한번 물살을 타면 끝까지 흘러가야 거기에서 빠져나갈 수 있었다. 물에 떠 있기만 해도 유수 풀이 알아서 파도 풀까지 데려다놓았다. 파도 풀에서 인공 파도를 타면 수영장 밖으로 빠져나가게 되고, 저절로 푸드코트 앞으로 모이게 되어 있었다.

출발 게이트로 이어지는 통로는 밝고 깨끗했다. 장밋빛이 감도는 천장 조명이 하부 조명과 어우러져 은은한 아름다움을 발산했다. 커튼월 공법의 유리 천장과 벽면 유리창으로도 자연광이 환하게 비쳐들었다. 유리창 너머 비행기 여러 대가 서 있는 게 보였다. 상공에서는 비행기가 연이어 날아들어오고 있었다. 연수는 실내에 있으면서도 외부에 있는 기분이 들었다. 투명 유리창으로 비쳐드는 햇살 때문이기도 했지만 공항 내부에 시야를 가리거나 경계를 나누는 구조물이 별로 없어서 내부가 외부로 무한히 확장하는 듯했는데 외부가 내부로 무한히 축소되는 것 같기도 했다.

통로와 달리 게이트 앞은 인파로 붐볐다. 비행기가 연착되는 탓에 공항에 체류중인 승객들이 많았다. 공항과 항공사에서 내보내는 안내 방송이 잇달아 흘러나왔다. 방송이 나올 때마다 승객들은 바짝 긴장해서는 소리에 귀를 기울였다. 전광판에 적힌 출발 시각은 이미 지나 있었다. 시스템은 마비됐고, 사람들도 마찬가지였다. 게이트 앞은 실제보다 혼란이 가중된 것 같았고, 그 영향은 고스란히 승객들에게 미쳤다. 몇몇 사람은 불안을 떨치려고 계속 움직였다. 전광판 뒤에 자리를 깔고 앉은 사람은 여행 가방을 연 뒤 차곡차곡 쌓여 있는 짐을 꺼냈다가 다시 차곡차곡 집어넣었다. 의자는 물론 유리창 쪽 통로 바닥에도 사람들이 가득했다. 아이들이 울면서 통로로 뛰어나갔고 부모들이 아이들을 찾아 나섰다. 의자에 앉아 있는 사람들은 스마트폰으로 여행지를 검색하거나 SNS를 살펴봤다. 그러다가 안내 직원에게 다가가 운항 스케줄을 물어보고는 제자리로 돌아와 항공사를 탓했다. 날씨를 탓했고 옆 사람을 탓했다. 통로에 앉아 자리다툼을 하는 사람들도 있었다. 음모론을 펼치는 사람은 이 모든 게 테러 때문이라고 했다. 어떤 사람은 두 손을 모은 채 눈을 감고 무슨 소리인지 알아들을 수 없는 말을 끊임없이 내뱉었고, 어떤 사람은 비좁은 공간에 난민처럼 모여 불확실한 것을 기다려야 하는 괴로움을 토로했다.

연수는 면세 구역이 있는 통로로 나왔다. 초대형 미디어 월이 통로와 나란히 이어져 있었다. 연수는 그 앞에서 걸음을 멈췄다. 벽면 전체를 둘러싼 미디어 월은 그 자체로 거대한 전시 공간이었다. 화면 안에 쇼윈도가 펼쳐졌다. 초대형 라이트 박스에 글로벌 브랜드의 스포츠화 수천 켤레가 진열되어 있었다. 실제 브랜드 전시장에서 찍은 사진이었는데 상품 하나하나가 지나치게 선명해 어느 것 하나 왜곡이 없었다. 그 때문에 실제보다 더 실제처럼 보였지만 실제보다 실제처럼 보인다는 것은 어딘가에 왜곡이 일어났다는 뜻이었다. 화면 전체를 상품 진열대로 꾸민 미디어 월에 압도된 사람들이 그 앞에 서서 고개를 좌로 우로 위로 아래로 꺾었다. 이미지가 계속 바뀌면서 라이트 박스에 진열된 상품도 바뀌었다. 사람들은 LED 불빛이 만들어내는 이미지를 보고 진짜보다 더 리얼하다며 좋아했다. 화면에서 시선을 떼지 못한 채 리얼한데다가 어딘가 모르게 환상적이기까지 하다며 감탄했다. 그런 다음 면세 구역으로 들어갔다. 직원들이 미소를 띤 얼굴로 그들을 맞이했다. 그들은 환한 불빛 아래 환하게 빛나는 표정으로 그 안을 오갔다. 연수는 공항은 어디든지 비슷하다고 생각했다. 공항은 역사와 문화, 예술과 기술 등 한 국가를 집약한 곳이었지만 돌아서면 기억나는 게 별로 없었다. 공항에 있던 게 낮이었는지 밤이었는지도 기억나지 않았다. 봄이었는지 겨울이었는지 화창했는지 비가 왔는지도 기억나지 않았다. 연수는 자신이 실재하지 않는 어드벤처 월드에 들어와 있는 것 같았다. 그러자 연수의 귓가에 쌍둥이의 목소리가 환청처럼 들려왔다.

밥 먹으러 갈까? 첫째가 물었다.

밥은 안 돼. 먹으려면 언니 혼자 먹어. 둘째가 답했다.

왜?

나는 다이어트를 하면서 우리가 가상현실에 살고 있다는 것을 깨달았어. 그동안 은근히 느끼고 있었는데 알고 보니 그게 사실이었어.

가상현실이라니?

그러니까 그건 칼로리의 문제야.

칼로리?

칼로리를 계산함으로써 비대해진 지방세포를 정확하게 조절할 수 있는 거지. 칼로리를 따지면 다이어트는 성공이야.

그게 어째서 가상현실이지?

칼로리가 우리를 억압하고 조종하고 통제하고 있다고.

다이어트가 너를 망치고 있구나.

하지만 덕분에 미식가가 되었어. 미식가가 되는 데도 돈이 많이 들었어.

취향이 고급하구나. 하지만 너는 자두를 좋아한다면서도 천도 복숭아주스와 자두주스를 구별하지 못했어, 슬프게도.

그건 정말로 복숭아가 아니라 자두였어.

네 입맛에는 자두였을지 몰라도 메뉴에는 분명히 복숭아라고 적혀 있었어.

글자를 믿어?

믿지. 나는 미식가라는 네가 복숭아 맛과 자두 맛도 구분하지 못하는 게 진심으로 슬펐어. 냄새로도 분명한 차이를 알 수 있는데 너는 전혀 알지 못했잖아. 기억나? 우리가 식당에 가서 밥을 시켰더니 사장은 우리에게 먼저 찻물을 가져다주었지. 그건 보리차는 아니었지만 비슷한 종류의 음료 같았어. 우린 그걸 마시고 정말 맛있다고 동시에 외쳤고.

그랬지.

그때 뭐라고 했어? 내가 삼지구엽초차라고 했더니 너는 네 미각을 믿으라면서 분명히 녹차라고 했지?

그랬지.

그래서 내가 사장에게 물어본 것도 기억나? 도대체 이토록 맛있는 찻물이 녹차예요, 삼지구엽초차예요? 그때 사장은 참 별일도 다 있다는 표정으로 뭐라고 했지? 둥굴레차라고 했어. 정말 부끄러웠어. 그런데도 네 미각을 믿는 거야?

사람은 실수할 때도 있는 거야. 그럼 다시 시도해볼까?

좋아. 강박증이든 편집증이든 병에 걸리지 않으려면 뭐라도 해야 해.

맞아. 나도 조금 전까지 미칠 것 같았어.

밥 먹으러 가서 네 미각을 다시 입증해봐.

무엇을 먹을까?

공항 맛집 찾아볼까?

면세점도 가보자.

연수는 쌍둥이 자매의 목소리를 듣고 제자리에서 움직이지 못했다. 그들이 여기까지 따라온 걸까 생각하자 심장이 빠르게 뛰었다. 그럴 리가 없다는 걸 알면서도 연수는 그대로 얼어붙어 꼼짝하지 못했다. 마음이 진정되기를 기다렸다가 그들의 얼굴을 확인하려고 시선을 돌렸다. 쌍둥이는 보이지 않았고, 그들의 목소리가 들려오던 자리에 어린아이 둘이 서 있었다.

우린 언제까지 여기 있어야 할까? 목에 파란 초커를 한 아이가 물었다.

너무 지루해. 목에 분홍 초커를 한 아이가 말했다.

전투기 모형이라도 사달라고 할까?

그래. 그게 좋겠다. 망원경도 사달라고 하자. 두 아이는 그들의 부모가 있는 쪽을 바라봤다. 부모는 아이들과 조금 떨어진 의자에 앉아 꾸벅꾸벅 졸고 있었다.

또 자네. 파란 초커가 시무룩한 목소리로 말했다.

지루해서 저래. 우리가 가서 조르면 곧 깨어날 거야. 신용카드를 쓰기 위해 죽음에서 부활하는 거지. 분홍 초커가 파란 초커를 다독였다.

그럼 빨리 가서 조르자!

두 아이가 부모를 향해 뛰어가는 모습을 물끄러미 보고 있던 다른 아이가 시선을 돌려 제 옆에 있는 부모를 쳐다봤다.

우린 언제까지 여기 있어야 하나요? 어린아이가 물었다.

금방 끝난단다. 부모 중 하나가 대답했다.

너무 지루해요.

곧 지루하지 않게 된단다. 부모 중 다른 하나가 말했다.

전투기 모형이라도 사주시면 안 돼요?

비행기 모형 사줄까?

비행기를 가지고 놀 나이는 지났어요.

그래. 전투기가 좋겠구나.

지금 가요.

빨리 가보자꾸나.

셋은 사람들을 비집고 면세점 안으로 들어가더니 곧이어 모습을 감췄다. 어디를 보나 쌍둥이 자매가 있었다. 그들의 얼굴이 보였고, 그들의 목소리가 들렸다. 그러나 돌아보면 쌍둥이 자매가 아니었다. 그런데도 그들처럼 보였다. 그들은 모습을 바꿔가며 어디든 나타났다. 쌍둥이는 사회질서 안에서 인정받으며 제대로 살아보려고 노력했다. 그러나 결과는 반대였다. 그들은 늘 불안과 강박에 시달렸다. 그럴수록 그들은 사회의 일원에서 밀려나지 않으려고 더욱 노력했다. 악순환이 반복됐다. 그들은 나사를 너무 조인 탓에 되레 고장난 사람들 같았다. 연수는 쌍둥이 자매로 가득한 미로에 갇힌 기분이 들었다. 그들이 쫓아오는 것 같아 시선을 돌리려는데 뒤를 돌아보기도 전에 미디어 월이 눈앞으로 다가와 있었다. 통로 벽면을 가득 채운 미디어 월은 어느새 인터랙티브 월로 바뀌어 있었다. 끝없이 이어지는 진열대 위에 격자무늬의 프레임이 생겨났다. 체스판 같은 각각의 프레임마다 사람이 있었다. 그들은 방안에서 혼자 식사하고 혼자 식탁을 정리하고 혼자 설거지했다. 어떤 사람은 텔레비전을 봤고, 어떤 사람은 요가를 했다. 스마트폰을 보고 컴퓨터를 봤다. 거울 앞에서 새로 산 옷을 입어보는 사람도 있었고, 고양이와 함께 있거나 개를 쓰다듬는 사람도 있었다. 택배 상자를 열고, 가구 배치를 바꾸고, 망원경으로 다른 방을 봤다. 그 모습을 화면 밖에 있는 사람들이 구경했다.

곧이어 프레임 안에 있던 사람들이 뒤로 밀려나더니 그들을 구경하던 사람들이 화면 안으로 빨려들어갔다. 그들은 각자의 방에서 화장을 지우고 옷을 갈아입고 침대에 누웠다. 그 사람들이 쌍둥이 자매로 보였다. 용수로 보였고, 자기 자신으로 보였다. 그러다가 마침내 그들은 하나의 그림자 덩어리가 되어 뒤로 밀려났다. 방은 계속 늘어났다. 방안에 든 사람도 계속 늘어났다. 같은 모양의 방과 같은 모습의 사람이 복제되고 증식하면서 옆으로 뻗어나갔다. 연수는 제가 보는 게 환영이라고 생각했다. 홀로그램과 다르지 않다고 생각했다. 연수는 이곳에서 벗어나고 싶었다. 그러자 하나의 차원이 사라지고, 또하나의 차원이 사라지더니 어느새 수풀 한가운데 서 있었다. 수풀 너머에서 파도 소리가 들려왔다. 바다 냄새도 코끝에 닿았다. 그러나 보이는 건 제 키보다 큰 풀뿐이었다. 나뭇가지와 덩굴식물, 풀 따위가 복잡하게 얽혀 앞이 보이지 않았다. 연수는 몸을 한껏 웅크린 채 수풀을 헤치고 앞으로 나아갔다. 나뭇가지가 얼굴을 할퀴었다. 연수는 나뭇가지를 높이 쳐들고 앞을 살폈다. 멀리 동그란 구멍 하나가 보였다. 구멍 안에 안개에 휩싸인 바다가 들어 있었다. 연수는 그쪽을 향해 천천히 움직여 구멍 밖으로 빠져나왔다.

바다는 해무에 뒤덮여 무한히 펼쳐지는 듯했다. 해안선도 끝이 보이지 않았다. 바다에서 피어오른 해무가 수평선과 하늘의 경계를 지우고 둘을 하나로 연결했다. 바다가 뒤집혀 심연이 거꾸로 떠오른 느낌마저 들었는데 그 때문에 눈앞의 광경에 가늠할 수 없는 깊이가 생겨나는 것 같았다. 바다 너머 멀리 뿌연 안개에 휩싸여 안개 기둥처럼 보이는 육지가 희미하게 윤곽을 드러냈다. 먼바다에서 계속 파도가 밀려왔다. 바닷물이 모래톱 사이로 흘러들어 해변에 물결무늬의 주름이 생겼고, 그 안에서 하늘이 출렁였다. 연수는 제가 보는 광경이 꿈인지 현실인지 환상인지 분간할 수 없었다. 눈에 담지도 못할 만큼 광막하게 펼쳐진 검은 바다와 짙은 해무에 뒤덮인 희부연 하늘, 그 모든 걸 집어삼킬 듯 맹렬한 기세로 몰아치는 파도, 그 자체의 빛을 바라볼 뿐이었다. 태고의 바다, 태초의 바다 앞에 서 있다고 생각할 뿐이었다. 숨이 막히도록 아름다운 바다 앞에서 연수는 지금껏 느껴보지 못한 공포에 휩싸였다.

게스트하우스는 건물 세 동이 디귿 자 모양으로 붙어 있었는데 중앙에 있는 건물을 중심으로 한쪽은 관리인 숙소 같았고, 다른 쪽은 용수가 방금 나온 창고였다. 용수는 천천히 건물을 돌아갔다. 거기에 또다른 정문이 있었다. 그리고 그 옆 평상에 일영이 앉아 있었다. 도로를 내려다보며 엎드려 있던 코가 납작한 개가 느릿느릿 일어나 평상에서 펄쩍 뛰어내렸다. 그러고는 천천히 다가와 용수의 얼굴을 물끄러미 올려다봤다. 개가 실망한 듯 돌아서서 다시 평상 위에 올라가려고 낑낑거렸다. 용수는 개를 올려주고 평상 한쪽에 가서 앉았다. 개는 좀전과 같이 엎드려서 도로를 내려다봤다. 일영이 용수를 봤다. 용수는 평상 뒤 유리창 너머를 바라봤다. 인석이 여전히 일영과 이야기를 나누고 있었다.

누구십니까?

누구도 아니지요.

저분은 누구입니까? 용수는 유리창 너머에 있는 일영을 가리켰다.

일영이지요. 한때는 털보였고, 한때는 선임자였으며, 하씨였고 마이크였지요. 그리고 작은 털보이기도 합니다. 그들은 모두 하나랍니다. 일영이 말하고는 자리에서 일어났다. 그의 몸에 후광이 생겨났다. 용수는 빛에 휩싸인 일영을 올려다봤다.

말이 되지 않습니다.

말이 안 되는데 말이 안 되는 것도 아니라네. 어머니이면서 아버지, 쌍둥이 자매이면서 연수라네. 인석이 만난 사람들이며 인석이며 용수라네. 나는 누구도 아니기에 모두가 될 수 있다네.

움막 선생입니까?

우리 모두가 움막 선생이지. 하나하나 그분의 살아 있는 피부이며 다채로운 얼굴이지. 눈이고 팔과 다리인 동시에 피와 살이고 뼈라네. 우주경이며 그 자체로 우주라네. 모든 사람에, 모든 시간에, 모든 공간에 존재한다네.

이곳에서 포교 활동을 하는 사이비 종교단체입니까? 용수는 그가 사이비 종교인이거나 마술사가 아니면 자신이 미친 거라고 생각했다. 그렇지 않으면 제가 보고 있는 걸 설명할 수 없었다.

이곳뿐이 아니라네. 높은 곳에서 낮은 곳까지 그 모든 곳에 우리가 있다네. 수많은 이름으로 활동하지. 탐욕과 쾌락, 경쟁심과 두려움, 불안한 마음과 비겁한 마음이 있으면 언제든 비집고 들어가 원래 거기에 있던 양 자연스럽게 녹아들어 그들과 하나가 되지. 그것은 하나의 완벽한 플랫폼이라네.

일영의 몸을 감싸고 있던 빛이 서서히 사라지더니 얼굴이 지워졌다. 몸의 윤곽이 흐릿해지면서 간섭 줄무늬가 생겨났다. 일영은 어느 순간 환영처럼 보였다가 하나의 섬광을 일으키고는 그대로 사라져버렸다. 용수는 어리둥절해져서 주위를 살폈다. 꿈을 꾸는 듯한 기분이 들었다. 유리창 너머에도 일영의 모습은 보이지 않았다. 작은 털보가 일영이 앉아 있던 모습 그대로 인석 앞에 앉아 있었다. 인석은 일영이 작은 털보로 바뀐 것을 눈치채지 못하는 듯 보였다.

용수는 건물 안으로 들어갔다. 느닷없이 공간에 변형이 일어나더니 용수 앞에 비석처럼 생긴 액자틀이 나타났다. 틀을 넘어서자 노란 개가 문틀 안 말뚝에 묶여 있었다. 용수가 머물던 방에는 털보가 앉아 있었다. 그리고 방이 겹겹으로 쪼개지고 나뉘면서 켜가 생기더니 털보가 있던 자리에 턱수염이 덥수룩하게 자란 선임자가 있었고, 다음 순간 그는 작은 털보와 일영으로 모습이 바뀌었다. 옆방에는 하씨와 마이크가 있었다. 방이 옆으로 계속 늘어났다. 그리고 방마다 누군가 있었다. 각설이패는 앞으로의 생계를 걱정하며 눌린 돼지머리와 막걸리를 먹었다. 옆방에서는 부부가 고무 대야를 사이에 두고 이야기를 나누고 있었다. 또다른 부부는 다음날 무엇을 먹을지 걱정했다. 용수는 그 안으로 들어갔다. 그들은 용수를 힐끗 보고는 하던 일을 이어갔다. 또다시 공간에 변형이 일어났다. 눈앞에 드넓은 바다가 펼쳐졌다. 해변에 연수가 서 있었다. 연수는 파도가 일렁이는 검은 바다를 바라보며 공포에 떨고 있었다. 쌍둥이 자매는 누군가에게 쫓기며 동시에 누군가를 쫓았다. 해변 도로 포장마차에서 사람들이 우르르 몰려나와 어디론가 향했다. 바텐더와 단발머리 여자와 그들과 함께 있던 남자들도 무리에 섞여 있었다. 무리는 어느 순간 검은 덩어리가 되어 앞으로 나아갔다. 저멀리 사람들이 보였다. 검은 덩어리는 점점 불어나면서 더 큰 덩어리로 합쳐져 사람들을 향해 이동했다. 그들이 덩어리를 보고 있었다. 그러자 커다란 검은 덩어리가 잘게 부서지더니 총천연색의 빛으로 변화했다. 그들이 빛을 만지려고 손을 뻗었다. 몽롱한 시선을 허공에 던진 채 온몸을 허우적거렸다. 용수는 그들이 서 있는 곳에 점점 더 가까워졌다. 그리고 어느 순간 얇은 장막 너머에 있는 그들과 마주했다. 그들의 손이 장막 안으로 들어왔다. 용수는 장막 밖을 향해 걸었다. 용수의 몸이 장막을 부드럽게 통과했다. 스크린에서 빛이 쏟아졌다. 사람들은 빛에 홀린 듯 초점 없는 눈으로 스크린을 쳐다보고 있었다. 몇몇 사람이 모여 화면을 터치했다. 사람의 움직임을 감지한 인터랙티브 미디어 월이 화면을 바꿨다. 누군가 팔을 휘저으며 허우적거리자 그에게로 별빛이 쏟아졌다. 몇몇 사람들은 별빛을 손으로 받으려고 팔을 뻗었다. 그들이 움직이는 방향대로 은하수가 생겨났다. 뒤이어 아름다운 오로라가 화면을 채웠다. 사람들은 황홀한 표정으로 미디어 월 앞에 모여들었다. 미디어 월은 사람들의 몸짓에 반응하며 그들을 화면 안으로 불러들였다. 스크린이 그들을 복제해 화면 속으로 옮겼다. 그런 다음 화면 안에 가뒀다. 용수가 시선을 돌렸다. 일영이 아름다운 빛의 세계를 보고 있다가 무덤으로 들어가는 것처럼 그 안으로 걸어들어갔다. 그 안에서 일영은 어디로든 갈 수 있었고 무엇이든 될 수 있었다. 한 장의 이미지가 될 수도 있었고, 동영상이 될 수도 있었다. 글자가 되었다가 숫자가 되었고 흑백이었다가 컬러가 되었다. 음악이 되었고 소리가 되었다. 일영은 그 누구도 아니었으며 동시에 그 모두였다. 그 무엇도 아니었으며 동시에 모든 것이었다. 입력값이었고 출력값이었다. 일영은 화면 안에서 영일한 시간을 보낼 거였다. 그제야 발광다이오드 도트 하나하나가 사람들의 얼굴로 보였다. 그리고 그 얼굴들은 찰나에 다른 얼굴들로 바뀌었다. 화면 밖으로 빛이 흘러넘쳤다. 사람들의 몸이 빛으로 물들어 화면과 하나가 되었다. 화면 속 사람들이 무한히 늘어났다. 화면 안에 화면이 있었고 그 안에 또다른 화면이 끝없이 이어졌다. 화면 안에 갇힌 사람들의 모습도 끝없이 이어졌다. 화면은 사람들의 접촉에 따라 끝없이 안으로 들어가는 나선형 미로 같았다. 무한히 확장하면서 점점 더 안으로 들어가는 블랙홀 같았다. 화면 속 용수의 모습이 연수로 바뀌었다. 용수가 연수를 만지려고 손을 뻗었다. 용수의 손이 닿는 곳마다 빛이 부서졌다가 다시 모여들었다. 그 뒤에서 쌍둥이 자매가 씨익 웃고 있었다. 용수는 주위를 돌아봤다. 화면을 보고 있던 인석이 시선을 돌려 용수를 바라봤다.

우리가 언제 만난 적이 있었나? 인석이 물었다.

있었지.

누나는 만났어?

용수는 고개를 끄덕이며 되물었다.

움막 선생은 만났어?

저게 움막 선생이었어. 인석이 미디어 월을 바라봤다.

인석은 순간적으로 모든 것을 보았다. 모든 얼굴과 모든 사람을 보았다. 그들은 무언가에 도취되어 화면에 비친 제 얼굴을 보고 있었다. 안으로 들어가면 밖으로는 나오지 못하는 거울은 외부가 차단된 하나의 완전한 외부이자 내부였다. 그러므로 그곳에서는 누구든 될 수 있었고, 어디로든 갈 수 있었고, 모든 시간을 살 수도 있었다. 그리고 사람들은 그 안에서 모두 같은 모습으로 무한히 복제되고 증식했다.

우리 모두가 움막 선생이었던 거야.

인석이 슬픈 목소리로 말하고는 화면을 향해 돌진했다. 스크린 한쪽에 작은 구멍이 생겨났다. 그 구멍으로 화면 너머에 있는 벽이 모습을 드러냈다. 벽은 막혀 있었다. 그 순간 발광다이오드 도트 안에 잠겨 있던 얼굴이 밖으로 튀어나왔다. 쇼윈도에 진열된 인형처럼 모두 똑같은 표정으로, 모두 같은 생각을 하는 듯 똑같이 움직여 인석을 에워쌌다. 공항 경찰이 빠르게 다가와 인석을 데리고 시야 밖으로 사라졌다. 사람들은 아무 일도 없었던 양 소란에 동요하지 않고 스크린 앞으로 가 양팔을 허우적거렸다. 입국게이트가 열리고 한 무리의 입국객이 몰려나왔다. 미디어 월 앞에서 여행자들은 국가의 첫인상에 흡족해하며 사진을 찍었고, 귀국자들은 화면의 압도적인 크기에 놀라워했다. 모두가 미디어 월 앞으로 모여들었다. 용수는 언젠가 연수가 간 곳으로 가겠다고 생각했다. 그런 생각을 하자 펜던트가 더는 중요하지 않게 여겨졌다. 용수는 펜던트가 달린 목걸이를 몸에서 분리해냈다. 그런 다음 입국장을 빠져나가 휘황한 도시의 불빛 속으로 걸어들어갔다.

작가의 말

어느 날 새벽, 문장이 사라졌다. 들개 세 마리가 나뭇가지 위의 새끼 고양이를 올려다보고 있는 장면을 쓸 때였다. 나는 숲 그림자 뒤에 숨어 그 모습을 지켜보고 있었는데 꽤 오래 그러고 있었던 듯싶다. 불운한 개들의 과거가 좌르르 펼쳐지는 것 같았고, 그 개들의 미래마저 더 큰 불운으로 가득차 있는 것 같아 마음이 편치 않았다. 장면을 다 쓴 후에도 장면은 계속 이어졌다. 어느 시간인지 알 수 없는 시간, 특정할 수 없는 지역으로 그대로 옮겨졌달까, 전송되었달까. 동시에 나도 계속 움직였다. 그러는 동안 키보드 위의 손가락이 바쁘게 움직였다.

그런데 이게 어찌된 일일까? 원고가 사라져버린 것이다. 내 눈에 보이는 건 몇 줄의 문장이 다였다. 새벽까지 쉴새없이 썼는데 고작 몇 줄이라니, 나는 크게 당황했다. 파일을 잘못 열었나 싶어, 펼쳐놓은 여러 개의 문서 파일을 하나하나 확인했지만 어디에도 문장은 없었다. 잘못해서 파일을 닫아버렸나? 나는 폴더를 뒤졌다. 없었다. 그러자 문장이 어딘가로 이동했다는 생각이 들었다. 내가 모르는 새 파일이 저절로 접혔고, 그 안에 문장이 들어 있다고 생각하기에 이르렀다. 급기야는 출력해보면 접혀 있는 문장이 인쇄되어 나오지 않을까 하는 생각에 출력 버튼을 눌렀다. 팝업이 열리듯 문장이 끝도 없이 펼쳐지리라 기대했는데 거기에도 사라진 문장은 없었다. 그렇게 아침이 밝아올 때까지 사라진 문장을 찾다가 결국은 포기하고 멍하니 앉아 있었다. 쓰지도 않았는데 어느새 채워져 있더라는 말은 들어본 적 있어도 쓸수록 줄어들다니, 홀린 기분이었다. 홀린 기분은 홀린 기분인데 그게 꼭 나쁘다고 할 수는 없었다. 아니, 오히려 좋았던 것 같다.

접힌 문장들이 있다. 문장을 쓰면 쓸수록 문장이 사라지고 단락이 줄어들어 마침내는 완전히 사라져버리는 원고도 있는 것이다.

그러니까 접힌 파일 안에 더 많은 것이 숨어 있다고 하면 지나친 과장일까?

이 책을 만들어주신 분들께 감사의 인사를 전한다.

2023년 1월

최정나

문학동네 장편소설
월 wall

초판 인쇄 2023년 1월 20일
초판 발행 2023년 2월 8일

지은이 최정나
책임편집 서유선 | 편집 김도영 김내리
디자인 최윤미 이주영
마케팅 정민호 이숙재 박치우 한민아 이민경 안남영 왕지경 김수현 정경주 김혜원
브랜딩 함유지 함근아 김희숙 고보미 박민재 박진희 정승민
제작 강신은 김동욱 임현식 | 제작처 천광인쇄사

펴낸곳 (주)문학동네 | 펴낸이 김소영
출판등록 1993년 10월 22일 제2003-000045호
주소 10881 경기도 파주시 회동길 210
전자우편 editor@munhak.com | 대표전화 031) 955-8888 | 팩스 031) 955-8855
문의전화 031) 955-3578(마케팅) 031) 955-8864(편집)
문학동네카페 http://cafe.naver.com/mhdn
인스타그램 @munhakdongne | 트위터 @munhakdongne
북클럽문학동네 http://bookclubmunhak.com

ISBN 978-89-546-9097-3 03810

www.munhak.com